KB267623

세상에 없는
무대를
만들다

세상에 없는 무대를 만들다

뮤지컬 신화 박명성,
열정과 도전의
공연기획 노트

박명성 지음

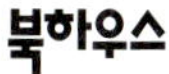

예술경영, 사람경영

언제나 세상은 연극보다 더 연극적이고, 더 희극적이다.

공연계에 발을 들여놓은 지 30년이 되었다. 그동안 많은 연극과 뮤지컬을 무대에 올리면서, 세상이 연극보다 더 절묘하게 돌아가니 연극을 볼 사람이 어디 있겠는가 하고 생각한 적이 많다.

그럼에도 항상 많은 작품들이 끊임없이 준비되고 관객들과 만나기를 소망하고 있다. 또 많은 사람들이 극장을 찾는다. 왜일까? 예술에 대한 갈증 때문일까? 치열한 현실에 지쳐 공연장에서 좀 쉬고 싶어서일까?

2009년 『뮤지컬 드림』에 이어 두 번째 공연 관련 책을 낸다. 첫 책에서는 나의 공연계 입문 이야기와 더불어 뮤지컬 작품을 중심으로 이야기가 펼쳐졌다면, 이번에 내는 책 『세상에 없는 무대를 만들다』는 무대와 사람 이야기다. 첫 책의 연장선상에서 못 다한 나의 이야기와 공연 이야기도 양념처럼 들어가 있지만, 프로듀서로서 내가 만난 사람에 관한 이야기가 대부분이다. 〈렌트〉, 〈맘마미아!〉, 〈아이다〉, 〈엄마를 부탁해〉, 〈산불〉, 〈레드〉, 〈가을소나타〉, 〈대학살의 신〉, 〈피아프〉, 〈푸르른 날에〉, 〈19 그리고 80〉 등의 작품을 무대에 올리면서 함께한 사람들과의 이야기다.

최근까지 공연예술계는 창작자 중심의 세계였지만, 요즘에는 창작과 더불어 기획, 홍보마케팅, 유통 등 예술경영의 범주에 속하는 일들에 대해서도 관심이 매우 높아졌다. 그런 까닭에 이번 책은 한 작품을 만들기 위해 만난 사람들과의 이야기가 중심이 되었다.

기획자 혹은 제작자, 즉 프로듀서의 역할은 작품의 예술성과 더불어 프로덕션의 경영까지 책임지는 막중한 임무를 지니고 있음에도 사람들의 일반적인 인식으로는 프로듀서가 단지 제작비를 끌어오는 재원 조성자에 지나지 않았다.

프로듀서는 단순히 공연만을 무대에 올리는 사람이 아니다. 재원 조성, 사람경영, 극장운영, 캐스팅, 홍보까지 책임지는 '한 작품의 총 사령관' 또는 '총체적 디자이너'인 셈이다. 한 작품을 무대에 올리기까지는 많은 고난과 역경이 따른다. 대개 설득과 설명, 판단과 결정, 해야 하나 말아야 하나 하는 갈등을 수없이 겪고 난 후에야 비로소 공연이 무대에 올라간다.

그리고 관객들의 반응에 따라 웃고 울기도 하는 게 프로듀서다. 나는 프로듀서가 가장 유념해야 할 것은 '사람'이라고 생각한다. 사람이 기획이고 기획은 곧 사람이라는 생각이다. 모든 작품이나 콘텐츠는 사람에서 시작하여 사람으로 끝난다. 그런 점에서 프로듀서는 '사람을 경영하는 자'다.

세상에서 제일 어려운 게 사람의 마음을 읽는 것이다. 그러니 예술가의 마음을 읽고, 특히 관객들의 마음까지 읽어내야 하는 프로듀서의 인생은 참 어렵다. 그런데 그 작품이 가지고 있는 세계와 관객들의 아름다운 해후를 이루어내기 위해서 세상의 마음까지 읽어야 하니 가히 고통의 연속인 듯싶다.

지금의 박명성과 신시컴퍼니만 생각하는 사람들은 공연계에서 가장 열정적인 프로듀서, 〈맘마미아!〉를 비롯한 흥행 돌풍의 콘텐츠를 가진 프로덕션, 최근 들어 연극을 많이 올리는 컴퍼니 정도로만 알고 있다.

그러나 여기까지 오는 데 참 많은 일들이 있었다. 황톳길과 자갈밭은 물론이고, 어디로 가야 할지 길조차 보이지 않는 상태에서 험난한 숲을 헤쳐 나와야 했다. 성공하면 그것도 추억이 되지만, 실패하면 아무것도 남는 것이 없는 게 프로듀서의 삶이다.

나는 공연을 만들면서 가장 중요하게 여기는 것이 사람이다. 크리에이티브팀뿐만 아니라 프로덕션 각 파트별 담당자들, 그리고 배우와 스태프들, 마지막으로 관객이라는 사람들이다. 이 사람들과 함께 살고 죽는 게 나의 역할이자 사명이다.

이번 책은 그동안 작품을 만들면서 만났던 사람들에 대한 고마움의 표시이자 헌사다. 무엇보다 한 작품이 관객들과 만나기까지 어떤 인연의 과정을 거쳤는지 솔직하게 썼다. 특히 좋은 공연은 사람을 만나고 헤어지는 진실성에 기인한다고 믿는다.

사람과 세상을 감동시킬 수 있는 원형재료를 허락해준 작가, 뛰어난 무대 형상화로 작품을 만들어준 연출가와 스태프, 신시를 믿고 어려운 조건에도 출연해준 연기자, 나와 위험한 도전을 기꺼이 함께해준 신시 식구들, 그리고 신시의 작품을 사랑해준 관객들에게 고마운 마음을 전한다.

2012년 5월

박명성

차례

Part 1
엄마를 부탁해 _객석을 눈물바다로 만들다

Part 2
아이다 _수준 높은 명품 뮤지컬에 도전하다

Part 3
산불 _불길처럼 번진 대극장 연극의 감동

기획은 사람에 대한 사랑이다

아! 고백컨대 나는 잘하는 게 별로 없다.

지방에서 고등학교를 다닐 때 영화와 연극을 보기 시작하면서 연극에 빠져들었다. 학창시절 내내 연극배우의 꿈에 들떠 있던 나는 1981년 고등학교를 졸업하자마자 대학로에 몸을 던졌다.

이 극단, 저 극단을 전전하면서 단역으로만 출연하다 1984년 김갑수 형의 추천으로 김상열 선생이 대표로 계시는 마당세실극장에 들어갔다. 여기서도 단역만 했다. 얼마 지나지 않아 그나마 있던 단역도 돌아오지 않았다. 얼굴이 연극적으로 잘생기지 않았고, 키도 작고, 연기도 썩 잘하지 못했기 때문이다.

배우로는 도저히 안 되겠다 싶어 연출로 방향을 틀었다. 군복무를 마치고 돌아와서도 조연출 겸 극단 살림살이 담당으로 일하다가 1989년 처음으로 직접 연출할 수 있는 기회를 잡았다. 단원 배우들의 워크숍을 위한 작품이었는데 잘만 하면 정식 연출로 데뷔할 수 있는 발판이 될 수도 있었다. 죽기 살기로 했는데 내가 생각해도 형편없는 작품이 나왔다. 그때 극작가이자 연출가이며 극단 대표인 김상열 선생께서 나를 두고 하신 말씀이 있다.

"배우는 텄다 싶어서 연출을 시켰더니 그것도 젬병이군."

배우도 텄고, 연출도 젬병이고, 그런데도 연극판에 있고 싶어서 프로듀서가 되었다. 프로듀서가 되어 극단의 온갖 궂은일을 도맡아 하다가 1997년에 당시로서는 어마어마한 시도를 했다. 정식 라이선스 계약을 한 뮤지컬 작품을 국내에 들여온 것이다. 그때까지 우리나라에는 정식으로 라이선스 계약을 한 뮤지컬이 없었다. 모두들 런던이나 뉴욕의 작품을 도둑질해서 슬쩍 공연하고는 얼른 내려버렸다. 그때 내가 계약한 작품이 〈더 라이프〉다. 〈더 라이프〉는 큰 성공을 거두었다. 그 다음에 〈갬블러〉를 공연했는데 오만한 내 마음 때문에 극단 살림도, 내 가정도 곤경에 처했다.

이후에 극단 식구들과 몇몇 사람들의 도움으로 기사회생한 뒤 〈렌트〉, 〈시카고〉, 〈맘마미아!〉, 〈아이다〉 등 걸출한 작품을 국내에 소개하며 뮤지컬 프로듀서로서 입지를 굳혔다. 특히 연극 〈산불〉을 원작으로 한 창작뮤지컬 〈댄싱 섀도우〉는 막대한 제작비를 들여 세계 최고의 유명 아티스트들을 기용, 선진 제작 시스템을 국내에 처음으로 도입해 창작뮤지컬의 수준을 한 단계 높였다는 평가를 받기도 했다.

오랫동안 뮤지컬만 하다가 차범석 희곡상을 받은 연극 〈침향〉을 제작하게 된 것을 계기로 최근에는 연극 공연도 활발하게 올리고 있다. 〈엄마를 부탁해〉, 〈산불〉, 〈레드〉, 〈가을소나타〉, 〈대학살의 신〉, 〈피아프〉, 〈33개의 변주곡〉, 〈푸르른 날에〉 등의 연극을 올려 좋은 평가를 받았다. 지금 한국에서 가장 많은 연극을 올리는 기획사가 신시컴퍼니다.

그동안 참 무모한 도전을 많이도 했다. 그 무모한 도전은 지금까지도 계속되고 있고 앞으로도 이어질 것이다. 도전이 두렵고 그 자리에 안주하려는 마음이 생길 때 나는 더 이상 프로듀서 박명성이 아니다. 회사이름도 아예 신시뮤지컬컴퍼니에서 신시컴퍼니로 바꿨다.

돌아보니, 연극판에 뛰어든 지 벌써 30년이 되었다. 연기도 연출도 못해서 프로듀서가 되었는데 이제는 제법 성공했다는 소리도 듣고 신문, 방송, 잡지 등에서 인터뷰를 하자고 전화가 오기도 한다. 사람들로부터 종종 성공비결이 무엇인지 질문을 받기도 하는데, 연기도 연출도 젬병인 내가 연극판에서 먹고살고 있는 비결을 꼽으라면 '사람에 대한 사랑'이 아닐까 한다. 너무 거창하고 식상하기도 하지만 달리 설명할 방법이 없다. 작품을 보는 안목, 관객의 욕구를 읽어내는 능력, 손익을 따지는 계산능력도 물론 중요하지만 결정적인 요인은 아닌 것 같다.

프로듀서는 연기를 하지도 않고 무대장치를 설치하지도 않는다. 작곡이나 작사, 노래를 하지도 않는다. 관객들에게 감동을 주는 일에 직접적으로 연관되어 하는 일은 하나도 없다. 프로듀서는 관객들과 직접 만나는 대신 배우를 만나고 연출가를 만나고 안무가를 만나고 무대 디자이너, 작사가, 작곡가를 만난다. 사람을 찾아내서 적재적소에 배치하고 그들의 앙상블을 만들어내는 것이 프로듀서의 일이다.

나는 프로듀서를 '가장 낮은 곳에서 가장 먼 꿈을 꾸는 사람'으로 정의한 바 있다. 물론 여기서의 꿈은 공연이다. 다른 직업은 어떤지 몰라도 프로듀서는 혼자 꿈을 꾸어서는 안 된다. 프로듀서 혼자 꾸는 꿈은 백일몽에 지나지 않는다. 반드시 그 꿈을 함께 이루어낼 사람들이 있어야 한다. 솔직히 말하자면, 프로듀서는 그 꿈을 달성할 방법도 잘 모른다. 프로듀서는 사람들을 모아놓고 저기 멀리 보이는 깃발을 가리키며 이렇게 말할 뿐이다.

"여러분, 저기 깃발이 보이시죠? 자, 이제 모두 힘을 합쳐 저기로 가는 방법을 찾아냅시다."

약간의 비약이 있으나, 공연을 완성하는 사람은 프로듀서가 아니라 연출을 중심으로 한 배우와 스태프들이니 크게 잘못된 비유는 아니다.

프로듀서는 꿈의 터전을 마련해주는 사람이다. 다시 말해 기상천외한 아이디어를 발산할 수 있도록 멍석을 깔아주는 것이 프로듀서의 일이다. 프로듀서가 사람을 모으려면 먼저 꿈을 꾸어야 한다. 그 꿈을 보고 사람들이 모여든다. 그러니까 프로듀서가 '먼저 꾸는 꿈'이 연기에 재능이 있는 사람, 연출에 재주가 있는 사람, 그 외 각기 다양한 재주를 가진 사람들이 자신의 꿈을 펼칠 수 있게 하는 터전이 되는 것이다. 그들 각자의 꿈을 모아 하나의 거대한 꿈을 완성해내는 사람이 바로 프로듀서다.

그러니 사람을 사랑하지 않고는 프로듀서의 일을 제대로 해낼 수가 없다. 그들 각자의 꿈을 지지해주고, 지친 마음을 위로해주고, 흐트러진 마음을 곧추세워주어야 하기 때문이다. 사람을 사랑하지 못하는 사람은 그 사람의 꿈도 알지 못한다. 사람을 사랑할 줄 알아야 위로를 해줄 수 있다. 관객을 사랑할 줄 알아야 그들을 감동시킬 꿈을 꿀 수 있다. 그래서 기획은 사람에 대한 사랑이자 사람과의 소통이다.

나는 사람을 만나는 것이 좋다. 사람을 사랑하는 것이 핵심 능력인 프로듀서가 사람 만나기를 싫어해서는 안 되지만 그 때문만은 아니다. 노력을 한 것도 있지만 본래 사람들과 이야기하고 정을 나누는 것을 좋아한다. 사람도 잘 믿는 편이다. 신뢰를 갖고 대하고 의심스런 생각이 들면 아예 인연을 맺지 않는다. 그리고 일단 인연이 닿았다면 절대 의심하지 않고 간이고 쓸개고 다 내놓는다.

일을 맡길 때도 마찬가지다. 나는 거의 모든 일을 믿고 맡기는 스타일이다. 윽박지르거나 지시하기보다는 팀원들끼리 끊임없이 아이디어를 창출

하도록 격려한다. '내 아이디어가 통했다'는 쾌감을 맛보게 하는 것이다. 그러면 그 사람은 일에 대한 자신감과 성취감을 느낀다. 옆에서 하나하나 지시하면 크고 작은 실수를 줄일 수는 있다. 하지만 그렇게 하면 그는 더 이상 성장하지 않는다. 실수를 질책하는 것도 성장에 큰 도움은 되지 않는다. 그 사람의 아이디어를 존중해줄 때 진정한 성장이 이루어진다고, 그것이 바로 사람을 키우는 일이라고 믿는다.

때로 프로듀서는 외롭다. 우리의 꿈이 실패했을 때 프로듀서는 그들 모두를 위로하고 새로운 꿈을 제시해야 한다. 하지만 프로듀서를 위로해주는 사람은 없다. 스스로 일어서야 하고 스스로 다시 꿈을 꿀 용기를 내야 한다.

이번 책에서는 나와 함께 꿈을 꾼 사람들의 이야기를 주로 했다. 인생이란 것도 사람으로 시작해 사람으로 끝나듯이, 공연을 만드는 일 역시 사람으로 시작해 관객이라는 사람으로 끝난다. 좋은 콘텐츠를 만드는 지름길은 없다. 내가 알기로 그런 방법은 세상 어디에도 없다. 오로지 진심이다. 그것밖에 없다. 사람을 만나 그 인연을 곱게 가꾸어가는 것이다. 사람이 전부다.

객석을
눈물바다로
만들다

'해보고는 싶은데 굉장히 어려울 것 같다.'
엄마 이야기는 전 세계 어디에서도 감동스럽고 누구나 공감하는 이야기다.
엄마를 생각하면 눈물이 고이고 엄마의 엄마를 생각하면
가슴이 덜컥 내려앉으면서 고였던 눈물이 흐른다.
'언제는 어렵다고 안 했나? 오히려 어려워서 더 기를 쓰고 매달린 일이 많았다.'
결론이 나왔으면 더 주저하거나 돌아볼 것 없다. 잘 만들면 된다.

〰 언제는 어렵다고 안 했나?

우리의 삶이 산모의 고통으로부터 시작되듯이 모든 공연 역시 아픔을 수반한다. 그래서 하나의 작품은 하나의 생명이나 마찬가지다.

어렸을 때는 부모가 이 세상의 전부인 양 의지하고 따르지만, 조금 더 자라 사춘기가 되면 반항하기 시작하고 부모로부터 독립을 꿈꾼다. 독립한 후에는 부모의 존재를 잊고 지내다가 세월이 지나 자신도 부모가 되어서야 부모를 이해하고 그네의 삶이 안쓰러워진다. 그리고 마지막에는 그리워한다.

손을 잡고 다정하게 극장 문을 나서는 모녀도, 중년의 부부도, 젊은 연인들도, 공연을 보고 나온 사람들의 눈은 하나같이 빨개져 있었다. 더러는 그때까지 어깨를 들썩이며 우는 사람도 있었다. 공연을 보면서 나 역시 프로듀서의 본분을 잊었다.

그 순간만큼은 나도 엄마를 생각하는 자식이었다. 팔순의 노모를 생각하는 내 눈도 빨개져 있었다. 농사를 지어 7남매를 키우신 어머니는 아직도 자식 걱정이 태산이시다. 한 번은 어머니가 전화를 하셔서 이런 말씀을 하셨다.

"누군데 엉뚱한 여자랑 다정하게 사진을 찍느냐?"

어머니가 말씀하신 '엉뚱한 여자'란 박칼린이다. 같이 인터뷰하면서 찍은 사진이 일간지에 3면에 걸쳐 대문짝만하게 실렸는데, 어머니가 박칼린이 누군지 아실 리가 없다. 동네 사람들이 오해할까봐 걱정이시고, 혹시 며느리가 기분 나빠하지는 않는지 전화를 걸어 슬쩍 떠보기도 하셨다. 이런 게 엄마의 마음인 것 같다.

돌아가셨든, 아직 생존해계시든 "엄마를 잃어버린 지 일주일째다"라는 신경숙 작가의 소설『엄마를 부탁해』의 첫 문장을 읽으면 누구나 가슴이 먹먹해진다. '엄마에게도 엄마가 필요하다'는 메시지는 지동설의 출현에 맞먹는 충격을 준다. 관객들이 공연 내내 울고 공연이 끝난 후에도 울먹거리는 걸 보면서, 가장 중요한 존재를 잊고 살았던 지난날을 반성할 수 있는 계기가 된다면 이 공연은 충분히 의미가 있다고 생각했다.

나 역시 일을 하면서 일주일에 수십 명을 만나 함께 차를 마시고 식사를 했지만 어머니와 저녁을 먹는다는 생각은 하지 못했는데, 〈엄마를 부탁해〉 공연을 하면서 이전보다는 조금 더 효자가 되었다. 더 자주 뵈러 가고 고향 쪽에 특강이 잡히면 무조건 가서 어머니를 뵙고 온다.

애초 소설을 연극으로 만들어보겠다는 생각을 한 사람은 내가 아니라 우리 스태프들이었다. 최은경 부대표, 정소애 기획실장, 박지형 팀장, 최경화 팀장, 최승희 팀장 등과 둘러앉아 차 한 잔 마시면서 이런저런 이야기를

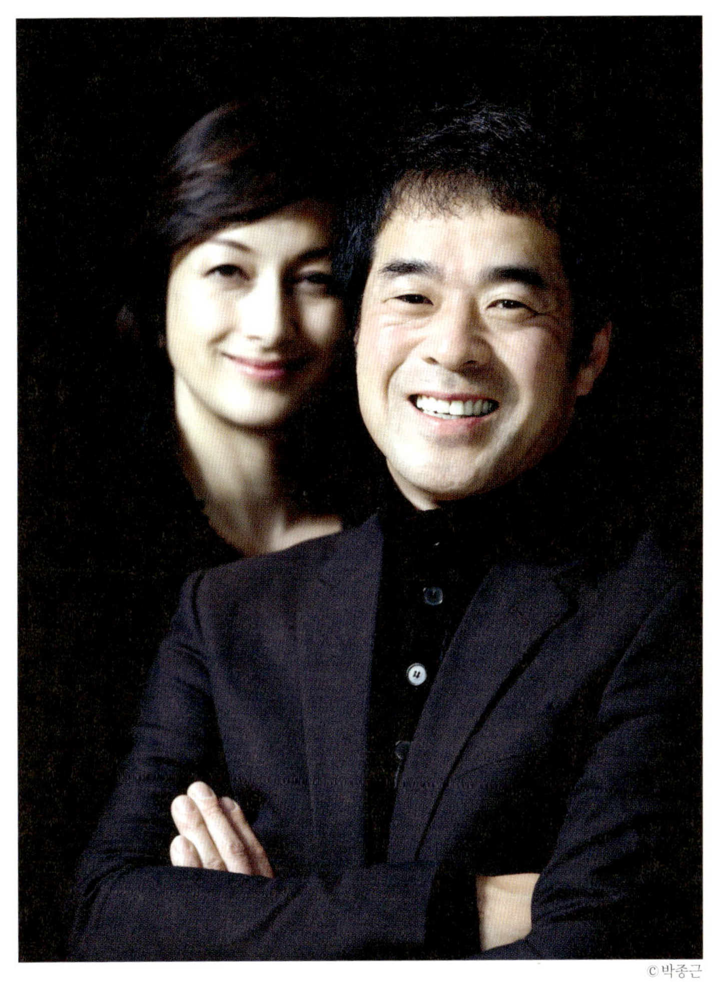

ⓒ박종근

일간지에 다정하게 실린 박칼린과 나의 사진.
어머니는 누군데 엉뚱한 여자랑 다정하게 사진을 찍느냐며 걱정을 하셨다.

하고 있었다. 그때 누군가 굉장히 조심스럽게 소설『엄마를 부탁해』를 연극으로 만들어보면 어떨까 하는 말을 꺼냈다.

소설은 이미 장기 베스트셀러 목록에 올라 있었다. 메시지와 스토리가 대중의 감성을 자극하기에 충분하다는 뜻이다. 그런데도 '이거 합시다'라고 자신 있게 말하지 못한 것은 소설이기 때문이다.

문학과 연극은 서로 완전히 다른 장르이기 때문에 소설을 연극으로 옮기기란 굉장히 어려운 작업이다. 첫 번째 난관이자 가장 어려운 작업이 각색이다. 배경, 인물, 주제가 소설이 갖고 있는 기본적인 테두리에서 벗어나면 안 된다. 소설은 문장으로 정확하게 상황을 설명해주는데, 연극에서는 행간의 여백이 필요하다. 소설은 추상적인 장면도 많고 시공간의 초월이 자유롭지만, 연극은 그럴 수 없다. 로맨틱코미디라면 그리 어렵지 않은데 진중한 주제의식을 갖고 있는 소설을 연극으로 옮기기란 여간 어려운 작업이 아니다. 소설의 문체를 그대로 사용하면 설교가 되어버리고 말의 재미를 살리자면 의미가 퇴색되어버리기 쉽다. 그래서 각색을 하는 작가 입장에서는 차라리 새로운 작품을 쓰기가 더 편하다는 말이 나오는 것이다.

더구나 『엄마를 부탁해』는 사회현실 혹은 삶의 굴레 속에 존재하는 인간의 내면을 섬세한 필치로 그려내며 수많은 화제작을 발표한 신경숙 작가의 소설이다. 내면 깊숙이 파고드는 문체를 대사로 풀어내야 한다. 이미 김영하 작가의 소설 『퀴즈쇼』를 뮤지컬로 만들어본 경험이 있기에 소설을 무대로 옮기는 작업이 얼마나 힘든 일인지 모두들 잘 알고 있었다. 그래서 자신 있게 제안하지 못했던 것이다.

신경숙 작가의 소설이라면 작품성은 의심의 여지가 없다. 나도 신경숙 작가의 소설은 모두 읽은 팬 중 한 명이다.

'해보고는 싶은데 굉장히 어려울 것 같다.'

독백이 많고 이야기 전체를 이끌어가는 주인공이 없는 등 무대로 옮기기 어려운 스타일의 작품이었다. 소설을 어떻게 드라마투르기를 만들고 등장인물들 간에 어떤 극적 요소를 만들어야 관객들에게 호응을 얻을 수 있을까? 이런 난제들 때문에 잠시 고민은 했지만 오래가지는 않았다. 엄마 이야기는 전 세계 어디에서도 감동스럽고 누구나 공감하는 이야기가 아닌가. 엄마를 생각하면 눈물이 고이고 엄마의 엄마를 생각하면 가슴이 덜컥 내려앉으면서 고였던 눈물이 흐른다.

'언제는 어렵다고 안 했나? 오히려 어려워서 더 기를 쓰고 매달린 일이 많았다.'

이렇게 생각하자 결론이 확실하게 보였다. 결론이 나왔으면 더 주저하거나 돌이볼 것 없다. 저작권을 취득하고 잘 만들면 된다. 공연을 잘 만드는 일, 그것은 곧 사람을 잘 만나는 일이다. 그냥 만나는 게 아니라 진심으로,

이미 김영하 작가의 『퀴즈쇼』를
뮤지컬로 만들어본 경험이
있기에 소설을 무대로 옮기는
작업이 얼마나 힘든 일인지
모두들 잘 알고 있었다.

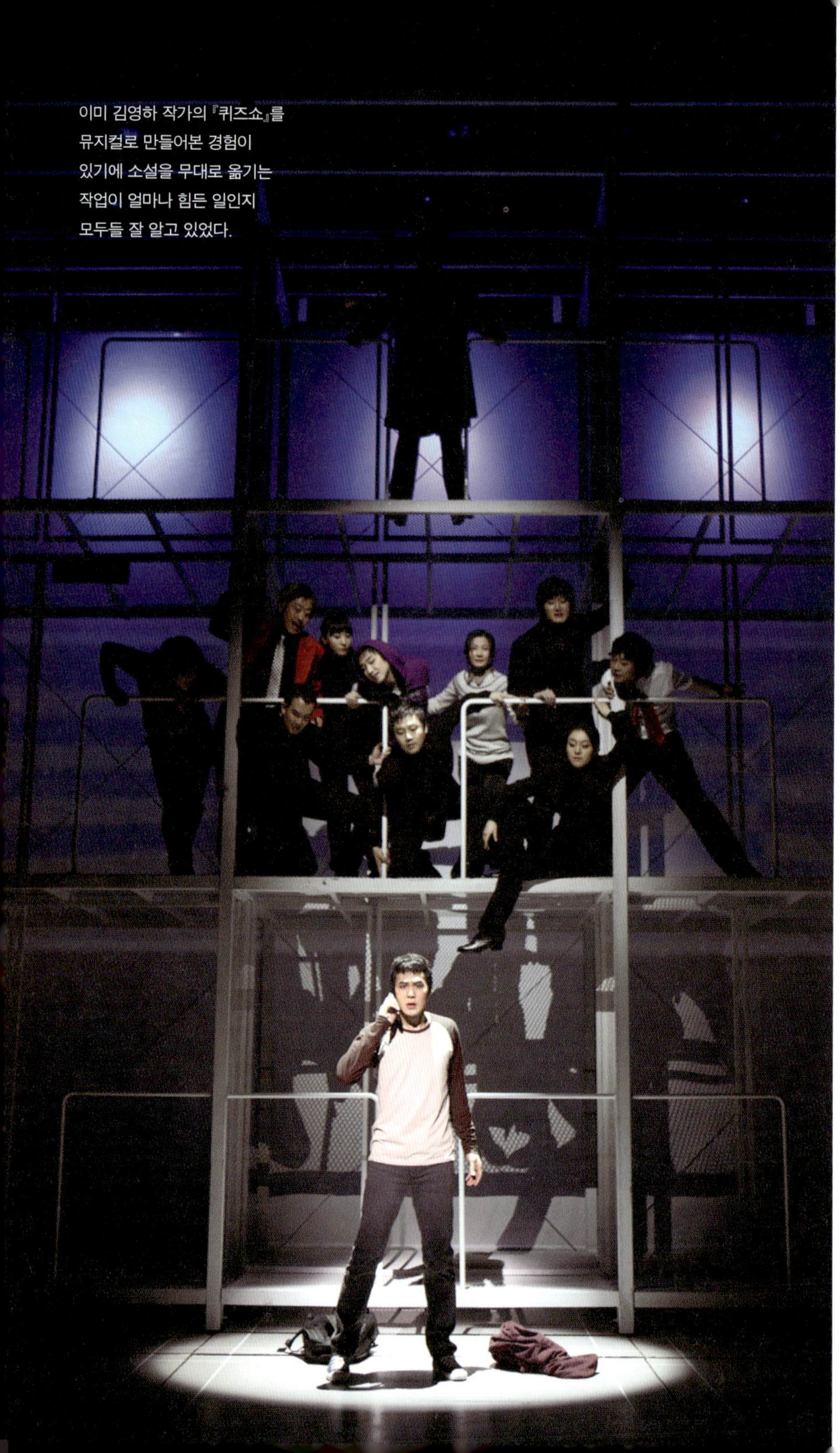

그야말로 제대로 만나는 것이다.

⋀ 간절한 진심

내 성격은 좋게 말하면 단호하고 나쁘게 말하면 급하다. 일단 마음을 정하고 나면 바로바로 일을 진행해야 한다.

"우선 출판사에 전화해서 라이선스 취득이 가능한지부터 알아보는 게 좋겠어."

내심 불안했다. 이 정도의 작품이라면 누구라도 욕심을 낼 만했다. 아니나 다를까, 통화를 하고 돌아오는 최경화 팀장의 얼굴이 어두웠다. 이미 열 군데가 넘는 컴퍼니에서 각각 영화, 방송, 뮤지컬, 연극으로 만들겠다고 저작권 신청을 해놓은 상태였다. 말하자면 우리는 막차를 탄 셈이었다. 그래도 끝날 때까지는 끝난 게 아니니까 해보는 데까지 해봐야 한다고 판단했다.

서로 일면식이 없었지만 신경숙 작가는 내 대학후배다. 물어물어 가다 보면 연락처를 아는 사람이 없지는 않겠지만, 그보다는 우리의 진심을 보여주는 것이 먼저라는 생각이 들었다. 마음을 전할 방법을 찾다가 직접 손으로 편지를 쓰기로 했다. 속도로 치자면 이메일이 훨씬 빠르지만 왠지 디지

털 신호로 바뀌면서 마음이 탈색될 것 같았다. 정확한 내용은 기억하지 못하지만 아래와 같은 내용이었다.

'신경숙 선생의 작품을 빼놓지 않고 읽는 팬의 한 사람으로, 이 작품을 연극으로 만들고 싶다. 연극으로 성공하고 그 다음에 업그레이드시켜 뮤지컬로도 만들어보고 싶다. 이 작품을 다른 장르로 개발하기 위해 여러 곳에서 말이 오간 것으로 알고 있다. 서울연극협회장을 맡았던 만큼 연극에 대한 사명감과 책임감을 갖고 작품활동을 해오고 있다. 원작에 손상이 가지 않게, 신경숙 선생께 부끄럽지 않게 최선을 다해 만들겠다. 제작비도 과감하게 투자해서 고급스럽게, 소설이 갖고 있는 이미지에 전혀 손상이 가지 않게 하겠다.

우리는 차범석 선생의 희곡 「산불」을 〈댄싱 섀도우〉라는 대형 뮤지컬로 만들었고, 김영하 작가의 소설 『퀴즈쇼』를 뮤지컬로 만든 경험도 있다. 지금 황지우 시인의 희곡 「오월의 신부」도 뮤지컬로 만들고 있다. 『엄마를 부탁해』를 정말 좋은 연극으로 만들어보겠다. 많은 사람들이 볼 수 있도록 홍보마케팅에서도 투자를 아끼지 않겠다. 한 번도 서로 만나지는 못했지만 좋은 인연이 될 수 있다고 확신한다. 꼭 우리에게 기회를 주면 고맙겠다.'

출판사에 사정을 설명하니, 출판사로 보내면 신경숙 작가에게 전해드린다 해서 편지와 나의 책 『뮤지컬 드림』을 보냈다. 마음이 급하니까 편지를 보낸 순간부터 답장이 기다려졌다. 하루 이틀은 그래도 참을 만했는데 일주일이 지나도록 답이 없으니 너무 초조했다. 그렇게 더디게 가는 일주일이 더 지나고서야 답장을 받았다. 신경숙 작가가 보낸 이메일은 간결했다.

'결정단계에서 박명성 대표에게 편지가 왔다. 정말 시기적절하게 좋은 제안을 해줘서 고맙다. 편지를 받고 출판사에 신시컴퍼니라는, 작품을 잘 만드는 곳에서 하고 싶다고 하니 같이 포함시켜서 저작권 심사를 해달라고 했다. 대형작품을 만든 믿을 만한 회사라고 소개해두었으니 빨리 접촉을 해보시라.'

진심이 통한 것일까? 간결한 내용이었지만 이보다 더 든든한 대답은 없을 것이다. 다음날 바로 약속을 잡고 출판사가 있는 파주로 한걸음에 달려갔다. 나중에 이야기를 들어보니 정말 아슬아슬한 타이밍이었다. 조금만 늦었어도 저작권이 다른 데로 넘어갔을 것이다. 거의 1년 가까이 공을 들이고 있었던 회사도 있었던 것이다.

신경숙 작가가 말을 넣어준 덕분에 일은 일사천리로 진행되었고, 며칠 지나지 않아 계약에서 극장 대관까지 마무리 지었다. 일이 기분 좋게 마무리되고 얼마 지나지 않아서 '이상한 전화'를 한 통 받았다. "형님, 우리가 오랫동안 공을 들였는데 그걸 형님이 가져가버리셨더라고요. 형님, 그 작품 저희가 하면 안 되겠습니까? 저희한테 다시 주시면 안 되겠습니까?"

저작권을 넘기는 일이 공연계에서 전혀 없는 사례는 아니다. 작품에 욕심이 나서 저작권은 가져왔는데 제작할 수 있는 한계점을 넘어서거나 투자를 받지 못하면 다른 회사와 합작을 하거나 아예 넘겨버리는 일도 비일비재하다. 하지만 열심히 한다고 생각했던 후배가 어처구니없는 부탁을 한 것이 실망스러웠고, 나를 대책 없이 저작권부터 챙겨놓고 보는 사람으로 본 것에 화가 났다. 시장조사도 없이 저작권을 넘겨줄 출판사도 아니고 신경숙 작가 역시 신중한 사람이다. 그들이 어디가 잘 만들고 또 계속 살아남는 작품을 만들 수 있는지를 심사숙고해서 결정한 일인데, 마치 내가 중간에 농간을 부려서, 혹은 부당한 방법으로 저작권을 가로챈 것처럼 말하는 것을 참을 수 없었다.

"네가 나를 잘못 생각했어. 작품을 하고 싶어서 계약을 한 거지, 다른데 넘겨주려고 한 거 아니야. 나는 연극을 그렇게 하지 않아. 네가 나한테 전화한 거 자체가, 이건 비즈니스가 아니야. 경쟁에서 졌으면 그 작품하고는 인연이 없다고 생각할 일이지, 다시 달라고 하는 건 옳지 않아. 너는 왜 비즈니스를 그렇게 하니?"

나는 본래 돌려서 말하지 못한다. 있는 그대로 정확하게 이야기해야 하는 성격이다. 그런데 그 후배는 많이 서운했던 것 같다. 서운한 것은 이해를 하지만, 서운할까봐 옳지 않은 일을 할 수도 없고 후배가 그른 소리를 하는

데 그냥 넘길 수도 없다. 그렇게 하지 않으면 나를 비롯한 우리 심시의 판단, 출판사와 작가의 판단을 비웃는 일이 되어버리기 때문이다. 사람도 인연이 따로 있듯이 원작도 공연되기 위해서는 제작사와 인연이 있는 법이다.

통증 없는 성장은 없다

나뭇가지와 나뭇잎은 뿌리가 튼튼해야 바람이 불어도 신나게 춤을 출 수 있다. 제아무리 뛰어난 피아니스트라도 곡이 좋지 않으면 사람들을 감동시키는 연주를 할 수 없다. 연극도 마찬가지다. 날고 기는 연출가와 배우들을 섭외해도 대본이 나쁘면 어쩔 도리가 없다. 더구나 이번 작업은 소설을 희곡으로 고치는 일이다. 소설에 있는 내용 그대로를 희곡으로 옮기자면 16부작 TV 드라마만큼의 분량이 되어버린다. 자기 나름대로 소화를 해서 함축적인 스토리를 만들어야 하는데, '함축'을 하자면 필연적으로 생략이 따를 수밖에 없다. 원작자의 본뜻을 거스르지 않고 관객도 감동시킬 대본을 만들 수 있는 사람이 누구일까?

잠깐 동안 아는 사람들을 한 명 한 명 머릿속에 떠올려보았지만 마땅한 사람이 없었다. 그도 그럴 것이 1999년부터 근 10년 동안 뮤지컬만 해왔기 때문이다. 2008년부터 연극을 제작하기 시작했지만, 그때까지 우리가 만든 연극은 〈침향〉, 〈피카소의 여인들〉, 〈피아프〉, 〈가을소나타〉 등 네 작품이 전부였다. 또 3년 동안 서울연극협회장으로 있었지만 큰 흐름만 알지 자세한 부분까지는 몰랐다.

작품을 맡겨야 하는데 내가 아는 사람 중에는 마땅한 사람이 없다면, 마땅한 사람을 아는 사람을 찾으면 된다. 원래 프로듀서가 이런 일에 능숙하다. 공연계가 좁다고 해도 내가 모든 사람을 다 알 수는 없고, 안다고 해도 그 진가를 모르고 있는 경우도 있다. 예로부터 어른들께서 그러셨다. 모를 땐 물어보라고.

극단 미추의 박현숙 실장에게 전화를 걸었다. 서로 의논을 많이 하는 편인데, 주로 내가 도움을 받는 쪽이다. 상황을 설명하고 작가를 추천해달라고 했더니 "음…, 고연옥 작가가 좋을 것 같은데요" 했다.

'고연옥?'

그제서야 잠자고 있던 고연옥 작가에 대한 데이터가 깨어났다. 이미지는 굉장히 세밀하고 농도 짙은 작품을 쓸 것 같은데 힘 있고 선이 굵은 작품을 쓰는 작가, 여자임에도 감옥, 유치장, 군대 이야기를 많이 쓰는 작가. 고연옥 작가는 〈발자국 안에서〉라는 작품으로 제28회 서울연극제에서 희곡상을 받았고, 그 작품은 김광보 연출로 대상도 받았다.

‘원작이 갖고 있는 세밀한 감성을 조금 거칠게 풀어내는 것은 어떨까?’

편견인지도 모르지만 선이 굵은 작가는 세밀하고 감성적인 작품도 쓸 수 있다는 게 내 생각이다. 고연옥 작가라면 가능하다는 확신이 섰다. 고연옥 작가에게 곧바로 연락을 했는데 다행히 시간도 되고 하고 싶은 마음도 있었다.

본래 각색가가 정해지면 바로 원작자를 만나 이야기를 들어보는 것이 순서다. 삼청동의 한 찻집에서 신경숙 작가를 만나기로 한 날, 우리는 꽤 긴장하고 있었다. 여기서 ‘우리’는 나, 책임프로듀서인 최경화 팀장, 그리고 고연옥 작가다. 우리는 똑같이 이런 걱정을 하고 있었다.

‘원작자가 연극으로 옮기는 데 있어 무리한 요구를 하면 어떡하지?’

그렇다고 우리 마음대로 하겠다고 할 수는 없다. 그건 원작자에 대한 예의가 아니다. 만약 원작자가 ‘이 장면, 이 장면, 이 장면은 꼭 들어가야 하고 이 문장, 이 문장, 이 문장은 토씨 하나 바꾸지 말고 그대로 들어가야 하고…’라고 하면 일이 어려워진다. 연극 만드는 일이야 항상 어렵지만 원작자가 무리한 요구를 하면 작품이 누더기가 되어버린다

“희곡으로 바꿀 때 원하는 부분이 있으시면 말씀해주세요.”

“소설에서 연극으로 가는 거니까 이제는 제 자식이 아니에요. 또 새로운 자식이 태어나는 거잖아요. 알아서 해주세요. 저는 박 대표님 믿습니다.

사실 이 작품을 쓸 때부터 연극을 염두에 두고 최대한 희곡처럼 썼어요. 연극 만드는 과정을 잘 알고 있으니까요. 저는 공연 때 보러 갈 거니까 저한테 미리 대본 보여주실 필요도 없어요."

소설에서 나타나는 이미지도 달라지면 안 된다고 하는 작가도 많은데 나를 언제 보았다고 대본도 보여줄 필요가 없다니! 나는 깜짝 놀랐다. 그런 반응이 나오리라고는 전혀 예상하지 못했다.

"다만….."

신경숙 작가는 조심스럽게 말을 이었다.

"제가 낭독회에 가면 항상 발췌해서 읽는 부분이 둘째 딸이 언니에게 보낸 편지에서 엄마가 준 감나무에 대해 이야기하는 장면이에요. 독자들이 듣기만 해도 엄마를 떠올리고 눈물을 흘리거든요. 그 장면을 넣어도 좋을 거 같아요."

빠질 수 없는 장면, 명장면이다. 그런데 그 장면조차도 꼭 넣어야 한다는 게 아니라 넣으면 좋을 것 '같다'고 했다. 우리는 입이 벌어졌다. '과연 시대를 대표하는 작가구나.' 그녀에게서 잘나가는 작가로서의 권위적인 모습은 어디에서도 찾을 수 없었다. 또한 연극을 이해하는 작가이자 연극을 사랑하는 관객이기도 하다는 것을 느낄 수 있었다.

나중에 『엄마를 부탁해』가 뮤지컬로 만들어졌을 때 신경숙 작가는 '원작자의 글'을 뉴욕에서 메일로 다음과 같이 보내왔다.

'원작자인 나로서는 내 작품이 다른 장르로 건너가 재탄생될 때 그 장르 전문가의 안목을 살펴보고 작품 허락을 하는 것만 할 뿐입니다. 신시컴퍼니의 박명성 대표가 〈엄마를 부탁해〉의 제작자였기에 나는 아무런 걱정도 하지 않았습니다. 그가 지금까지 공연 쪽에서 보여준 행보들을 믿기 때문입니다. 그가 앞서서 이 작품을 연극으로 제작해 무대에 올리는 과정을 보면서 나의 믿음은 더욱 두터워졌죠. 이번에도 그의 안목과 열정이 분명 멋진 뮤지컬로 만들어지도록 했을 겁니다. 내가 지금 뉴욕에 머물고 있어서 그 성과를 함께 보지 못하는 것이 아쉬울 따름입니다.'

신경숙 작가의 배려 덕분에 각색이 조금은 쉬워졌다. 하지만 그건 어디까지나 까다로운 원작자를 만났을 때와 비교했을 때 그렇다는 것이지 각색은 절대로 쉬울 수 없는 작업이다. 각색의 전권을 위임받은 고연옥 작가는 무려 열 차례 이상 대본을 수정했다. 이건 고연옥 작가의 능력과는 무관한 일이다. 초고에서 만족하는 경우는 거의 없다. 최대한 좋은 결과를 이끌어내려면 수정에 수정을 거듭해야 한다. 연출가와 작가, 프로듀서가 대화를 통해 업그레이드시키고, 공연 시작 이후에 수정하는 경우도 있다.

대본과 관련해서 나는 어떤 권한도 행사하지 않았다. 책임프로듀서가 있기 때문에 권한이 없다고 하는 게 올바른 표현이다. 대본이 바뀔 때마다 출력을 해서 보여주면 몇 가지 제안을 하거나 소감을 말했을 뿐 여기저기 고치라는 말은 하지 않는다. 내 말은 참고사항이지 의무사항이 아니다. 훌륭한 프로듀서가 되려면 고생도 하고 실수도 해야 한다. 막중한 책임감을 느끼고 독자적으로 어떤 결정을 내려놓고 밤새워 불안에 떨어보기도 해야 한다. 그렇게 해야 성장한다는 것이 내 생각이다. 모든 성장에는 통증이 따르는 법이다.

⋀ 새로움은 의외성으로부터 온다

저작권을 취득하고 얼마 되지 않았을 때였다. 다른 일로 배우 김성녀 선생을 만난 자리에서 연극 〈엄마를 부탁해〉를 하기로 했다는 말씀을 드렸다.

"나도 그 소설 우리 손진책 씨가 읽어보라고 해서 읽었어. 소설 읽으면서 눈이 퉁퉁 붓도록 울더라고. 엄마한테 죄를 많이 지었나봐."

아는 사람은 다 알겠지만 손진책 선생과 김성녀 선생은 연극인 부부다. 국립극단 예술감독으로 계신 손진책 선생은 연출가로서는 자기만의 색깔을 가진 분이고 개인적으로는 내가 존경하고 멘토로 삼는 분이다. 그런 분께서 눈이 퉁퉁 붓도록 우실 정도로 감동을 받은 작품이라니. 고민할 것도 없이 선생께 연출을 부탁드렸다. 하지만 아쉽게도 손진책 선생은 중국 공연일정 때문에 할 수 없다 하시며 고석만 선생을 추천하셨다.

그러나 의외의 제안에 나는 당황했다. 고석만 선생은 나와 20년의 인연이 있는 어른이다. 자주 뵙는 어른이고 우리 공연도 항상 보셨다. 드라마 연출로는 명성 또한 대단한 분이다. 〈제2공화국〉, 〈제3공화국〉, 〈간난이〉를 비롯해 그 유명한 〈수사반장〉을 연출하신 분이다. 그런데 모두 TV 드라마다. 대학 때는 연극 연출을 하신 적도 있다 하셨지만 그건 정말 옛날 일이다. 너무 엉뚱한 제안이라 '다른 분은 없습니까?'라는 말을 하려던 찰나 머리에서 뭔가 '띵!' 하는 소리가 들렸다.

"의외로 신선하고 좋은데요."

우리는 기존의 관념에서 벗어난, 의외의 대상에서 새로움을 느낀다. 공연에서 새로움이란 늘 중요하다. 물론 의외라고 해서 항상 새로운 느낌을 주는 것은 아니다. 치기 어린 새로움도 있다. 성공적인 새로움은 관객에게 '신선한 감동'이라는 평가를 받는다. 우리가 원하는 것도 바로 그런 것이다. TV 드라마와 연극은 배우들이 무대에서 연기를 한다는 공통점이 있지만 조금만 파고들면 완전히 다른 장르라고 해도 좋을 만큼 차이가 크다. 연극 경험이 많지 않은 드라마 연출가에게 연극을 맡긴다면 치기 어린 새로움이 나오겠지만 고석만 선생은 대가다. 언젠가 연극을 한 번 해보고 싶다는 말씀도 하셨다. 고석만 선생이 연출을 하면 드라마적 요소가 가미된 연극 〈엄마를 부탁해〉가 탄생할 것이라는 확신이 생겼다. 의외의 것, 도전을 좋아하는 내 스타일에도 딱 맞았다.

마침 고석만 선생은 한국문화콘텐츠진흥원장을 그만두신 이후여서 크게 다른 작업을 하고 계신 것이 없었다.

"〈엄마를 부탁해〉를 연극으로 만드는데 선생님께서 연출을 맡아주시면 어떻습니까?"

"내가?"

의외의 제안이라 고석만 선생도 무척 놀라셨다.

"나도 소설을 읽어보기는 했는데…, 내가 할 수 있을까…?"

나는 이러쿵저러쿵 말하지 않고 고석만 선생의 다음 말을 기다렸다. '내가 할 수 있을까?'라는 질문이 나를 향한 것이 아니라 선생 자신을 향한 것으로 들렸기 때문이다.

"근데…, 한번 해보자. 내가 잘 만들어볼게. 소설을 읽어보긴 했지만 당장 몇 번 더 읽어봐야겠네."

고석만 선생은 확신을 갖고 말씀하셨다. 나중에 언론과의 인터뷰에서 "연극이 저로 인해서 눈곱만큼이라도 좋은 쪽으로 발전될 수 있다면 진짜 몸이 부서지더라도 연극발전을 위해서 해봐야겠다는 생각을 하면서 연출을 맡았다"고 말씀하셨다.

고석만 선생은 방송 일을 오래하신 분인 만큼 탤런트 위주로 캐스팅을 생각하셨다. 애초에는 모든 배역을 탤런트로 채울 생각이었는데 여의치가 않았다. 공연이 두 달이었기 때문에 인지도가 있는 탤런트들은 두 달을 빼는 모험을 하려고 하지 않았다. 그래서 결국에 나는 엄마 역할만 대중적으로 인지도 있는 배우로 정하고 다른 배역은 연극인들을 캐스팅하자고 제안했다. 〈엄마를 부탁해〉에 출연했던 탤런트들은 거의 고석만 선생과의 인연 때문에 출연을 결정했다.

제일 먼저 엄마 역에 캐스팅된 정혜선 선생은 섭외할 때부터 너무 좋다고 하셨다. 그 연세에 두 달을 혼자서 하신다는 것 자체가 우리를 감동시켰다. 젊은 배우들도 두 달 공연은 꺼린다. 두 달 동안 컨디션을 유지할 자신이 없기 때문이다. 백성희 선생, 박웅 선생, 심양홍 선생도 시원하게 출연을 결정해주셨다.

캐스팅 당시 가장 애를 먹은 사람은 출연도 하지 않았던 정보석이다. 고석만 선생과는 학교 선후배 사이고 방송국에서도 같이 일을 한 적이 있었다. 고석만 선생이 큰아들 역을 제안하자 대본도 보지 않고 하겠다고 한 모양이다. 정보석이라면 금상첨화, 최고의 캐스팅이었다. 당시 그는 〈지붕 뚫

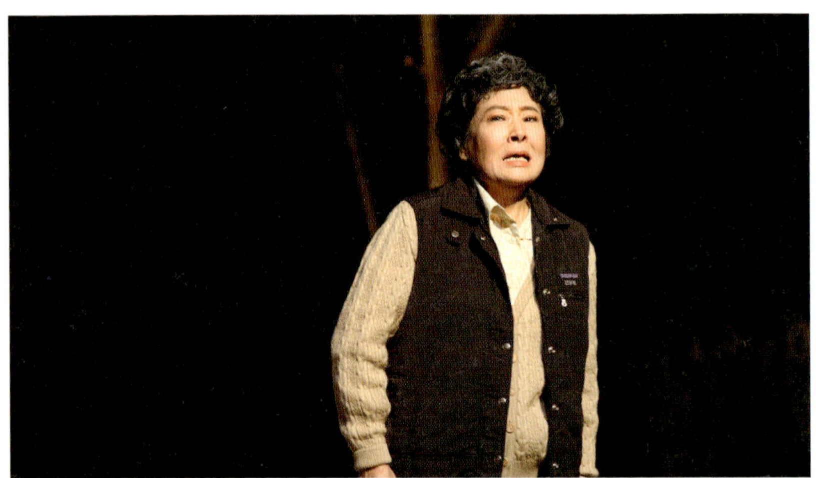

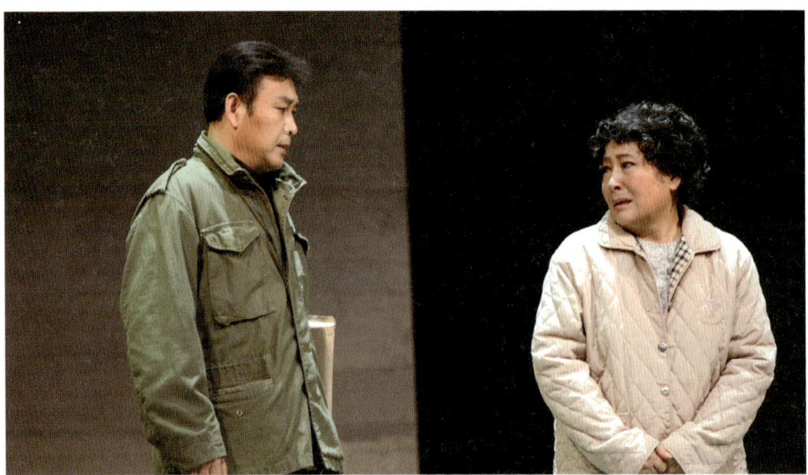

정혜선 선생은 섭외할 때부터 너무 좋다고 하셨다.
그 연세에 두 달을 혼자서 하신다는 것 자체가 우리를 감동시켰다.

고 하이킥〉이라는 시트콤에서 '쥬얼리 정'으로 활약하고 있었다. 연기력도 좋고 지금 인기를 누리고 있는 배우가 출연한다면 작품 흥행에도 큰 도움이 된다. 그런데 프로그램이 너무 인기가 있었던 것이 우리에게는 좋지 못한 결과를 불러왔다. 애초 계획보다 방송을 연장하기로 결정된 것이다. 연극이 전공인 정보석은 연극은 연습이 중요하다는 것을 잘 알고 있는 배우다. 시트콤의 연장방송이 결정되면서 연극 연습을 몇 번 하지도 못하고 공연에 들어갈 수밖에 없는 처지가 되어버렸다.

새 작품을 잡은 거라면 나도 화가 났을 텐데 본인의 뜻과는 상관없이 벌어진 일이다. 그러니 질질 끌어봐야 서로 피곤하고 해결되는 것도 없다. 한바탕 소동이 있고 난 후 큰아들 역은 길용우 선배와 고동업이 더블캐스팅되었다.

큰딸 역은 내가 추천을 해서 연기파 배우 서이숙으로 결정되었다. 서이숙은 대학로 연극판의 대표적인 여배우다. 이름은 낯설겠지만 얼굴을 보면 아는 분들이 많을 것이다. 〈제중원〉이라는 드라마에서 명성황후 역을 맡았고 몇 편의 영화에도 출연했다. 물론 주요 활동무대는 연극판이다. 극단 미추에서 15년 넘게 활동하면서 연기력, 성실함, 열정 모든 부분에서 검증받은 배우다. 그녀는 2011년 연말에 열린 연극인의 날 행사에서 올해의 배우상을 수상했고, 2012년에는 김동훈 연극상을 수상했다.

팀이 갖춰지면서 본격적인 연습에 들어갔다. 연극은 연습이다. 연기를 잘하는 배우일수록, 수많은 역할을 했던 원로배우일수록 연습에 매진한다. 연기를 잘해서 명배우인지, 연습을 잘해서 명배우인지 모를 지경이다. 어른들께서 열심히 연습을 하시고 젊은 연극인들은 그분들을 모범 삼았다. 이런 앙상블이 내가 좋아하는 장면이다. 우리 후학들이 본받아야 할 가장 큰 연극유산이 아닐까?

고마운 사람들

신경숙 작가는 대본이 나오고 연습을 하는 중에 단 한 번도 연락을 하지 않았다. 자신의 작품이 어떻게 재탄생되고 있는지 궁금하고 걱정되지 않았을 리 없다. 그런데도 참고 참았다가 약속대로 공연 첫 날에 모습을 보였다. 그날 마음고생이 가장 심했던 사람은 고연옥 작가였다. 자리가 신경숙 작가 바로 옆이었다. 원작자 옆의 각색가라니, 가시방석도 그런 가시방석이 없었을 게다.

연극이 시작되자 고연옥 작가의 방석에는 더욱 날카롭고 긴 가시가 돋았다. 뒤에서 신경숙 작가의 등을 보는 내 방석에도 가시가 돋았다. 무슨 이유 때문인지 장면이 시작될 때마다 신경숙 작가는 깊은 한숨을 몰아쉬었다. 처음에는 긴가민가했는데 시간이 갈수록 부정적인 한숨인 것처럼 느껴졌다. 고연옥 작가는 "그때 그 자리에서 숨이 막혀 죽는 줄 알았다"라고 나중에 털어놓았다.

긴긴 시간이 지나고 공연이 끝났다. 마음 같아서는 조용한 자리에 앉아서 소감을 묻고 싶었는데 그러지를 못했다. 바쁜 시간을 쪼개 공연을 보러 와주신 어른들께 인사를 해야 했고 신경숙 작가도 바로 공연장을 떠났다. 자리가 정리되자마자 신경숙 작가에게 문자를 보냈다.

'오늘 첫 공연에 와주셔서 고맙습니다. 부족한 부분을 말씀해주시면 계속 수정 보완토록 하겠습니다.'

오래 만나지는 않았지만 내가 아는 신경숙 작가의 성품이라면 간단한 답이라도 줄 거라고 생각했는데 묵묵부답이었다. 불안하고 초조한 마음에 답을 기다리지 못하고 전화를 드렸는데 받지 않았다. 그때 내가 할 수 있는 가장 긍정적인 상상은 '일찍 주무시나' 하는 거였다. 다음날이 되어도 답이 없었다. 내 전화번호가 찍혔을 텐데도 답이 없다는 것은 공연에 대해 부정적으로 평가한다는 것으로 생각했다.

'공연이 만족스럽지 않았던 것일까?'

내내 불안한 마음으로 지내기에 이틀은 꽤 긴 시간이다. 신경숙 작가는 공연을 본 지 이틀이 지나고서야 내게 전화를 걸어왔다.

"수고하셨습니다. 공연 잘 봤고요. 근데…, 소설에 없던 장면이 들어갔더군요."

해당 장면에서는 고개까지 숙이면서 긴 한숨을 여러 번 쉬던 것이 기억났다. '엄마'의 자식들이 서울에서 지내던 방이 나온다. 하루는 옆방의 처녀가 자살하는 사건이 발생하는데 원작에 없는 장면이다. 이것은 창작이 아니라 신경숙 작가의 소설 『외딴 방』에 나오는 이야기다. 드라마틱한 내용을 넣기 위해, 또 당시 사회의 분위기를 표현하기 위해 연출가께서 고집을 해서 가져온 장면이다. 신경숙 작가는 그게 불편했다고 했다.

"그게 내 이야기일 수도 있고 많은 사람들의 아픈 이야기인데, 그 장면을 보니까 숨이 멎는 것 같았어요."

"그러시면 연출가와 협의해서 도려내도록 하겠습니다."

"아니요. 공연이 이미 시작됐는데 그럴 필요가 있겠습니까. 그리고 제가 이틀 동안 전화를 안 드린 건 연극을 본 사람들하고 출판사의 의견도 물어보고 저 스스로도 정리하고 진정하는 시간이 필요해서였어요. 그런데 다들 자연스럽게 녹아들어서 어색하지 않았다고 하더라고요. 그대로 하시고요, 애쓰셨습니다. 지금까지 만든 것도 힘들었는데 제가 원작자라고 그 장면을 빼라고 하면 되겠습니까? 그 장면 때문에 더 좋았다고 하는 사람들이

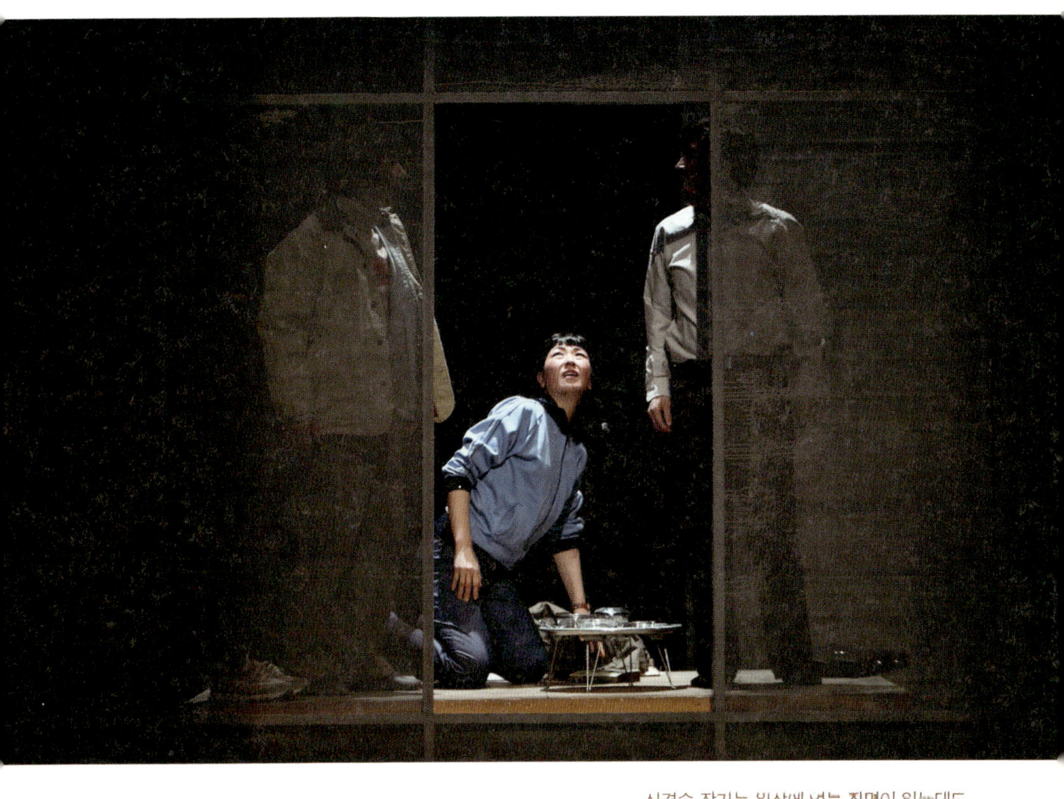

신경숙 작가는 원작에 없는 장면이 있는데도
충분히 숙고한 후에 우리의 입장을 배려해주었다.

의외로 많네요. 다시 한 번 의논을 해보시고 알아서 정리하셔도 될 것 같습니다."

솔직히 말하면, 신경숙 작가가 그대로 하라고 했을 때 나는 안도의 한숨을 쉬었다. 연극에서 한 장면을 들어내는 것은 굉장히 큰 작업이다. 공연 중에 조금씩 고치는 거야 늘 있는 일이니까 부담이 없는데 통째로 그 긴 장면을 들어내면 시간도 엄청나게 줄어들뿐더러 새로운 장면을 만들어서 넣어야 한다. 또 급하게 만들어서 넣다 보면 극의 전체 구조가 흔들릴 수도 있다.

재공연 때는 그 장면을 빼겠다는 말씀을 드리고 전화를 끊자 그때서야 참 대단한 사람이라는 생각이 들었다. 작가 입장에서는 그 자리에서 노발대발할 수도 있는 일이다. 그런데 이틀 동안 삭히고 여러 사람의 의견을 물어본 후 자신이 차분해져서야 전화를 했다.

'실수를 하지 않는 스타일로 인생을 살고 있구나. 상대방을 배려하고 인정이 넘치는 사람이다. 그래서 그런 좋은 이야기를 써내는 것인가 보다.'

하나의 공연이 완성되기까지 거기에 참여한 사람들 중 중요하지 않은 사람은 없다. 단 한 장면에 나오는 단역이라도, 나와서 실수를 해버리면 그 공연은 엉망이 되어버린다. 소소한 일이라도 한 스태프가 정신을 집중하지 않으면 사고가 생긴다. 프로듀서로서 그들 모두에게 늘 감사하는 마음을 갖고 있다. 그래도 공연이 끝나고 나면 유독 도드라지게 생각나는 사람이 있다. 이 공연에서는 신경숙 작가가 그런 사람이었다. 좋은 원작을 써주었고 각색가에게 전권을 넘겨주었다. 원작에 없는 장면이 있는데도 충분히 숙고한 후에 우리의 입장을 배려해주었다.

신경숙 작가를 비롯한 모든 사람들 덕분에 공연은 유례 없는 대성공을 거두었다. 두 달 동안 600석이 넘는 세종문화회관 M씨어터의 좌석이 거의 매진되다시피 했다. 약 11억 원의 티켓 세일을 했는데, 연극으로는 전례가 없을 정도다. 하긴 대극장 연극을 두 달 동안 하는 예도 거의 없다.

말이 나온 김에 극장 대관료에 대한 아쉬움을 말하고 싶다. 연극과 뮤지컬의 대관료는 같다. 상업적인 논리로 보면 전혀 이상할 게 없다. 똑같은 장소를, 똑같은 기간 동안 빌려주는데 대관료가 다를 이유가 없는 것이다. 그런데 사기업이 운영하는 곳이라면 몰라도 공적 기관이 운영하는 곳만은 달라야 한다는 것이 내 생각이다.

연극은 기초순수예술이다. 국공립극장에서 대관료를 똑같이 적용하면 연극이 살아날 수가 없다. 연극에 대한 대관료를 낮추면 기초순수예술에 대한 간접적인 지원이 된다. 과학도 그렇고, 스포츠도 그렇고, 무엇이든 기초가 중요하다. 사상누각은 그냥 있는 말이 아니다.

여전히 매진 사례를 이어가고 있던 와중에 조금씩 공연에 대한 부정적인 견해들이 들렸다. 공연계에 있는 분들도 있었고 관객들 중에서도 있었다. 다양한 평가가 있었지만 대체로 정리가 덜 되었다, 장면이 많다는 말로 요약된다. 다 애정이 있어서 하는 말들이니 기분이 나쁘지는 않았다.

재공연 때는 다시 한 번 각색을 하겠다는 답도 드렸다. 그러나 그분들의 의견을 인정은 하되 동의하지는 않는다. 처음부터 〈엄마를 부탁해〉는 대중성을 띤 연극으로 만들어야 한다는 것이 내 소신이고 원칙이었다. 어느 세대의 누가 보더라도 공감할 수 있는 연극을 만들어야 한다고 생각했다. 장면을 깔끔하게 정리하면 연극은 고급스러워질 수 있다. 고석만 선생이 장면 정리를 할 능력이 없어서 그렇게 한 것이 아니다. 만약 깔끔하게 정리를 했다면 '너무 건조하다'는 평가를 받았을지도 모른다. 그렇게 하면 누구나 공감할 수 있는 연극이라는 목표는 달성할 수 없게 된다.

나는 항상 우리 작품이 완벽하다고 생각하지 않는다. 보는 사람의 시각과 정서에 따라 평가는 달라진다. 부정적인 부분은 보완하면서, 또 같은 내용이지만 스타일을 달리해서 계속 업그레이드시켜나가야 작품이 계속 살아남을 수 있다. 초연을 보고 재공연을 또 보신 분들 중에는 훨씬 정리가 된 느낌이라고 하신 분들이 많았다. 한편으로는 또 초연에 비해 덜 울었다는 분들도 있었다. 정답은 없다. 제작팀이 바뀔 때마다 다른 버전의 공연이 탄생하는 것이고 그것이 재공연을 하는 의미다.

엄마, 돌아오다

공연이 끝나기 전부터 지방의 기획사, 극장관계자 등 10여 곳에서 지방공연 요청이 쇄도했다. 당시의 열풍이라면 지방공연도 충분히 성공할 수 있었다. 나도 그러고 싶었는데 배우들의 스케줄이 허락하지 않았다. 이래저래 시간을 맞추면 띄엄띄엄 할 수는 있겠지만 그러면 폭발력이 없어진다.

지방공연은 한 지역에서 성공하면 다른 지역에서도 화제가 되어서 성공할 수 있다. 하다가 말고 하다가 말고 하면 매번 스케줄 맞추기도 어렵고 배우들 간의 호흡도 흐트러지기 쉽다. 아쉽지만 모든 지방공연은 포기할 수밖에 없었다. 그래서 재공연을 더 빨리 올릴 수 있었는지도 모른다.

초연이 드라마의 장점을 살린 아기자기한 작품으로 성공했다면, 재공연에서는 선이 굵고 투박한 스타일의 연극을 만들고 싶었다. 그래서 연극인들 중심으로 진용을 짜서 연극적인 부분을 부각시킬 수 있는 팀을 꾸려야겠다고 마음먹었다.

〈엄마를 부탁해〉에서 가장 중요한 역할은 뭐니 뭐니 해도 엄마다. 연출보다 엄마를 캐스팅하는 데 신경을 더 많이 썼다. 누가 보더라도 엄마 역에 적격인 사람, 관객들이 엄마 역을 맡은 배우만 보아도 자신의 엄마를 떠올릴 수 있는 사람을 찾았다.

초연이 드라마의 장점을 살린
작품으로 성공했다면,
재공연에서는 선이 굵은 스타일의
연극을 만들고 싶었다.

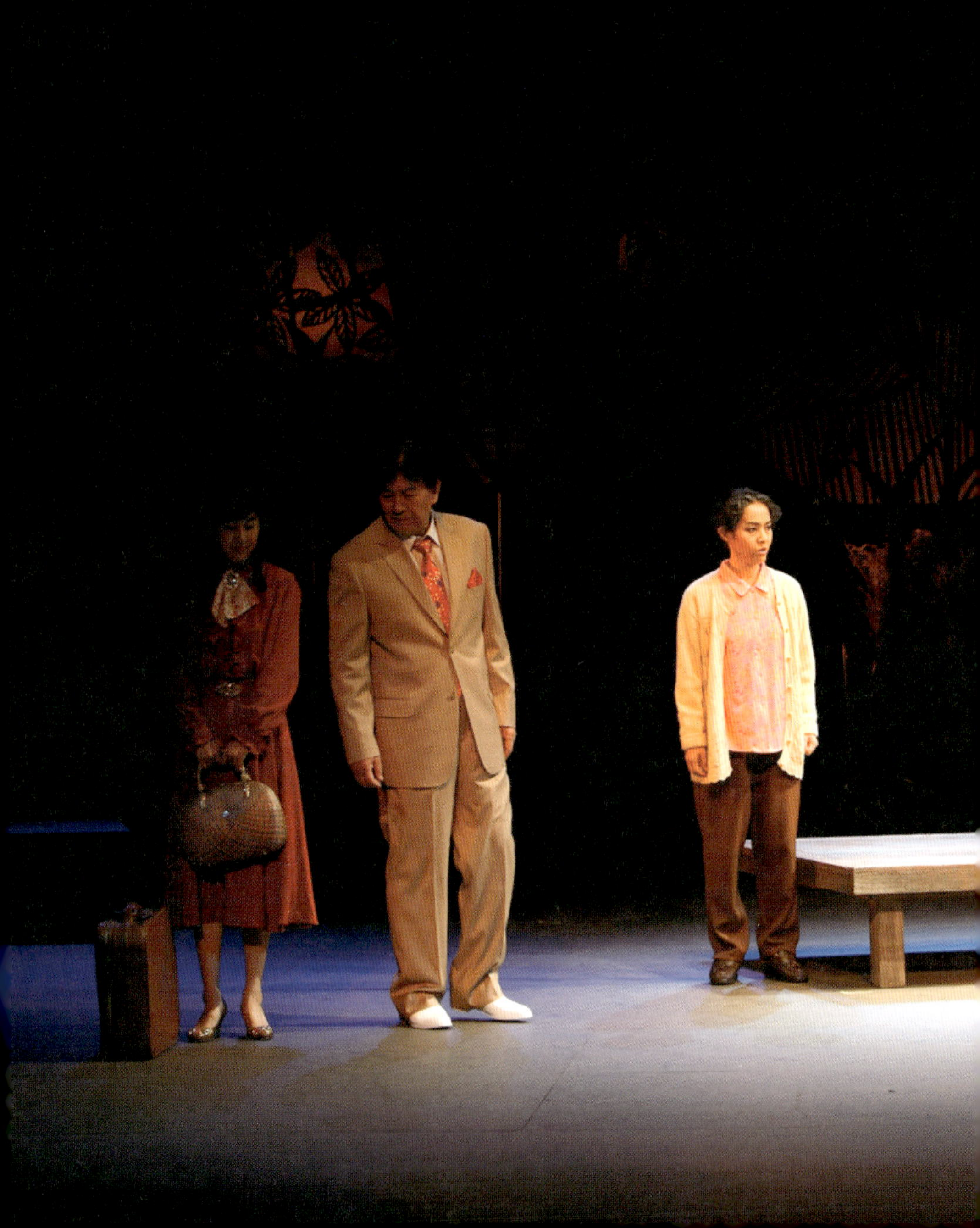

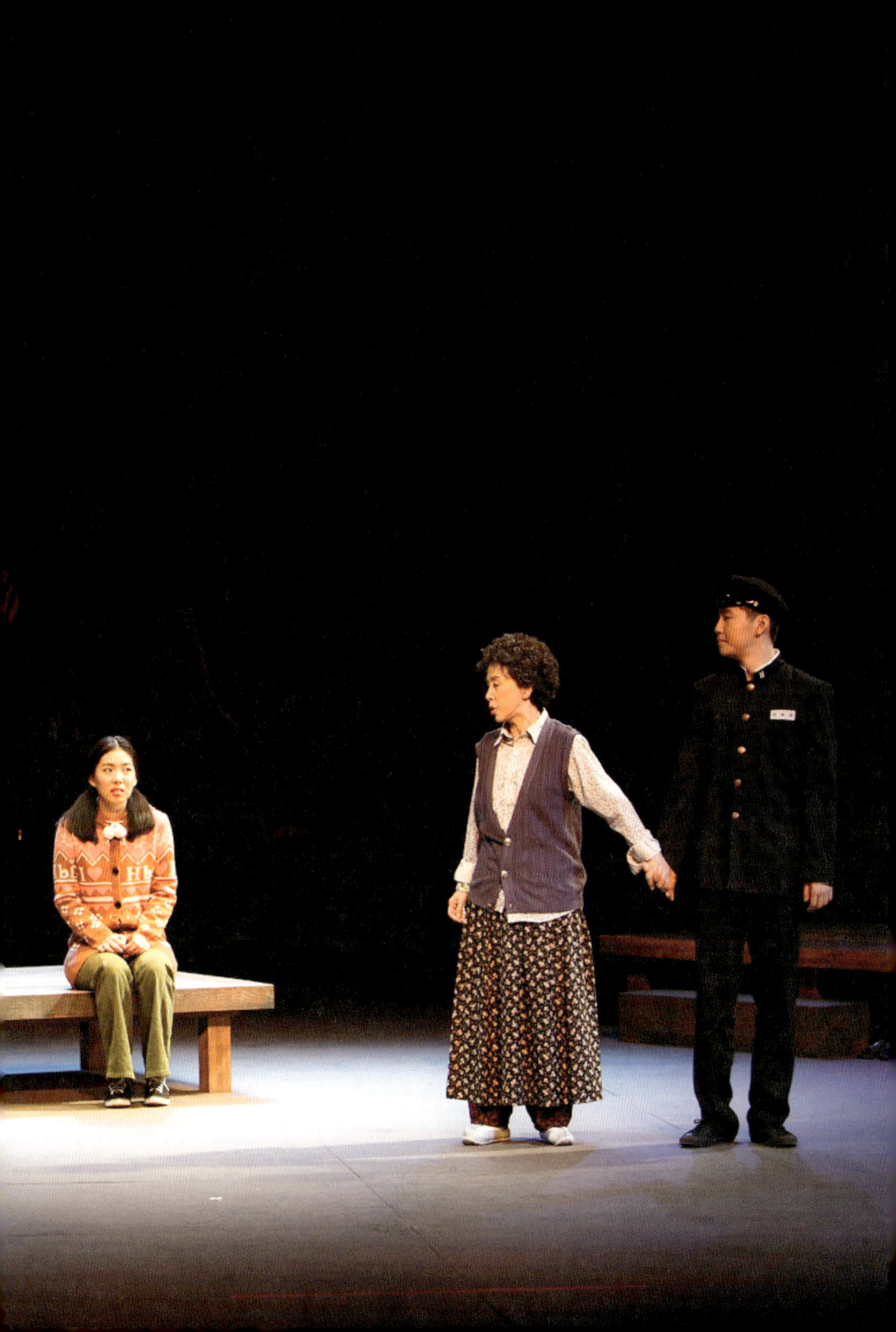

연극인, 여배우, 나이가 지긋한 분, 엄마의 따뜻함이 느껴지는 배우. 이런 조건들을 가지고 배우들을 떠올려보니 손숙 선생이 이 모든 조건들을 만족시키고도 남았다. 손숙 선생은 그동안 극단 산울림의 여성극시리즈를 비롯하여 수많은 출연작에서 여성의 이야기를 형상화해왔다. 가난한 아낙부터 상처받은 중년 여인, 현실을 벗어나 이상을 꿈꾸는 여인, 중년에도 멋진 사랑을 이루고 싶은 여인 등 그가 만들어낸 여성상은 한 시대를 풍미하고도 남는다. 여기다 10년 넘게 이윤택 연출의 〈어머니〉라는 연극을 해오셨다. 온화하고 따뜻한 성품으로 항상 남을 배려하는 어른이자 평생을 무대에서 사는 분. 손숙 선생이라면 연극적인 〈엄마를 부탁해〉를 충분히 살릴 수 있다고 판단했다. 사실 판단이라는 말 자체가 어불성설이다. 손숙 선생은 어떤 역할을 맡겨도 기대 이상을 해내는 대한민국의 대표 배우다. 평소 가까이 모시는 분이기에 연극 〈아내들의 외출〉 공연장으로 찾아뵙고서 편안하게 제안을 드렸다.

"〈엄마를 부탁해〉를 연극적으로 재창작하고 싶은데, 선생님께서 엄마를 맡아주시겠어요?"

손숙 선생은 기다렸다는 듯 '다시 한 번 만들어보자. 지난번 조금 아쉬웠던 부분이 있으면 잘 수정해보라'시며 제안을 받아들이셨다. 이렇게 해서 '두 번째 엄마, 연극적인 엄마'를 캐스팅할 수 있었다. 공연 이후 내가 손숙

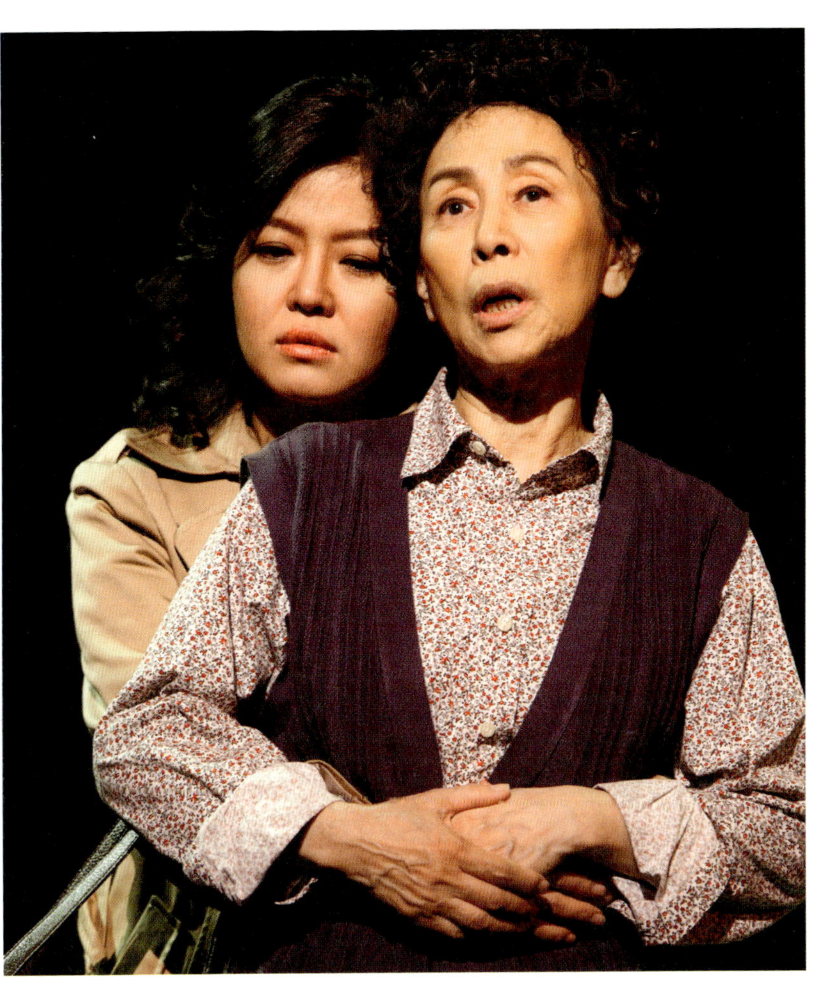

선생을 부르는 호칭은 '엄마'가 되었다. 신경숙 작가가 부탁한 엄마를 내가 찾은 셈이다.

손숙 선생은 정말 엄마처럼 내가 큰일을 벌일 때마다 태산 같은 걱정을 해주신다. 연습은 잘 되고 있는지, 표는 잘 팔리는지 모든 것을 마음 쓰신다. 그리고 매 공연마다 첫날에 오셔서 같이 걱정해주시고 격려해주신다. 초청공연 파티가 있을 때 사회를 부탁드려도 절대로 거절하시는 법이 없다. 자식이 엄마 옆에서 그러하듯, 나도 손숙 선생 옆에서 위로를 받고 힘을 얻는다. 손숙 선생을 엄마처럼 모시고 있는 것이 마냥 행복할 따름이다.

연출은 신시와 가장 많은 작품을 했을 뿐만 아니라 풍부한 현장경험으로 세상에 속한 인물들을 탁월하게 그려내는 중견 연출가 심재찬 연출께 부탁드렸고 역시 바로 승낙해주셨다.

큰딸 역은 김여진과 허수경이 맡았는데 여기에는 사연이 있다. 처음에는 김여진에게 큰딸 역을 제안했었다. 김여진은 극단 연우무대에서 연극을 시작해 수년간 대학로에서 연기력을 갈고닦았다. 그러다 영화에 캐스팅되면서 유명세를 타기 시작했다. 연극, 영화, TV 드라마를 오가며 왕성하게 활동하고 있는지라 스케줄만 되면 큰딸 역할로는 적격이라 생각했다. 그래서 소속사로 대본을 보냈는데 가타부타 답이 없었다. 마냥 기다리고 있을 수만은 없어서 다른 배우를 찾는데 손숙 선생이 허수경을 추천하셨다. 방송

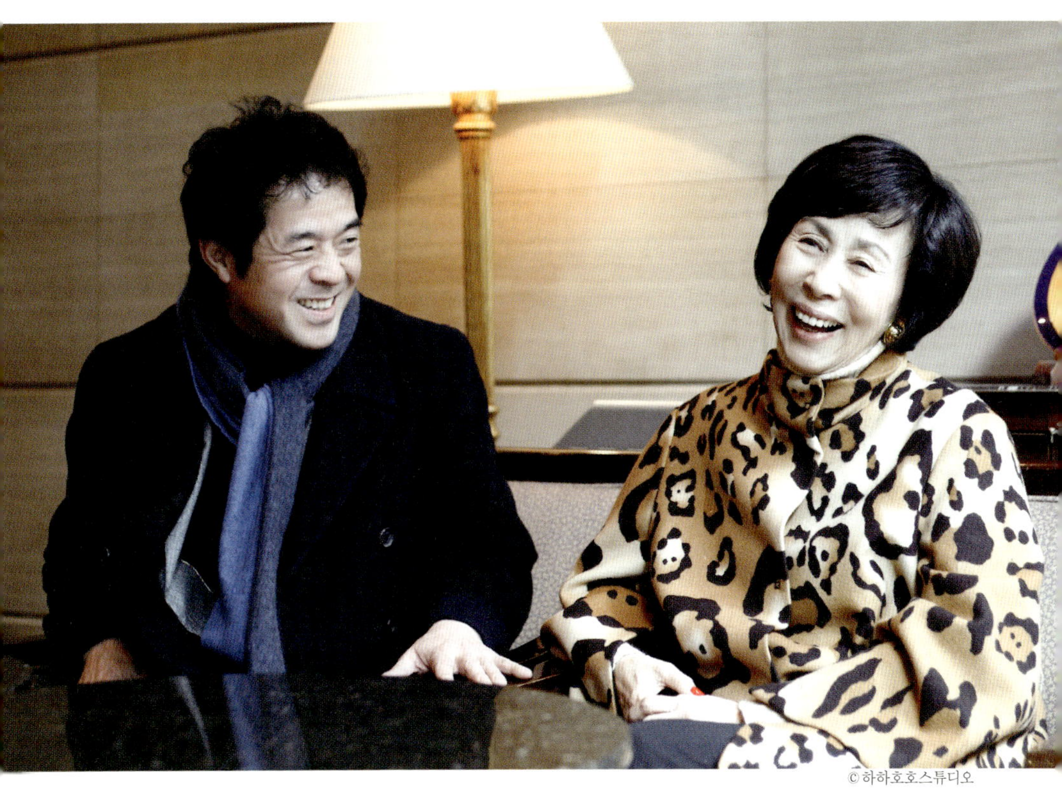

© 하하호호스튜디오

공연 이후 내가 손숙 선생을 부르는 호칭은 '엄마'가 되었다.
신경숙 작가가 부탁한 엄마를 내가 찾은 셈이다.

인이지만 심재찬 연출과 극단 산울림에서 연극을 해본 적이 있었다. 다만 그 한 편뿐이라는 게 조금은 걸렸다. 이미지는 큰딸과 맞다, 그런데 연극을 한 편밖에 안 해봤다…. 큰딸은 쉬운 역할이 아니다. 허수경을 캐스팅하려 면 조건이 필요했다. 나도 알고 지내던 사이라 일단 전화를 걸었다.

“전문배우가 아니기 때문에 시간을 많이 투자해야 하고 자신을 많이 희 생한다는 각오로 해야 하는데, 할 수 있겠어?”

우물쭈물했으면 다른 배우를 찾았을 텐데 숨도 안 쉬고 답을 했다.

“저 시간 많아요. 정말 열심히 한 번 해볼게요. 너무 감사해요.”

이렇게 허수경을 캐스팅했는데, 그 다음날 김여진에게 전화가 왔다.

“제가 큰딸을 꼭 해야 해요!”

하고 싶다는 것도 아니고 꼭 해야 한다니 입장이 난처했다. 대본을 보 내놓고 안 된다고 할 수도 없었다. 소속사에서 대본이 늦게 전달되었고 스 케줄 조정하느라 답변을 빨리 못했다니 탓할 수도 없다. 난처한 와중에도 ‘꼭 해야 한다’는 김여진의 말은 기분 좋은 신선함으로 다가왔다. 영화도 아 니고 연극을 무슨 일이 있어도 꼭 해야 한다며 적극적으로 달려드는 배우가 드물기 때문이다.

기분이 좋기는 해도 ‘김여진이 왔으니 허수경은 돌아가줄래?’라고 할 수도 없다. 바로 답을 할 수가 없어서 사실대로 이야기를 하고 하루만 시간을 달라고 했다. 큰딸이 두 명이면 엄마의 연습량이 늘어난다. 이치에 맞는 일이라면 과감하게 결정을 하고 서운한 사람에게 양해를 구하면 된다. 김여진을 캐스팅해도, 허수경을 캐스팅해도, 더블캐스팅을 해도 누군가 한 사람은 이치에 맞지 않는 일로 피해를 보는 상황이었다. 하루 동안 고민을 했지만 명쾌한 답이 나오지 않았다.

고민 고민 하다가 손숙 선생께 의논을 했더니 단박에 답을 찾아내셨다.

"둘이 경쟁을 한번 시켜보면 어때? 둘 다 장점이 있는 친구들이니까 더 잘해내지 않을까?"

"그러면 선생님 연습량이 늘어나는데 괜찮으시겠습니까?"

어른은 두 달 동안 원캐스팅으로 하신다는데 후배 배우들을 더블캐스팅으로 한다는 건 예의에 어긋나는 일이다. 해결방법이 그것밖에 없으니 괜찮으시겠냐고 여쭙긴 했지만 민망하기 그지없었다.

"난 괜찮아. 둘 다 편한 친구들이고 하니 재미있을 것 같아. 두 사람이 색깔이 전혀 다르니까 작품에 활기가 있을 것 같기도 하고. 둘 다 같이하자고 해."

손숙 선생께서 안 된다고 하셨으면 어떻게 해서든 한 명에게 양해를 구해야 했을 텐데, 손숙 선생의 배려로 누구도 서운한 사람 없이 일을 진행할 수 있었다.

초연과 달리 연극적인 〈엄마를 부탁해〉를 만들려면 대본을 찔끔찔끔 수정하는 것으로는 불가능했다. 고연옥 작가와 심재찬 연출은 초연 대본에서 찾지 못한 장면들을 어떻게 찾을 것인가, 어떻게 하면 연극다운 연극을 만들 수 있을 것인가를 의논했다. 2009년 여름을 '엄마'와 보낸 고연옥 작가는 2010년 여름을 또다시 '엄마'와 보냈다. 그리고 작년 여름과는 전혀 다른 대본을 만들어냈다. 초연 때 나왔던 장면은 거의 나오지 않았고 엄마를 중심으로 한 새로운 대본이었다.

⋀⋀ 엄마의 마음, 관객을 사로잡다

재공연은 2010년 10월 30일부터 12월 31일까지 용산에 있는 국립중앙박물관의 용극장으로 잡았다.

"박 대표 너는, 도대체 이 큰 극장에다가…. 어떡하려고 너는 찬바람 부는 이 겨울에 허허벌판에 있는 그 극장을 잡았어? 두 달 동안 손님을 어떻게 채우려고, 무슨 똥배짱으로 그러는 거야?"

손숙 선생은 연습하는 내내 나만 만나면 이런 걱정을 하셨다. 선생의 걱정은 지극히 당연했다. 말을 안 했다뿐이지 같은 걱정을 하는 사람이 많았다. 초연을 할 때도 '연극을 600석 규모에서 두 달 동안 한다'는 것 때문에 고개를 절레절레 흔드는 분들이 많았다. 그런데 용극장은 800석 규모의 대극장이다.

단순히 규모의 문제만은 아니었다. 극장의 위치가 접근성이 좋지 않았다. 박물관 안에 있어서 해가 지면 분위기가 스산하기까지 하다. 특히 겨울에는 극장까지 걸어가려면 황량한 바람이 얼굴을 할퀴고 지나간다. 그리고 용극장은 아직 인지도가 높지 않았다. 젊은 사람들이야 지구 끝에 있는 극장이라도 인터넷으로 찾아서 오지만 〈엄마를 부탁해〉의 주 관객층인 중장년들은 그렇지가 않다. 중장년층은 유명한 극장에서 하지 않으면 작품의 질이 떨어진다고 생각하는 경향도 있다.

불리한 요소가 많은 줄 알면서도 용극장을 잡은 것은 지방공연 때문이었다. 지방에는 극장이 많지 않다. 그나마도 소극장 아니면 대극장이다. 대구를 제외하면 중극장이 없는 곳이 대부분이다. 만약 서울 공연을 중극장에서 한다면 지방에 갈 때는 무대장치, 소도구, 음향장비를 대극장에 맞게 다시 제작해야 한다. 다시 제작하지 않고 대극장에서 하자면 못할 것도 없다. 하지만 그렇게 되면 지방 관객들은 극장 규모에 맞지 않는, 뭔가 설익은 공연을 보아야 한다. 그것은 내 신념에도 맞지 않는 일이고 관객들에 대한 예의도 아니다.

나는 손숙 선생이 걱정하실 때마다 걱정하지 마시라고, 열심히 하면 관객이 오지 않겠느냐고 말씀드렸다. 수준 높은 공연을 만드는 것이 배우와 연출, 스태프의 일이라면 그들을 지원해주고 더 많은 사람들이 공연을 보도록 하는 것이 프로듀서의 임무다. 그 임무를 열심히 했는데도 공연 초기에는 관객이 그다지 많지 않았다. 11월에는 객석이 50~60퍼센트 정도밖에 차지 않았다. 실망스러웠고 걱정도 많이 되었다. 역시 손숙 선생의 말이 맞는가 보다라는 생각도 들었다.

결단을 내려야 할 시점이었다. 여기서 일체의 홍보마케팅을 그만둘 것인가, 아니면 밀고 나갈 것인가. 밀면 되는 작품이 있고 밀어도 안 되는 작품이 있다. 밀어서 잘 되면 다행이지만 안 되는 것을 계속 밀면 손실이 그만큼 커진다. 공연기간은 두 달, 오래 고민하고 있을 여유가 없었다. 나는 두 가지 사실을 가지고 홍보에 박차를 가하기로 결정했다.

첫째는 관객들의 반응이었다. 초연에 비해 '연극적'인 공연이지만 초연 못지않게 관객들의 반응이 좋았다. 공연을 보고 로비로 나오는 관객들의 눈을 보고 대화를 들어보면 알 수 있다. 또 중장년층 관객이 많은 만큼 입소문의 속도는 빠르고 강력할 것이었다.

둘째는 예매량의 변화였다. 폭발적인 증가세는 아니었지만 조금씩 꾸준히 늘고 있었다. 홍보를 해도 폭발적으로 예매량이 늘지 않을 수도 있다.

하지만 지방공연이 있다. 이 정도로만 늘어나준다면 손해를 감수할 수 있다고 생각했다.

11월 중순까지는 눈에 띄는 변화가 없더니, 12월이 가까워지자 관객들의 수가 늘어나는 게 눈에 보일 정도였다. 그리고 12월에는 매회 빈자리 찾기가 어려웠다. 재공연은 어려운 극장 환경에서도 대성공을 거두었다. 초연의 공연수익보다 더 많은 매출을 올렸다.

2010년 겨울은 무슨 날씨가 이러냐는 말이 나올 만큼 추웠다. 영하 15도까지 떨어지는 날도 많았다. 지하철에서부터 걸어온 관객들은 건물 안으로 들어와서도 몸을 부들부들 떨었다. 정말 죄송스러웠지만 일일이 찾아가서 '여기까지 와주셔서 감사합니다'라고 인사드릴 수도 없고 해서 죄송한 마음만 갖고 있었다. 그런데 손숙 선생께서 참 엄마다운 제안을 하셨다.

"이렇게 추운데 극장을 꽉꽉 채워주시는 분들께 너무 고맙잖아. 따뜻한 차 한 잔이라도 대접했으면 좋겠어."

건물에 있는 커피숍에 양해를 구하고 큰 보온 물통을 로비에 가져다 놓았다. 우리의 일은 사람들에게 정서적인 서비스를 하는 것이다. 거기까지는 나도 알고 있었는데 거기까지뿐이었다. 그런데 손숙 선생은 거기에다가 따뜻한 차 한 잔이라는 세심한 배려까지 생각하신 것이다. 평소 배려하는 마음이 없다면 떠올리기 힘든 아이디어다. 역시 어른이고 역시 엄마다. 차 한 잔으로 따뜻한 미소를 짓는 관객들을 볼 때마다 '아직 내가 배워야 할 게 많구나, 어른의 마음을 배워야겠구나'라고 생각했다.

"우리 박 대표가 키가 작달막해도 통이 커. 예측력도 좋고 자기가 생각하는 거에 확신을 갖고 밀고 나가고 말이야. 여기서 공연하길 정말 잘했어. 역시 작은 거인이야."

내내 걱정을 하시던 손숙 선생이 12월이 되자 칭찬을 해주셨다. 기분도 좋고 낯도 뜨거워졌다. 내가 작은 것은 맞는데 거인인지는 모르겠다. 하지만 확신이 있었다는 건 맞다. 프로듀서는 확신이 없어도 확신을 가져야 한다. 내가 확신이 없으면 어쩔 것인가. 확신을 갖고 결정하는 경우도 많지만 결정을 했기 때문에 확신을 갖는 때도 많다.

손숙 선생의 〈엄마를 부탁해〉로 초연 때 지방공연의 아쉬움을 모두 떨쳐버렸다. 수많은 지역에서 공연해달라고 아우성들이었다. 결국은 2011년 1월부터 5개월간 대도시 소도시 할 것 없이 지방투어를 했다.

공연이 성공한 핵심적인 요인은 뭐니 뭐니 해도 콘텐츠 자체의 힘, 그리고 손숙이라는 배우에 대한 믿음의 힘이 컸다. 콘텐츠가 나쁘면 아무리 노력해도 장기공연을 성공시킬 수 없다. 허허벌판에서 성공할 수 있었던 것도 작품이 관객들에게 감동을 주고 호응을 얻었기 때문이다. 성공을 했을 때 99퍼센트의 공은 작품을 만든 연출, 배우, 스태프들에게 있다. 프로듀서는 나머지 1퍼센트에서 기쁨을 느낀다.

반대로 실패했을 때는 100퍼센트의 책임이 프로듀서에게 있다. 잘못된 작품 선택, 연출과 배우, 스태프들의 부조화, 잘못된 극장 대관 등 모두 사람이 하는 일이고 그 사람들을 선택하고 그들 사이의 조화를 만들어내는 것이 프로듀서의 일이다. 그러니 어느 하나 프로듀서가 빠져나갈 구멍이 없다.

100퍼센트에서 1퍼센트는 작고 하찮아 보이지만, 그 1퍼센트가 내게는 100퍼센트다. 그래서 1퍼센트가 내게는 태산보다도 커 보인다. 늘 최선을 다해야 하고 겸손해야 하고 배우는 자세를 가져야 하는 이유가 거기에 있다.

⋀⋀ 뮤지컬로 옷을 갈아입다

처음 저작권 취득을 위해 신경숙 작가에게 편지를 보낼 때부터 〈엄마를 부탁해〉를 뮤지컬로 만들 계획이 있었다. 그러나 확정된 것은 아니었다. 연극이 대중의 호응을 전혀 받지 못하는데 내 욕심만 갖고 뮤지컬 제작을 진행할 수는 없다.

초연은 연극 그 자체로도 중요했지만 뮤지컬의 가능성을 타진해보는 기회이기도 했다. 초연이 흥행이 되기도 했지만 무엇보다 80퍼센트가 넘는 관객이 중장년층이라는 점이 고무적이었다. 공연이 어느 정도 입소문을 타기 시작하자 계모임에서 단체로 오기도 하고 지방에서 관광버스를 타고 오는 분들도 있었다. 뮤지컬에서 중장년층 관객은 굉장히 중요하다. 티켓 가격이 비싼 만큼 소비 능력이 있는 관객층이 많이 들어야 한다. 〈맘마미아!〉가 흥행 가도를 이어가는 것도 중장년층 관객의 높은 지지도가 있기 때문이다. 초연에서 〈맘마미아!〉보다 더 많은 중장년층 관객들을 보고 곧바로 뮤지컬에 대한 라이선스 계약을 체결했다.

라이선스 계약이 완료되고 얼마 지나지 않아 연출가를 선정했다. 〈친정 엄마〉, 〈친정 엄마와 2박 3일〉 등 엄마에 대한 감성적 코드를 갖고 있는 구태환이라는 젊은 연출가였다. 미국에서 공부를 했고 근래 작업들에서 자신만의 색깔을 만들어내고 있었다.

뮤지컬은 연극과 달라야 했다. 연극을 대가들에게 맡겼으니 뮤지컬은 젊은 감각의 예술가와 작업을 하는 게 좋겠다고 판단했다. 구태환 연출이 직접 대본을 쓰고 연출하는 조건으로 계약을 맺었다. 연극 초연이 2010년 1월이었고 뮤지컬이 2011년 5월이었으니까 구태환 연출은 꼬박 1년을 뮤지컬 〈엄마를 부탁해〉에 매달린 셈이다.

뮤지컬에서 가장 중요한 요소가 음악이다. 누가 엄마의 감성을 자극하는 음악을 만들 수 있을까? 많은 작곡가를 리스트에 올려놓고 의견을 나눴는데, 대중가요뿐만 아니라 뮤지컬 작업도 열정적인 김형석이 〈엄마를 부탁해〉에 필요한 정서의 곡을 만들 수 있을 것 같았다.

김형석과는 같이 뮤지컬 하자는 말은 많이 했는데 실제로 작업을 한 적은 없었다. 알고 지낸 지가 6, 7년 됐는데, 박칼린과 김형석의 인연 덕분에 자연스럽게 만났다. 두 사람은 같이 작품을 많이 했고 얼굴만 보아도 무슨 이야기를 하고 싶은지 아는 사이다. 주변에 "김형석이 어떨까?" 하고 물었더니 열이면 열 적역이라고 했다.

"형석아! 네가 〈엄마를 부탁해〉 작곡을 맡아줘야겠다."

"좋죠! 저야 영광이죠."

"언제 작업 같이하나, 만날 때마다 그랬는데 결국 같이하게 됐네?"

"형님, 그러게요!"

그는 항상 장난기 있는 얼굴에 매사가 긍정적이다. 이상하게도 내 주위에는 이런 사람들이 많다. 취미로 하는 게 아니고 직업인데도 돈을 얼마나 줄 건지는 물어보지도 않는다. 제안하는 작업이 자신에게 맞고 일정이 허락하면 그것으로 오케이다. 자신의 일에 열정이 있기 때문이 아닐까 싶다.

창작뮤지컬을 할 때 가장 애를 먹는 분야가 안무다. 뮤지컬 안무가 자체가 많지 않아서인지 실력 있는 안무가가 부족하고, 내가 대학에서 무용을 전공한 탓에 까다롭기도 하다. 그래서 외국에서 안무가를 불러서 한 경우가 많았다. 나는 '방송국 안무'를 제일 싫어한다. 방송국 안무란 스토리와 관계없이 쇼만 하는 것을 말한다. 이런 안무는 춤 자체는 화려할지는 모르나 극의 흐름을 망쳐버린다. 누가 하는 게 좋을까? 늘 사람을 찾는 것이 프로듀서의 일이다. 박칼린을 비롯해 여러 사람들과 의논한 끝에 김성일이 물망에 올랐다. 김성일은 열정적이고 격정적으로 작업하는 스타일이다.

안무는 만족스럽게 나왔다. 과격하지 않으면서 스토리를 좇아가는 안무를 했다고 생각한다. 극 초반에 엄마가 길을 잃는 장면을 비롯해 아이디어가 돋보이는 장면도 많았다.

주연인 엄마를 선택하기는 참 '쉬웠다'. 여러 명이 떠오르면 그 중에서 선택을 해야 하는데 연륜 있는 여배우들 중에 노래까지 가능한 배우는 김성녀 선생 외에는 없었다. 딱 떠오르는 사람도 김성녀 선생이고 딱 맞는 배우도 김성녀 선생이었다. 김성녀 선생은 친누나처럼 나를 걱정해주시는 분이다. '뚝심 있는 기획자이고 도전을 즐기는 사람이고 일을 시작하면 탁상공론 하지 않고 앞만 보고 돌진하는 탱크 같은 사람'이라고 치켜세워주신다. 참여하지 않은 작품이라도 신시가 하는 작품이 잘 되는지 항상 걱정해주시고 인터넷으로 표가 잘 팔리는지 확인해보시고 격려의 메시지도 아끼지 않으신다.

내가 모험을 많이 해서 그런지 꼭 물가에 내어놓은 아이처럼 보이시나 보다. 공연할 때마다 전화나 문자로 격려를 해주신다. 부부는 일심동체라고 손진책 선생도 세세한 조언까지 아끼지 않으신다. 일도 가려서 하고 제작비도 아껴 쓰라고, 영리한 프로듀서가 되라고 하신다. 두 분 모두 오랫동안 연극으로 산전수전 다 겪었을 것이다. 그런 분들이 해주는 조언이니 흘려들을 수가 없다. 두 분의 말씀은 일을 하면서 나를 돌아보는 계기가 된다.

김성녀 선생은 신시에서 〈7인의 신부〉, 〈피카소의 여인들〉, 〈댄싱 섀도우〉 등의 작품을 하셨는데 내 부탁을 한 번도 거절하신 적이 없다. 중앙대 국악대학장을 하시면서 회의와 강의로 눈코 뜰 새 없이 바쁠 때도 "박 대표가 하는 거라면 무조건 해야지" 하시면서 도와주셨다. 이번에도 그랬다.

"〈엄마를 부탁해〉를 뮤지컬로 하는데 선생님이 꼭 하셔야겠습니다."

"그럼, 해야지. 박 대표가 하자는데. 스케줄을 미리 조정해야 하니 공연 일정 나오면 연락해줘."

선생님과는 출연료 이야기를 해본 적이 없는 것 같다. 나름대로 최대한 해드린다고 하는데도 부족할 뿐이어서 늘 죄송하다. 그런데 선생께서는 오히려 과하다며 부담스러워하신다. 주변에서 이렇게 걱정해주시고 도와주시니까 뭘 해도 함부로 할 수가 없다. 신시가 작품을 하나 올리면 많은 공연계

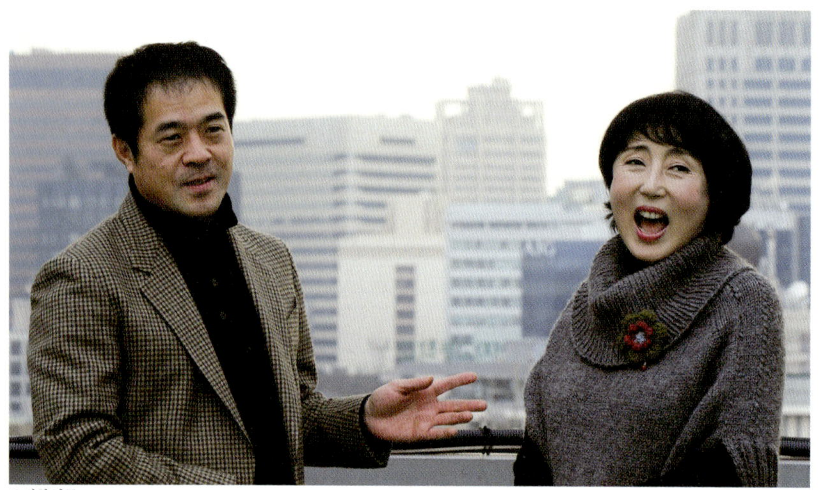

김성녀 선생은 친누나처럼 나를 걱정해주시는 분이다.
신시가 하는 작품이 잘 되는지 항상 걱정해주시고 격려의 메시지도 아끼지 않으신다.

어른들이 와서 봐주시고 조언을 해주신다. 한편으로는 부담스럽기도 하지만 약이 되는 부담감이다. 지켜보는 분들이 너무 많기 때문에 좋은 작품, 수준 높은 작품을 만들어야겠다는 책임감이 더 생긴다. '아, 나를 지켜보는 어른들이 많지'라는 생각에 돈이든 뭐든 나쁜 소문이 나지 않게끔 조심하게 된다. 어른들의 관심은 나에게 부담감이며 책임감일 뿐만 아니라 그보다 더 큰 든든함이다. 그래서 나는 꽤 행복한 연극쟁이다.

참 복 많은 사람

"박명성이는 참 복도 많은 사람이야."

자주 듣는 말이고 나도 인정하는 말이다. 〈아이다〉를 할 때는 음악감독 박칼린이 〈남자의 자격〉으로 화제가 되어 대박이 나는 데 일조를 했고, 뮤지컬 〈엄마를 부탁해〉를 할 때는 원작소설이 미국에서 베스트셀러가 되면시 언론을 엄청나게 탔다. 그리고 공연 중간에는 차지연이 화제가 되었다. 차지연은 〈나는 가수다〉에서 임재범의 코러스로 등장하면서 일반 대중에게 널리 알려지게 되었지만, 사실 그전부터 될성부른 떡잎이었다.

2009년 〈아이다〉를 준비하고 있을 때였다. 차지연이 불쑥 나를 찾아와서는 오디션을 한 번 보고 싶다고 말했다. 원하는 배역은 아이다. 그런데 당시 다른 배역은 오디션을 통해 뽑았지만 아이다 역만은 오디션 없이 옥주현으로 결정되어 있었다. 있는 그대로 말해주었는데 그래도 오디션을 한 번 보게 해달라고 했다. 외국 스태프들에게 자기 실력을 검증 받고 싶다는 것이었다.

나도 그렇고 외국 스태프들도 차지연의 실력을 인정했다. 충분히 아이다 역을 소화할 수 있는 실력이었고 옥주현이 없었다면 배역을 따낼 수도 있었을 것이다. 오디션을 보면서 '참 적극적이고 열정적으로 연기에 임하는 배우구나' 했는데 며칠 뒤에 상의하고 싶은 게 있다며 사무실로 찾아왔다.

특별히 상의할 거리가 있었던 건 아니었던 것 같고 오디션 뒷이야기를 좀 들어보고 싶었던 모양이다. '실력은 충분하지만 원캐스팅으로 가기 때문에 이번에는 출연 기회가 없을 것 같다'고 부연설명을 했다. 그러고서 이런저런 이야기 끝에 내 단골 레퍼토리를 풀어냈다.

"너는 뮤지컬을 시작한 지 얼마 안 됐기 때문에 연기력을 길러야 해. 연극을 1년에 한두 편씩 해. 출연료를 적게 받더라도 장기적인 안목으로 보면 절대로 손해가 아니야. 나를 투자하고 스스로를 희생하고 인내하면서 진정한 배우, 특별한 배우가 되는 거야. 안 그러면 수많은 평범한 배우 중 하나가 될 수밖에 없어. 기회가 생기면 꼭 연극을 해봐."

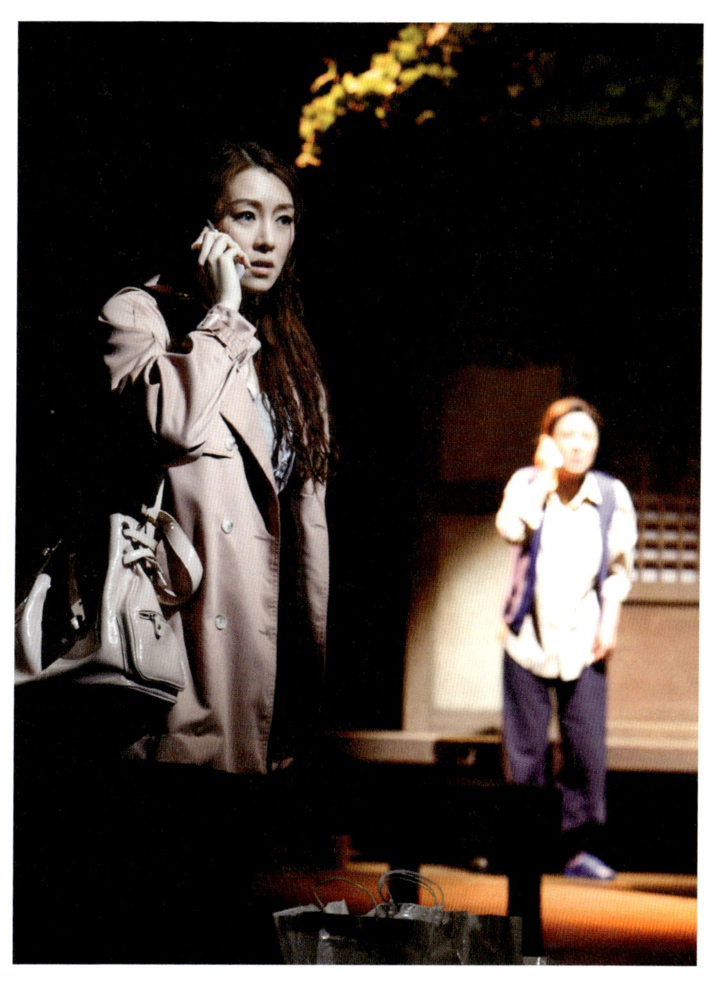

차지연은 〈나는 가수다〉에서 임재범의 코러스로 등장하며
일반 대중에 알려졌지만 사실 그전부터 될성부른 떡잎이었다.

노래만 잘한다고 뮤지컬 배우가 아니다. 기본은 연기력이다. 그게 배우의 생명이다. 연기력이 바탕이 되지 않으면 뛰어난 뮤지컬 배우가 될 수 없을뿐더러 오래가지도 못한다. 영화나 텔레비전에서도 반짝 스타들은 생명이 짧지만 연극판에서 건너간 사람들은 정말 길게 가는 게 이런 이유에서다.

그래서 나는 기회가 있을 때마다 뮤지컬 배우들에게 연극을 권한다. 뮤지컬 스타인 배해선, 최정원, 이경미, 성기윤, 이건명, 김아선, 김호영 등의 배우들이 연극에 참여하고 있는데 굉장히 바람직한 일이다. 그들을 보면 뮤지컬 배우로서 프로정신을 갖고 있구나 하고 느낀다.

안타깝게도 연극에 자신을 내던지는 뮤지컬 배우는 많지 않다. 연극은 출연료가 적고 뮤지컬에서 스타 대접을 받던 배우도 연극에서는 초짜에 불과하다. 또 내 연기가 연극에서도 통할까 하는 두려움도 큰 것 같다. 그래서 더더욱 연극을 해야 하는데 두려움을 이기지 못하는 배우들이 더 많다. 내가 이런 이야기를 하면 보통 앞에서는 끄덕끄덕하면서도 실천을 하지 않는다. 그런데 차지연은 달랐다.

"네, 알겠습니다. 기회가 되면 꼭 하겠습니다."

그러면서 신시에서 하는 연극에 꼭 출연하고 싶다는 말도 덧붙였다. 예의 바르고 붙임성도 있고 배우려는 자세가 되어 있는 후배를 보는 선배의 마음이 참 흐뭇했다. 내가 좋아하고 예뻐하는 스타일의 배우다.

'미래에 대성할 수 있는 배우의 자세를 갖고 있는 사람.'

차지연은 내게 그렇게 각인되었다. 타이밍이 참 좋았던 것이 그때 우리는 연극 〈엄마를 부탁해〉 재공연을 위한 출연진을 찾고 있었다.

"우리가 〈엄마를 부탁해〉를 하는데 둘째딸 역을 생각하고 있어. 그런데 나는 네가 연극을 안 해봤기 때문에 연기력에 신뢰가 가지 않아. 이 연극은 굉장히 감성적이고 디테일한 연기가 필요해. 크지 않은 배역이지만 너를 완전히 던진다는 각오를 해야만 할 수 있어. 그래도 할래?"

"와! 이렇게 빨리 기회가 올 줄 몰랐어요. 정말 고맙습니다. 기회만 주시면 역할에 상관없이 무조건 할게요."

그렇게 해서 팀에 합류하게 되었다. 차지연은 비교적 작은 배역인데도 자기만의 색깔을 보여주었다. 연극이 끝나기도 전에 나를 포함한 스태프들은 차지연을 뮤지컬 〈엄마를 부탁해〉의 큰딸 역으로 낙점했다. 노래되겠다, 연기되겠다, 작품 해석 다 되었겠다, 큰딸 역을 맡기기에 충분하다고 생각했다.

뮤지컬은 성공적이었다. 관객들은 연극을 볼 때와 똑같이 감동했다. 엄마가 자식들에게 자신의 세월을 다 내어주고, 온 마음을 다주고도 '미안하다'고 노래할 때는 온 객석이 눈물바다였다. 배우들의 연기도 좋았다. 김성녀 선생이야 말할 것도 없고, 차지연도 연기가 아니라 실제로 자신의 엄마

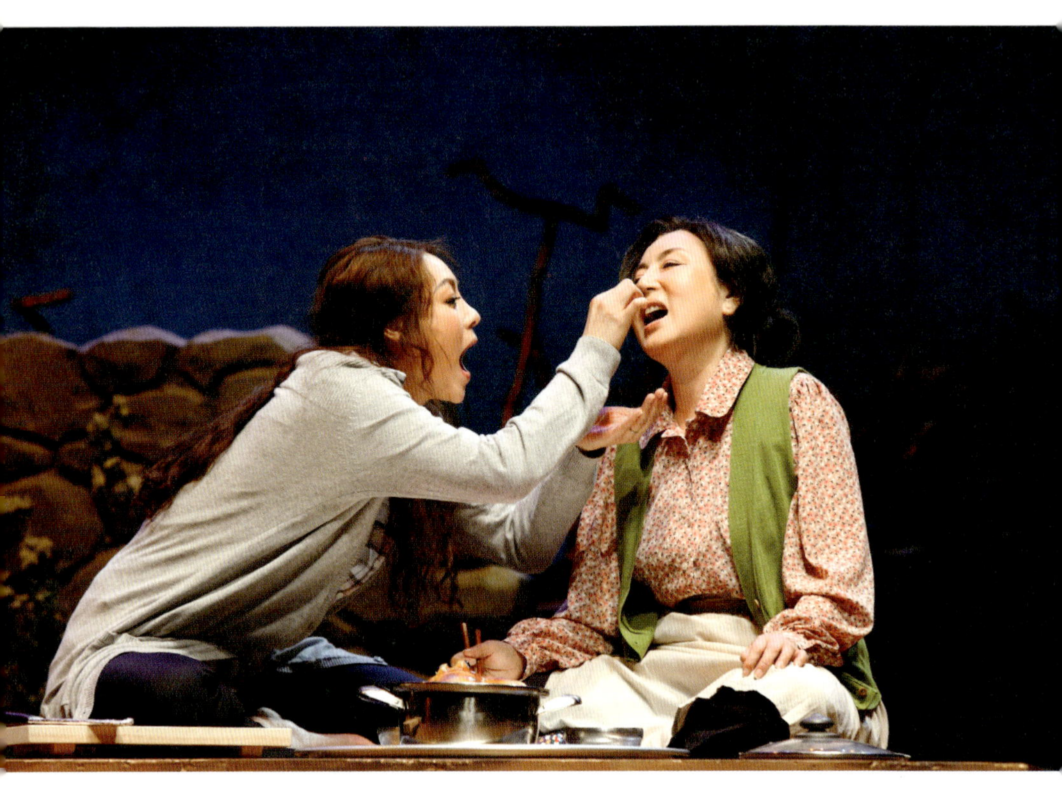

가 생각나서 우는 것 같은 연기를 했다.

그래도 모든 관객을 만족시킬 수는 없는 법. 음악 타이틀이 부족하다는 비판이 나왔다. 인정한다. 음악 타이틀은 확실히 다른 뮤지컬에 비해 적다. 연극적인 뮤지컬이란 평가도 가감 없이 받아들인다. 왜냐하면 처음부터 그렇게 방향을 잡았기 때문이다.

원작의 강점을 살리려면 드라마투르기가 살아있어야 하고 그래야 노래도 산다고 생각했다. 쇼적인 뮤지컬을 기대한 관객들은 실망했겠지만 그것이 〈엄마를 부탁해〉에는 맞는 형식이다. 그래서 연출도 뮤지컬 연출가가 아니라 연극 연출가를 선택한 것이었다.

음악이 부족하다는 말이 제작과정에서도 나왔다. 김형석이 작곡한 곡 중에서 몇 곡이 빠졌다. 그런 부분에 대한 아쉬움을 표현하기도 했지만, 어쨌든 연극은 전체를 이끌어가는 연출가의 노선에 따라주어야 한다. 많은 분들이 뮤지컬을 고급스럽게 만들어야 한다고 말했는데 나는 오히려 악극처럼 만들어야 한다고 생각했다. 더 눈물 나게, 더 신파처럼 만들어야 누구나 쉽게 이해할 수 있고, 누구나 보고 나면 엄마를 그리워하게 되고 자신을 반성할 수 있을 것이기 때문이다.

그렇다고 뮤지컬이 완벽했다는 건 절대로 아니다. 더군다나 초연은 막이 올라가기 전까지는 작품성 여부를 가늠하기 어렵다. 〈엄마를 부탁해〉는 아직 갈 길이 멀다. 성격 급한 나는 뮤지컬 쫑파티가 끝나고서 바로 구태환 연출에게 '연극 대본을 다시 써서 이번엔 연극 연출을 해보라'고 요청했다. 그리고 뮤지컬은 또 다른 누군가에게 맡겨서 업그레이드할 수 있는 방향을 연구하겠다고 말했다. 외국 스태프들과 함께 만들어보는 것도 생각하고 있다. 뉴욕, 런던의 몇몇 예술가들과도 접촉을 하면서 의사를 타진하고 있는데, 그렇게 된다면 또 새로운 '엄마'가 탄생할 것이다.

좋은 공연의 앙상블은 무대 위에서 시작되는 것이 아니라 이미 크리에이티브팀의 앙상블에서부터 잉태된다. 나는 그렇게 믿는다.

수준 높은
명품 뮤지컬에
도전하다

공연이 성공했을 때 프로듀서 앞에는 깊고 넓은 함정이 생긴다.
다음 공연에는 대중스타를 더블캐스팅해서 더 많은 흥행수익을 노린다.
그러면 작품의 질이 떨어지기 쉽다. 한 번 배신당한 관객들은 좀처럼
돌아오지 않는다. 재공연 작품은 무조건 지난번보다 수준이 높아야 한다.
그래야 다음에 또 할 수 있다.

⋀ 남들이 가지 않은 길을 가라

연극이든 뮤지컬이든 무대에 올리는 작품들은 모두 소중하다. 작품마다 자기만의 영혼을 지니고 있기 때문이다. 모두 소중하되 그것을 대하는 느낌은 다른 성향의 친구들을 만나는 것처럼 새롭다. 〈맘마미아!〉를 보면 흥이 많은 친구를 만나는 것처럼 즐겁고, 〈산불〉을 보면 매사 진지한 친구를 만나는 것처럼 생각이 많아지고 진중해진다. 〈피아프〉를 보면 친구의 찬란하고 슬픈 이야기를 들을 수 있다.

그리고 자주 보고 싶지만 너무 멀리 있어서 그리움이 깊은 친구가 있다. 〈아이다〉가 바로 그런 친구다. 멀리서 벗이 찾아오면 참 반갑고 기쁘다. 동시에 자주 만날 수 없기에 더 극진히 대접해야 하고 신경을 많이 써야 하는 친구이기도 하다.

가장 하고 싶었던 작품, 한다는 생각만으로 가슴 뛰는 작품, 내가 공연 중에 가장 많이 보는 작품인데도 거의 5년 만에 재공연을 하게 된 것은 판을 벌이기가 참 어려운 작품이기 때문이다. 제작비가 80억 원이 넘게 들어서 부담도 되고 일을 하면서 가장 스트레스를 많이 받는 작품이다.

쇼나 오락이 아니라 진중한 주제, 이야기 중심의 뮤지컬이기 때문에 붐을 일으키기도 어렵다. 막대한 제작비와 더불어 조명, 음향 등의 무대장치와 무대메커니즘을 설치하는 기간이 6주나 걸리기 때문에 장기공연이 아니면 하지 못한다. 첫 공연은 LG아트센터에서 2005년 8월에 시작해 2006년 4월까지 무려 8개월 동안 했는데 이렇게 길게 극장을 대관해주는 곳이 많지 않다. 30억 원 가까이 되는 무대장치, 의상, 대도구, 소도구 등을 경기도 광주에 있는 창고에 고이고이 모셔두고 공연을 하지 못해 속이 상했었다.

'어떻게 해서든 해야겠다'고 생각하니 기회가 보였다. 보았다기보다는 만들었다고 보는 게 맞을 것 같다. 〈아이다〉의 판을 벌이기로 결심한 때는 2009년 하반기쯤이었다. 뮤지컬 관객들이 증가하면서 뮤지컬 공연이 양적으로 팽창하고 있었다.

물론 지금도 양적 성장세는 꺾이지 않고 있다. 문제는 공연의 질이다. 좋은 작품들도 꽤 있었지만 돈만 보고 달려든 경우도 많았다. 작품보다는 인기 있는 대중스타를 캐스팅해 그 인기로 표를 팔아보려는 '작태'들이 벌어졌다. 그런 경우 대부분 더블캐스팅, 심지어 트리플캐스팅까지 해가며 뮤지컬 관객이 아닌 대중스타의 팬을 끌어들이려 했다. 심지어 주인공이 다섯 명인 뮤지컬도 있었다. 마치 '대중스타들 퍼레이드'를 벌이는 것 같다.

공연기획사는 공연으로 먹고사는 사람들이 모인 곳이다. 당연히 돈을 벌어야 하지만 돈만 보고 달려들어서는 안 된다. 작품의 질이 떨어지면 공연에 실망한 관객들이 뮤지컬에서 등을 돌리는 결과를 불러온다. 이런 때에

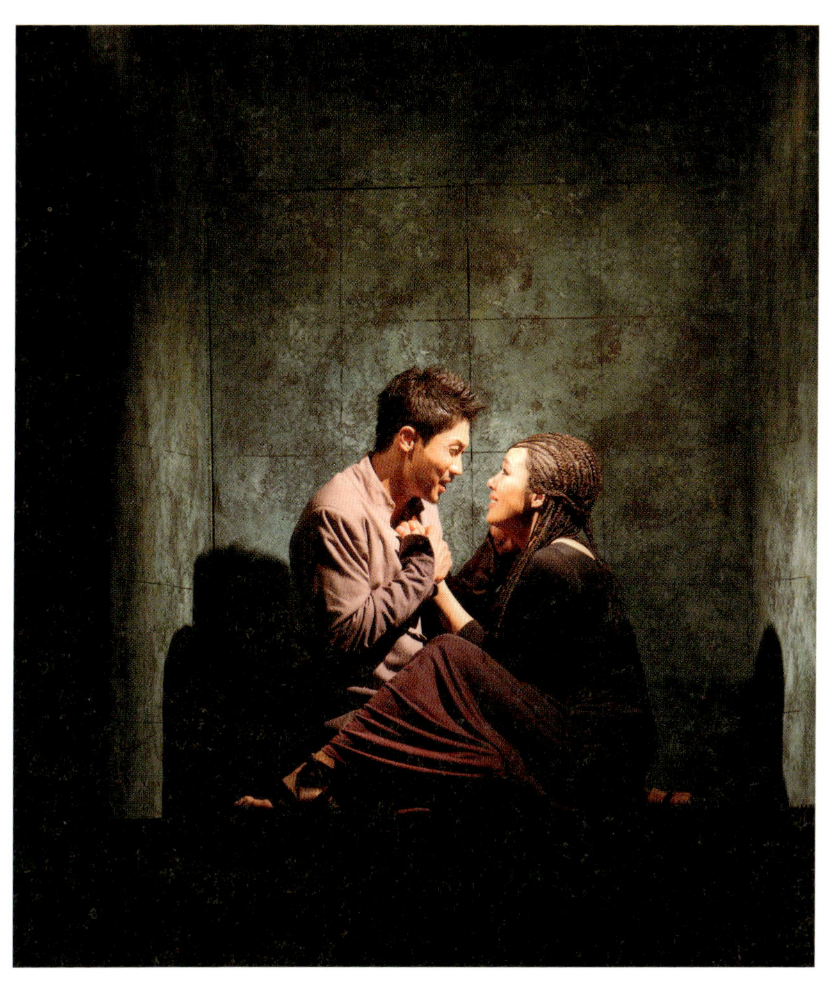

가장 하고 싶었던 작품. 한다는 생각만으로 가슴 뛰는 작품.
내가 공연 중에 가장 많이 보는 작품이 〈아이다〉다.

최고의 무대메커니즘을 보여주는 〈아이다〉를 내놓는다면 확실하게 차별화가 되리라고 생각했다.

어떤 극장이 좋을까 생각하는데 '이상한 생각' 하나가 불쑥 떠올랐다. '성남아트센터에서 하면 어떨까?' 서울이 아닌 분당에서 장기공연을 한다는 것은 아주 위험한 발상이다. 분당은 서울권이고, 시간상으로도 강남에서 얼마 걸리지 않는 거리에 있지만 심리적 거리는 무척 멀다. 분당에 사는 사람들이 서울에 있는 극장으로 오는 건 자연스럽게 느껴지지만 서울에서 분당으로 가는 건 그렇지 않다. 뭔지 모를 심리적 장벽이 있다. 다시 말해 서울에 있는 관객이 아닌 분당 지역의 관객들을 유치해야 성공할 수 있다는 말이다.

위험하지만 성공하기만 한다면 달콤한 결과가 기다리고 있었다. 새로운 지역에서 새로운 관객들을 개발하고, 새 영역을 확대하는 가치를 만들어 낼 수 있다. 내 계산은 이거였다.

'일단 분당에서 성공한다. 어차피 서울 관객 중 성남으로 오는 사람은 많지 않을 것이니 서울 관객은 고스란히 남아 있다. 1년 뒤에는 서울에 뮤지컬 전용극장이 두세 개 생긴다. 그때 서울에서 다시 공연한다면 분당에서의 성공 때문에 더욱 탄력을 받을 것이다.'

힘든 결정을 앞두고 많은 갈등을 하다가 하나의 질문이 떠오르면서 단호하게 결정을 내릴 수 있었다.

'언제는 위험하다고 안 했나?'

위험한 발상은 다르게 표현하면 역발상이며 괴짜 근성이다. 거의 모든 성공학 서적에서 남들이 하지 않는 생각을 해야 성공할 수 있다고 말한다. 물론 생각만으로는 성공할 수 없다. 실천이 따라야 함은 두말할 필요도 없다. 위험한 발상에 성공이라는 마침표를 찍는 것은 무슨 일이 있어도 해내고야 말겠다는 오기다. 아무 근거도 없이 오로지 역발상과 오기만으로 덤비면 백전백패겠지만, 나는 〈아이다〉와 신시의 조직력을 믿었다. 〈아이다〉의 훌륭한 콘텐츠라면, 신시의 막강한 홍보력이라면 분당에서의 장기공연도 성공할 수 있다고 믿었다. 이 성공은 〈아이다〉의 성공에만 그치지 않는다. 〈아이다〉의 예외적인 성공에만 의미를 두었다면 굳이 그런 위험을 감수할 필요가 없다. 나는 분당에서도 뮤지컬의 장기공연이 가능하다는 것, 〈아이다〉의 성공이 뮤지컬 관객과 뮤지컬 극장의 인프라를 동시에 늘리게 될 것이라는 데에 의미를 두었다.

새삼스러운 반응은 아닌데, 분당에서 한다고 하니 열에 여덟은 '안 된다', '망한다', '시기상조다', '어렵다'는 반응을 보였다. 열 명 중에서 찬성을 한 두 분이 성남아트센터의 이종덕 사장과 안호상 국립극장장이다. 뮤지컬 공연의 난립을 걱정하던 안호상 극장장은 "지금이 〈아이다〉를 할 때다. 서울도 좋고 성남도 좋다. 〈아이다〉라면 성남에서도 통한다”고 하였다. 두 분의 응원이 내게 큰 힘이 되었다. 특히 이종덕 사장은 응원을 넘어 결정적인 도움을 주셨다.

분당에서 하기로 결정하고 난 뒤에 이종덕 사장을 찾아가 〈아이다〉 올리게 오페라하우스를 5개월 동안 빌려달라고 말씀드렸다. 나도 배짱이라면 어디 가서도 꿀리지 않는데 이종덕 사장과 비교하면 서너 수 아래다. 기획사 입장에서 위험한 도전이면 극장 측도 마찬가지다. 흥행에 실패해도 대관료는 다 받지만 극장의 이미지가 나빠진다. 극장관계자들이 좋은 공연을 유치하려고 노력하는 이유가 여기에 있다. 그리고 성남아트센터는 성남시민의 재산이다. 매년 감사를 받아야 한다. 한 공연에 장기대관을 해주면 형평성에 어긋난다는 지적을 받기 쉽다. 그런데도 바로 “신시가 한다면 조건 없이 주겠다”고 하셨다.

“박명성이야 뮤지컬에서 대한민국 최고인데, 〈아이다〉 잘해서 멋지게 성공시켜봐. 그런 좋은 작품을 해야 극장의 위상도 올라가고 하지. 분당 사람들은 고급 작품을 좋아하니까 〈아이다〉하고 딱 맞아떨어져. 틀림없이 성공할 테니까 열심히 해봐.”

젊은 사람들을 능가하는 열정을 가진 이종덕 사장은 예술경영, 극장경영에서 타의 추종을 불허하는 분이다. 지금은 충무아트홀 사장으로 계시는

데 안전보다는 도전을 좋아하고 젊은 사고를 하셔서 롤모델로 삼는 후배들이 많다. 나도 어려운 문제가 있을 때마다 의논을 드린다.

신시는 〈아이다〉 이전에 〈맘마미아!〉와 〈시카고〉를 성남아트센터에서 공연한 적이 있다. 두 공연 다 이종덕 사장이 믿어주셔서 장기공연을 할 수 있었고 우리도 성공적으로 공연을 함으로써 극장 활성화에 작으나마 기여를 했다. 그런 경험들이 쌓이면서 신뢰가 두터워졌던 것 같다.

하나의 콘텐츠가 성공하기 위해서는 제작사, 연기자들, 스태프진 못지않게 극장운영 등을 책임지는 CEO를 비롯한 예술경영인들의 혜안과 뚝심이 무엇보다 중요하다. 공연 자체가 앙상블이란 이름의 공동운명체이듯 공연의 제작과 유통 역시도 공동운명체란 사실을 새삼 실감하는 요즘이다.

마녀 혹은 천상 여자, 박칼린

해외의 뮤지컬을 국내에 들여올 때 라이선스 방식은 크게 두 가지다. 하나는 대본과 음악만 가져오는 방식이다. 대본과 음악은 그대로 두고 무대장치나 의상을 창의적으로 만들어야 한다. 또 다른 방식은 대본과 음악은 물론이고 무대와 의상까지 그대로 가져오는 경우다. 이때는 저작권을 가진 회사에서 연출을 비롯한 각 분야의 스태프를 보내 배우 선발에서 안무, 무대장치까지 모든 것을 감독한다. 본토의 공연과 질적인 차이를 없애기 위한 조치다. 그렇다고 국내 스태프들이 로봇처럼 시키는 대로 하는 건 아니다. 의논하고 협력하는 관계이며 양국 스태프들 사이에 앙상블이 잘 이루어져야 좋은 작품이 나온다.

〈아이다〉는 후자의 경우에 해당하는 작품으로, 재공연을 생각할 때부터 나는 박칼린을 국내 협력 연출로 점찍어두고 있었다. 박칼린은 〈아이다〉와 각별한 인연이 있다. 초연 때 음악감독을 했는데 모두를 깜짝 놀라게 했다. 초연은 7개월이 넘는 기간 동안 모두 273회 공연을 했다. 그 긴 기간 동안 지휘를 하면서 단 한 번도 빠진 적이 없다. 처음부터 혼자 할 생각으로 서브를 두지도 않았다. 하루는 공연을 끝내고 푹 쓰러지는 바람에 주위 사람들을 혼비백산하게 만든 적도 있다. 그렇게 구급차에 실려가는 난리를 피워놓고는 다음날 아무 일 없었다는 듯이 지휘를 했다.

그 무렵부터였던 것 같다. 나는 박칼린을 '충동질'했다. 음악감독으로만 있는 게 아까웠다.

"박칼린, 너는 음악감독으로서는 대한민국에 둘도 없는, 그러니까 거의 인간문화재 급이야. 내가 볼 때는 이제 연출 쪽으로 방향을 선회하는 것도 좋을 거 같아."

우리는 1999년 〈시카고〉로 처음 만났다. 10년 동안 한국에서 고생하던 박칼린이 미국으로 가버릴까 어쩔까 고민하고 있던 시기다. 타이밍이 좋았다. 그 이후로 신시에서 함께 작업하면서 본 박칼린은 연출에게 필요한 기발한 아이디어가 많았다. 또 외국에서 많은 작품을 보고 자란 것도 장점이었다. 한 3년 바람을 넣고 나서 2008년에 연출을 제안했다. 작품은 〈라스트 파이브 이어스〉. 한진섭 형이 연출한 초연 때 음악감독을 맡았던 터라 작품 해석은 다 되어 있었고 노래로만 엮은 작품이다. 배우들과 많은 대화를 통해 소리를 끌어내는 능력이 탁월한 만큼 박칼린의 연출 데뷔작으로는 딱이었다. 박칼린도 나처럼 안전보다는 덤비는 걸 좋아하는 성격이라 도전해보겠다고 나섰다.

첫 데뷔작에서 만족스러운 연출력을 보여준 박칼린에게 나는 더 큰 도전을 제안했다.

"진짜 연출실력은 창작뮤지컬에서 나오는 거야. 이거 한번 해봐."

그러면서 『퀴즈쇼』라는 김영하의 소설을 던져주었다. 그런데 박칼린도 그건 좀 부담스러웠던 모양이다.

"대표님, 절 뭘 믿고 그러세요. 쫄딱 망하면 어쩌시려고요."

"우리가 10년 동안 작업하면서 망하는 거 무서워서 안 한 적 있어? 어렵다고 겁내고 안 하고 그럴 사람들 아니잖아. 박칼린이라면 돼."

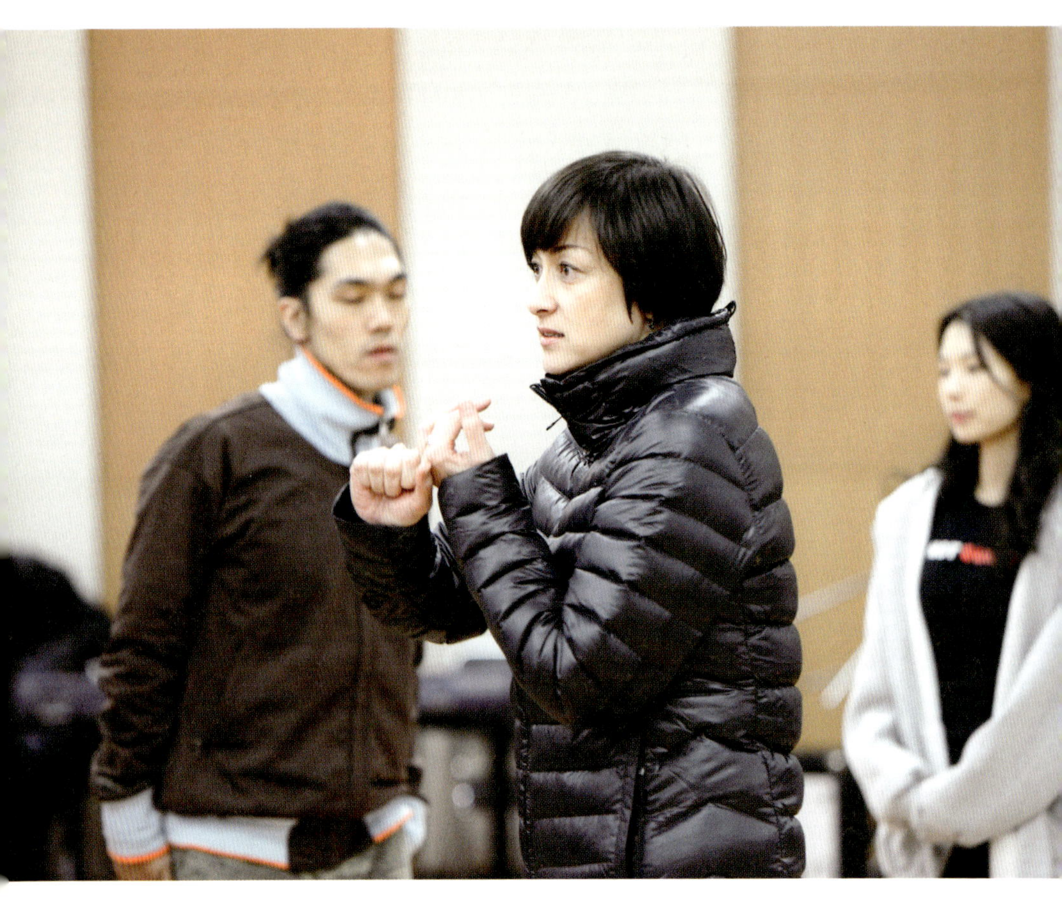

작품을 할 때는 혹독하고 칼날 같은 카리스마를 보여주지만
자연인 박칼린은 너무나 인간적이다. 언젠가 좋은 작품으로 사고 한 번 치지 않을까?

박칼린의 본격 연출 데뷔작은 흥행에 성공하지 못했다. 그렇다고 실패한 작품인가 하면 그렇지 않다. 빛과 구조물을 이용해 정말 개성 있는 무대 디자인을 만들어냈다. 지나고 나서 생각해도 참 괜찮게 만든 작품이다. 흥행 실패는 작품의 질보다는 시기의 문제였다. 〈유린타운〉, 〈뱃보이〉, 〈노틀담의 꼽추〉 등의 작품처럼 〈퀴즈쇼〉도 시기적으로 너무 빨랐다. 조금 더 시간이 지나면 관객들이 공감하고 호응할 만한 작품이다.

박칼린과 나는 프로듀서와 음악감독으로 만났지만 지금은 친구 사이다. 믿을 수 있는 사람, 어떤 문제라도 기탄없이 의논할 수 있는 사이가 되었다. 집도 가까워서 밤늦게라도 의논할 일이 있으면 맥주 한 잔 놓고 허물없이 이야기를 나눈다. 작품 외에 사적인 일에 대해서도 서로 들어주고 위로해주고 격려해준다.

나는 박칼린에게 훈련 받아본 적이 없어서 모르겠는데 배우들에게 박칼린은 '마녀'로 통한다. 걸음걸이나 생김새로 보면 여장부인데, 내가 보는 박칼린은 천상 여자다. 〈엄마를 부탁해〉 리셉션 사회를 보다가 갑자기 엄마 생각이 난다며 울 정두로 눈물이 많은 여자다. 작품을 할 때는 혹독하고 칼날 같은 카리스마를 보여주고 '자연인' 박칼린일 때는 인간적인, 너무나 인간적인 모습을 보여주어서 내가 박칼린을 좋아하는지도 모른다. 언젠가 박칼린이 좋은 작품으로 크게 사고 한 번 치지 않을까 기대하고 있다.

2010년 〈아이다〉 공연에서 박칼린은 '협력' 연출이라기보다 공동 연출의 역할을 해주었다. 초연 때의 연출가가 뉴욕에서 뮤지컬 〈스파이더 맨〉의 작업을 맡으면서 〈아이다〉를 연출한 경험이 없는 사람이 왔기 때문이다. 외국 스태프들과 작업하다 보면 의사소통도 자유롭지 않고 정서도 달라서 힘든 점이 많은데 박칼린 덕분에 그런 일이 전혀 없었다. 서로 존중하면서 재미있게 작업을 했고 그래서 좋은 앙상블이 나왔다.

박칼린은 협력 연출 외에 음악 슈퍼바이저 역할에 지휘까지 담당했다. 워낙 위험한 도전이고, 그런 만큼 꼭 성공해야 하는 작품이었다. 그래서 박칼린이 지휘를 맡아주면 관객들에게 믿음을 줄 수 있다고 판단하고 부탁을 했더니 "아, 오케이. 내가 할 수 있는 만큼 다 할게요"라고 했다. 나는 이런 박칼린의 성격이 참 좋다. 동지의식이 활활 불타오른다.

그렇게 해서 12월 한 달 동안 하루도 빼놓지 않고 박칼린이 지휘를 했고 1월에도 지휘를 많이 했다. 커튼콜 때 지휘자가 그렇게 많은 환호성과 박수를 받는 경우를 아직까지 보지 못했다. 뮤지컬 음악감독에서 뮤지컬 연출가 그리고 최근에는 〈넥스트 투 노멀〉이란 작품에 출연, 배우로까지 변신하며 항상 또 다른 이상을 추구하는 그녀의 열정과 도전의식이 신선하다.

옥주현, 진정한 뮤지컬 배우가 되다

분당에서 장기공연을 한다는 것만으로 '미쳤다'는 소리깨나 들었다. 이왕 들은 김에 미친 짓이라는 소리를 한 번 더 듣기로 했다. 모든 배역을 원캐스팅으로 간다는 거였다. 짧은 공연은 몰라도 120회 공연을 한 배역에 단 한 명의 배우로 가는 사례는 기존의 국내 공연에서는 없지 않았을까 싶다. 여기에는 전략적인 목표와 연극쟁이로서의 목표가 있다.

전략적인 목표는 화제성이다. 이런 사례가 없다 보니 공연계는 물론이고 언론에서 큰 관심을 보였다. 노렸던 것이기도 하고 덕분에 홍보도 많이 되었지만 마냥 기뻐할 수만은 없었다. 사실, 원캐스팅은 화제가 될 만한 것이 아니기 때문이다. 100년의 역사가 넘는 영국의 웨스트엔드, 미국의 브로드웨이에서는 원캐스팅이 기본이다. 여기에 돌발상황에 대비해 커버, 얼터, 언더스터디를 둔다. 그들은 왜 관객몰이하기에도 편하고 안전한 더블캐스팅을 두고 원캐스팅을 고집하는 것일까? 여기에 대한 답이 연극쟁이로서의 목표다.

여러 가지 유리한 점이 있음에도 원캐스팅으로 가는 건 작품의 질을 위해서다. 더블캐스팅으로 가면, 앙상블들을 더블로 하는 경우는 없으니까 모든 주역들이 그들과 연습을 하자면 연습량이 줄어들 수밖에 없다. 연습량

부족은 곧 작품의 질이 떨어진다는 의미다. 또 주요 배역을 더블캐스팅으로 가면 출연료가 많이 들기 때문에 앙상블에서 돈을 줄여야 한다. 그러자면 돈을 적게 줘도 되는 신인들을 써야 한다. 작품의 수준은 당연히 떨어진다.

물론 나도 여기서 완전히 자유롭지 못하다. 될 수 있으면 원캐스팅으로 가려고 하지만 상황이 허락하지 않을 때가 있다. 〈렌트〉처럼 등장인물이 20대라 신인들을 써야 하는 때가 있다. 신인들은 무대경험이 적어서 체력안배를 하지 못해 장기공연을 하기 어렵다. 또는 실력은 좋은데 쉽게 목이 쉬는 배우들도 있고 신인들에게 기회를 주어야 할 때도 있다. 그럴 경우 어쩔 수 없이 더블캐스팅으로 갔지만 원칙은 원캐스팅이다. 젊은 신인들이 체력이 좋아서 장기공연을 잘할 것 같지만 오히려 40대 이상의 배우들이 장기공연에 더 능숙하다. 그들은 책임감과 정신력이 피로감을 압도한다. 자기관리도 철저하고 배우로서 '이 배역은 나만의 것'이라는 자존심도 있다. 이렇게 젊었을 때부터 '자기만의 배역'에 욕심을 내는 배우들이 많아져야 우리 뮤지컬이 풍요로워진다는 것이 내 생각이다.

원캐스팅으로 가면서 전혀 걱정이 없었던 것은 아니다. 공연기간이 겨울이라 감기를 심하게 앓을 수도 있고 폭설이라는 '재난'이 발생할 수도 있다. 재난은 사람의 영역이 아니니 걱정해보아야 해결책이 없다. 다만 배우들에 대해서는 큰 걱정을 하지 않았다. 우리나라 배우들, 특히 〈아이다〉에 뽑히는 배우들은 세계적 수준이기 때문에 충분히 생활을 절제하고 책임감 있는 배우들이 뽑힐 거라는 확신이 있었기 때문이다.

그래도 사람의 일이라 공연을 못하는 일이 생길 수 있다. 원캐스팅을 생각하면서 120회 중 서너 번은 공연을 하지 못할 수도 있다는 각오를 하고 시작했다. 그렇더라도 나머지 117회 공연은 좋은 작품을 보여주자는 것이 나의 배짱이었다.

오디션에 참가한 배우들을 모아놓고 '더블캐스팅을 해야 공연이 가능한 사람은 지금 빠져야 한다'고 말했다.

"여러분이 쉰 살이 지나서 인터뷰를 했을 때, 대표작이 뭐냐는 물음에 뭐라고 대답할 겁니까? 더블이나 트리플캐스팅 했던 걸 대표작이라고 이야기할 수는 없잖아요? 정말 혼신의 힘을 쏟고 자신과 치열한 싸움, 힘들어도 인내하면서 내 열정을 다 쏟아냈을 때 그게 그 사람의 가슴에 남는 대표작, 대표 배역이라고 생각해요. 물론 더블캐스팅으로 가도 자기와 싸움을 해야 하고 열정을 쏟아부어야지요. 하지만 무게가 달라요. 원캐스팅일 때는 나 이외에는 누구도 그 배역을 할 사람이 없다는 책임감과 절박함이 있어요. 다른 배우에게 기댈 수 없으니 목숨을 걸어야 하는 겁니다.

평범한 배우는 많습니다. 평범한 배우는 자신의 최대 한계점이 어디인지 모르는 사람이에요. 특별한 배우는 자기 한계점이 어디인지 알고 그 성계를 계속 늘려가는 사람입니다. 저는 여러분이 120회 공연을 혼자서 해냈을 때 특별한 배우가 될 거라고 생각합니다. 장기공연에 대한 두려움에서 빨리 벗어나야 특별한 배우가 됩니다. 저는 〈아이다〉가 여러분의 대표작 중 하나가 되기를 바랍니다."

'저는 못하겠는데요'라고 하는 사람은 아무도 없었다. 큰소리로 '하겠습니다'라고 말하는 사람도 없었다. 다만 그들의 눈빛은 '합격만 한다면 1,200회 공연이라도 해내겠다'라고 말하는 듯했다.

내 질문에 가장 시원하게, 가장 빨리 대답한 사람이 옥주현이다. 옥주현은 이번 공연에서 유일하게 오디션을 보지 않았다. 지난 공연에서 잘했더라도 다시 제로 상태에서 오디션을 보는 것이 일반적이다. 그 사이에 배우들이 성장했을지 퇴보했을지 모를 일이고 성장을 했더라도 더 잘하는 배우를 뽑을 수도 있기 때문이다. 그러니까 옥주현에게는 엄청난 특혜를 준 셈이다. 보통 신문에서 보는 '특혜'는 뭘 받은 대가로 주는 것인데 내가 옥주현에게 뭘 받은 건 없다. 지난 공연에서도 잘했지만 이번에는 더 향상된 아이다를 보여줄 거라는 믿음이 특혜를 준 이유의 전부다.

옥주현은 〈아이다〉로 데뷔한 이후 꾸준히 성장해 지금은 '가장 캐스팅하고 싶은 여배우'로 우뚝 섰다. 세간에서는 아이돌 출신이라는 덕을 보고 있다는 말들도 하지만 곁에서 지켜본 나는 그 의견에 반대한다. 한두 번이라면 몰라도 몇 년 동안 그 덕을 보기는 어렵다. 내가 붙인 옥주현의 별명은 악바리와 옥주현을 합친 '옥바리'다. 다부지고 전투적으로 힘든 연습을 다 소화한다. 연습과정에서 보여주는 성실함도 좋은 배우가 되기에 충분하다. 연습을 하면 출연장면이 많은 주연들도 기다려야 하는 시간이 있다. 어떤 배우들은 이 시간을 참지 못하는데 '옥바리' 옥주현은 틈새 시간을 활용해 자기 연습을 한다. 건강한 목, 파워풀한 노래에 이런 성실함까지 있으니 '뮤지컬 배우 옥주현'으로 설 수 있었다.

"지난번 조금 부족했던 부분에 대한 한풀이 공연이라고 생각하고 여한 없이 해봐. 5년 동안 뮤지컬을 해왔기 때문에 지난번보다 훨씬 더 잘할 수 있어. 이제는 노련한 배우가 되었으니까 노련한 아이다의 캐릭터를 창조해봐. 뜨겁게 덤벼봐."

아이다 역을 제안하면서 내가 한 이야기다. 옥주현도 좋아했다. '원캐스팅으로 갈 건데 할 수 있겠느냐'라는 질문에도 시원하게 대답했다.

"저도 원캐스팅으로 하고 싶어요. 할 수 있어요. 걱정하지 마세요."

배우로서의 욕심, 자존심을 보여주어서 대견했다. 내가 아는 옥주현은 오디션 없이 캐스팅한다고 '얼씨구나' 하고 아무 생각 없이 받아들일 사람은 아니다. 오디션 없이 주인공을 맡는다는 게 실력을 인정받았다는 기쁨도 있지만 그만큼 부담스러울 수밖에 없다. 그 책임감의 무게를 알고 그 무게를

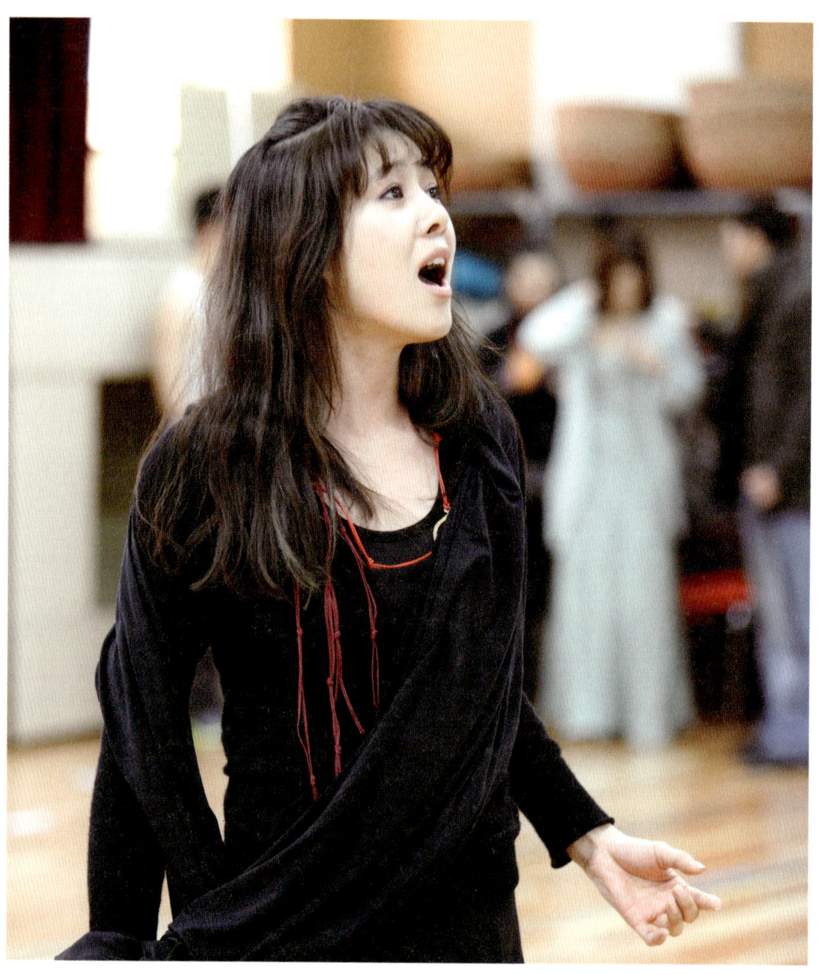

내가 붙인 옥주현의 별명은 악바리와 옥주현을 합친 '옥바리'다.
다부지고 전투적으로 힘든 연습을 다 소화한다.

감당하겠다는 자신감이 있어야 한다. 그런 배우의 모습을 옥주현은 보여주었고 공연에서 내 믿음이 틀리지 않았음을 증명했다.

보통 대중스타는 흥행요인으로 투입되어 한두 작품 하고 뮤지컬 무대를 떠나버린다. 그러나 옥주현은 〈아이다〉로 데뷔한 이래 지속적으로 뮤지컬 무대에 등장해 대중가수에서 뮤지컬 배우로 자신의 입지를 굳혔다. 요즘은 '가수 옥주현'이란 이름보다 '뮤지컬 배우 옥주현'으로 불린다. 나는 그 점에 큰 보람을 느낀다.

처절한 오디션 전쟁

옥주현을 제외한 나머지 배역을 뽑는 오디션을 공연 10개월 전에 시작했다. 주요 배역과 앙상블 26명을 뽑는데 지원자가 1,400명이 넘게 왔다. 〈아이다〉가 관객들과 배우들의 사랑을 동시에 받는 작품이라는 증거다. 오디션은 2주 동안 치러졌디. 치열한 경쟁이라는 말로는 부족하다. 배우들은 자기가 원하는 배역을 따내기 위해 처절한 전쟁 같은 오디션을 거쳤다. 지원자들이 처절한 경쟁에 몸을 던지고 있을 때 나는 미묘한 감정을 느꼈다. 재공연을 할 때마다 느끼는 감정이다. 오디션에서 배우들이 부르는 노래를 들으면 또

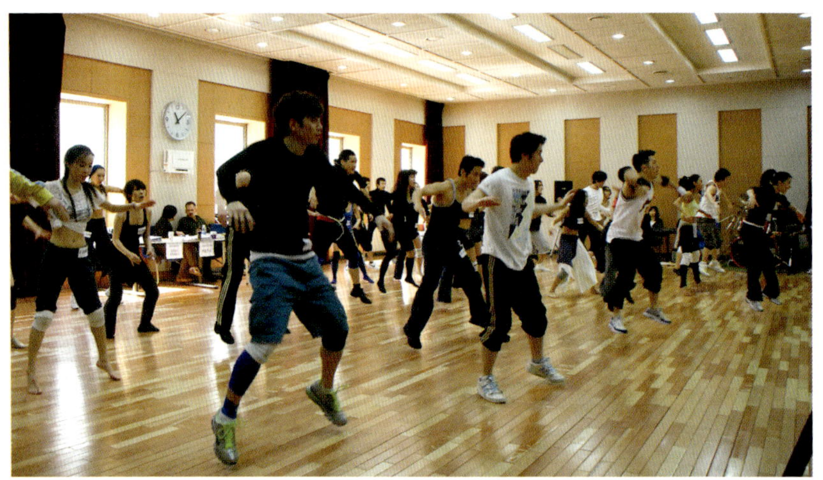

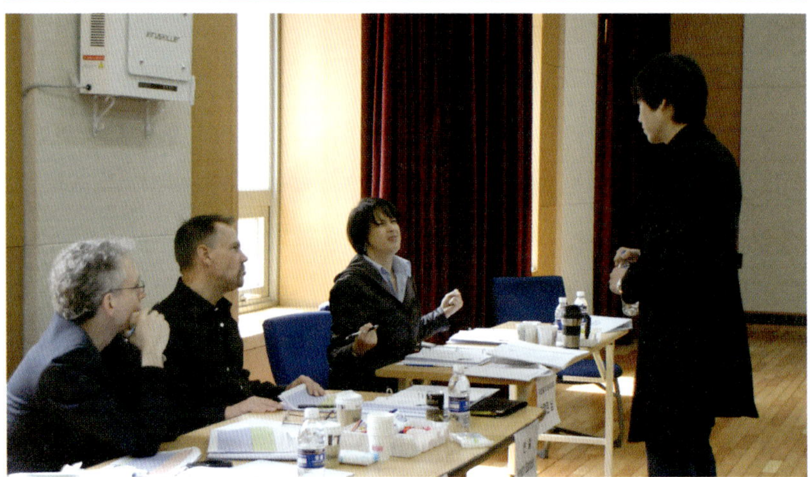

치열한 경쟁이라는 말로는 부족하다. 배우들은 자기가 원하는
배역을 따내기 위해 처절한 전쟁 같은 오디션을 거쳤다.

한다는 희열감, 설렘, 잘 만들어서 많은 관객을 유치해야 한다는 부담감, 성공했을 때는 얼마나 기쁠까 하는 기대감 등 여러 가지 감정이 뒤섞여 묘한 기분에 휩싸인다. 이번 〈아이다〉 공연은 오랜만에 해서 그런 감정이 더했다.

어떤 공연이든 마찬가지지만 〈아이다〉는 특히 앙상블을 뽑기가 어렵다. 다른 작품들보다 앙상블의 비중이 높고 앙상블이 잘해줌으로써 객석의 감동이 배가되는 작품이기 때문이다. 격렬한 춤을 추어야 하고, 연기도 잘해야 하고, 노래도 어렵다. 그래서 이 작품에서는 스윙을 남녀 각각 두 명씩 뽑는다. 앙상블 중 누가 빠져도 그 자리를 채울 수 있어야 하므로 스윙은 앙상블 중에서도 제일 잘하는 사람으로 뽑는다. 그래서 앙상블 중에서 출연 횟수는 가장 적지만 출연료가 제일 많다.

1차 오디션이 끝나고 나니 후보가 80명으로 압축되었다. 그 중 남녀 각각 10명을 뽑아야 했다. 1차에서는 노래, 춤, 연기 등에 관한 기본적인 실력을 본다. 여기서 통과했다면 실력은 입증되었다고 보아도 된다. 1차에 통과한 80명이 훈련을 하는 걸 보았는데 누가 해도 좋을 만큼 다들 실력이 출중했다. 진짜 무서운 경쟁은 지금부터다. 제아무리 춤을 잘 추고, 노래를 잘하고, 연기를 잘해도 배역에 맞지 않으면 뽑을 수가 없다. 그래서 실력 있는 배우들이 여기서 탈락하기도 한다. 심사를 하는 쪽에서도 힘들기는 마찬가지다. 각각의 역할에 맞는 이미지의 배우를 찾아야 하기 때문이다.

이런 바늘구멍을 뚫고 당당히 배역을 따낸 이들이 명호종, 장윤정, 강경모, 이재철, 문의인, 김지선, 심새인, 최비야, 백두산, 이동재, 김지민, 오석원, 김성수, 임유, 서승원, 정가희 등이고, 스윙은 문병권, 정동진, 최은주, 김도경 등이다. 이 중 20대는 단 두 명뿐이다. 실력 있는 배우들 중 경험이 많은 사람을 뽑다 보니 30대가 뽑힌 것이다.

앙상블이 전쟁이었으니 주요 배역들은 오죽했을까. 라다메스, 암네리스, 조세르, 메렙을 뽑는 오디션은 그야말로 혈투였다. 마지막까지 남은 배우들은 스타급 뮤지컬 배우들이었고 서로들 잘 아는 사이였다. 앙상블과 달리 주요 배역들은 2차 오디션부터 매일 숙제를 해와야 한다. 오늘 특정 장면을 주면 내일 거기에 들어가는 노래, 연기, 춤을 보여주어야 한다. 캐릭터에 대한 상상력이 어디까지인지, 어떤 배우가 그 역의 스타일에 가장 맞는지를 보는 시험이다. 외국 스태프들이 있기 때문에 유명세는 큰 도움이 되지 않는다. 그들은 오디션 과정에서 보여주는 성실함을 높게 평가한다. '내가 누군데'라는 생각을 가진 사람은 당연히 탈락된다.

매일 몇 명씩 내로라하는 배우들이 떨어져 나가는데 가슴이 아팠다. 아까운 배우들도 많았다. 그래도 한 명을 뽑아야 한다는 게 뽑는 사람의 '슬픔'이다. 나는 '두 명'을 빼놓고는 오디션에 관여하지 않았다.

그 두 명 중 한 명은 옥주현이고 나머지 한 명은 메렙 역의 김호영이다.

김호영은 초연에서 메렙을 맡아 브로드웨이 배우 못지않은 실력을 보여주었다. 이번 오디션에서도 김호영은 발군의 실력을 보여주었다. 그런데 메렙 역에 딱 맞는 이미지를 가진, 그러면서도 실력도 좋은 신인배우가 오디션에 참가했다. 실력에서는 김호영도 뒤지지 않았는데 나이와 이미지에서 야리야리한 20대 초반의 신인배우에게 밀리고 있었다.

"메렙에 딱 어울리는 배우가 있는 것은 알지만 김호영도 그에 못지않습니다. 가장 안정적으로 메렙을 해낼 수 있는 배우입니다. 무엇보다 팀의 화합, 앙상블을 이루는 데 지대한 역할을 하는 배우가 김호영입니다."

내 의사를 이야기하자 크리에이티브팀도 받아들여주었다. 가장 맞는 배우를 찾는 게 오디션이니까 당연히 그 신인배우를 뽑아야 하는 거 아니냐고 물을 수 있다. 맞는 말이다. 그런데 나로서는 다른 부분도 생각하지 않을 수 없었다. 만약 김호영과 신인배우의 실력 차이가 컸다면 나도 그런 제안을 하지 않았을 것이고 내가 제안을 했더라도 외국 스태프들이 내 제안을 받아들이지 않았을 것이다.

내가 중요하게 여긴 것은 팀 내에서 김호영이 하는 역할이다. 120회 공연은 길고 긴 싸움이다. 연습하는 기간까지 포함하면 6개월이 넘는 기간이다. 그 긴 시간 동안 배우들은 지하의 조그만 공간에서 살다시피 해야 한다. 그러다 보면 짜증이 나고 인내력이 떨어지는 경우가 굉장히 많다. 감수성이 풍부한, 감수성으로 먹고사는 배우들이니만큼 이런 부분에 대한 생각을 하지 않을 수 없다. 장기공연에서 배우들의 컨디션이 나빠지면 공연의 질이 떨어진다. 그래서 장기공연에서는 분장실의 분위기가 매우 중요한데, 이 분위기를 즐겁게 만드는 데 탁월한 능력을 지닌 배우가 김호영이다. 갈라쇼나 여타 행사에서도 진행과 사회를 도맡아 할 정도로 분위기를 띄우는 데는 특출난 능력을 갖고 있는 만능 재주꾼이다.

조세르 역은 의외의 캐스팅이 이루어졌다. 그렇게 많은 지원자에, 그렇게 실력이 좋은 배우들이 왔지만 그 중 누구도 조세르 역에 뽑히지 못했다. 크리에이티브팀은 배역에 맞는, 조세르를 잘 보여줄 수 있다는 확신을 가질 만한 배우가 없었다고 했다. 그러면서 뜻밖에 문종원을 한 번 더 보았으면 좋겠다고 했다. 문종원은 조세르가 아니라 라다메스 역에 지원했다가 탈락한 배우다. 캐릭터가 너무 강해서 라다메스 역에는 어울리지 않았다. 강한 인상은 라다메스 역에는 약점이었지만 권력욕에 사로잡힌, 아들 라다메스와 대립하는 조세르 역에서는 강점이 되었다. 문종원에게 의사타진을 해보니 어떤 역할이라도 할 수만 있다면 좋다고 해서 깜짝 캐스팅이 되었다.

암네리스 공주 역에 지원한 배우들 중 6명이 최종 오디션까지 남았다. 암네리스 역은 노래가 어렵고 극중 성격 변화가 심한 인물이라 연기도 잘해야 한다. 초연 때는 배해선이 암네리스 역으로 한국뮤지컬대상에서 여우주연상을 받기도 했다. 6명의 배우들 모두 잘했지만 그 중 탁월하게 잘한 배우, 크리에이티브팀의 만장일치로 암네리스 공주가 된 배우가 정선아다. 외국 스태프들은 '판타스틱한 배우'라며 엄지손가락을 세웠다.

10년 전 정선아의 첫인상을 잊을 수가 없다. 예술의전당에서 〈렌트〉 오디션을 보고 있을 때였다. 박칼린이 과감하게 신인을 써보는 게 어떻겠냐며 고등학교 3학년짜리 여배우를 보여주었다.

'저렇게 어린 애가 노래를 어쩜 저렇게 안정적으로 잘할 수 있을까!'

그녀는 지금 뮤지컬계의 보물로 성장했다. 고3 때 데뷔시킨 친구가 뮤지컬 배우의 중심으로 서 있는 걸 보니 감회가 새로웠다. 정선아에게 "너를 이렇게 보물처럼 써먹을 줄 몰랐다"고 했더니 "암네리스가 되어서 너무 행복하다"고 했다. 그동안 뮤지컬을 하면서 회의도 들고 해서 그만둘까도 생각하고 있었는데 〈아이다〉를 계기로 다시 배우로서의 열정, 집념을 불사르는 계기가 되었다고 한다.

이제 이렇게 예쁜 암네리스의 사랑을 거부한 '나쁜 라다메스'를 뽑을 차례다. 가상 논란이 많았던 배역이다. 최종 후보가 예닐곱 명이었는데 그 중에는 이름만 대면 아는 영화배우, 탤런트도 있었다. 사무실 스태프들은 이왕이면 인지도가 있는 배우가 좋겠다고 했다. 원캐스팅이 안 되면 뮤지컬 배우와 대중스타를 더블로 하자는 의견까지 나왔다. 크리에이티브팀은 또

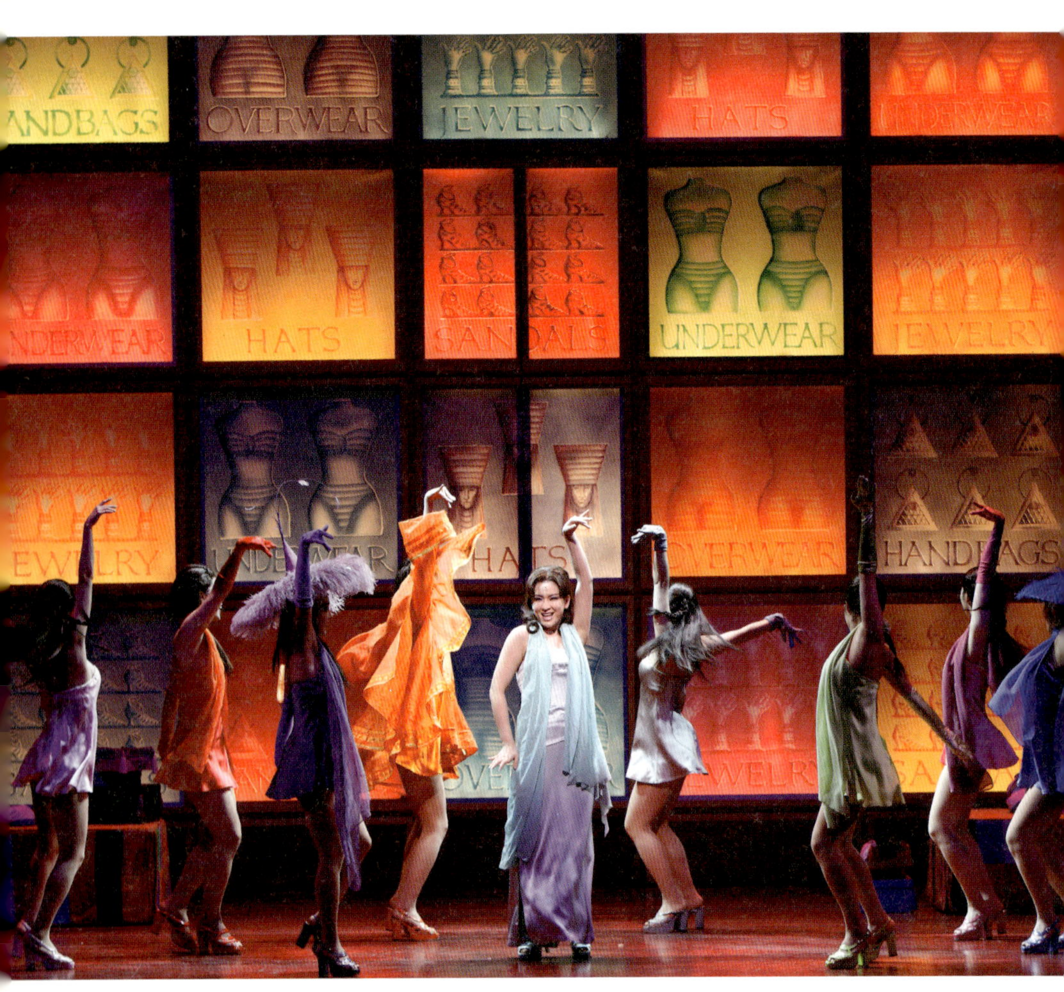

ANDBAGS
OVERWEAR
JEWELRY
HATS
UNDERWEAR
UNDERWEAR
HATS
SANDALS
UNDERWEAR
JEWELRY
EWELRY
UNDERWEAR
HATS
OVERWEAR
HANDBAGS

자기들이 원하는 배우가 따로 있었다. 사무실 식구들의 의견을 무시할 수도 없고 크리에이티브팀의 의견도 중요하다.

프로듀서는 처음으로 길을 만드는 사람이기도 하고 그 길에서 교통정리를 하는 사람이기도 하다. 솔직히 대중스타를 기용하고 싶은 마음도 있었다. 실력에 큰 차이가 없기 때문에 외국 스태프들도 내가 이야기하면 받아줄 것이었다. 고민 끝에, '원칙대로 간다'는 결론을 내렸다.

'대중스타가 되어도 상관없다. 뮤지컬 전문배우가 되어도 상관없다. 다만 더블은 안 된다. 더블로 가면 신시가 추구하는 정신을 버리는 꼴이 된다. 또 라다메스만 더블로 하는 것도 말이 안 된다. 작품을 생각할 때 크리에이티브팀의 의견이 가장 정확할 것이다. 그들에게 일임한다.'

그렇게 해서 뽑힌 배우가 김우형이다. 선발과정에 대해 오해하는 사람도 있었다. 짜고 치는 고스톱 아니냐, 이미 대중스타를 낙점해놓고 오디션은 형식적으로 보는 거 아니냐는 것이었다. 인지도 있는 배우가 뽑히는 게 '상식'이기 때문에 그런 오해를 하는 것도 무리는 아니다. 마지막까지 남은 후보들 중에서 인지도가 가장 낮은 김우형이 선발되고 나니 그런 루머는 일거에 사라졌다.

김우형이 라다메스가 된 이후 신시 배우이자 그의 누이와 매형인 김아선, 곽동욱 부부와 '격려의 설렁탕'을 먹은 적이 있다. 그 자리에서 그는 "가장 해보고 싶은 역할이어서 최선을 다해 오디션에 임했다"고 말했다. 이 말이 빈말이 아니었음을 그는 행동으로 증명했다. 그는 오디션에 합격한 이후 술을 끊고 헬스와 운동으로 몸을 만들었다. 원캐스팅이라는 이유도 있지만 라다메스 장군은 몸이 좋아야 한다. 공연 연습 하기도 힘든데 고된 운동까지 하면서도 공연이 끝날 때까지 그의 입에서 한마디의 불평도 나오지 않았다. 그리고 이 배역으로 2011년 한국뮤지컬대상에서 남우주연상을 거머쥐었다. 그는 원캐스팅으로 120회 공연을 소화하면서 한 단계 업그레이드된 배우, 특별한 배우의 반열에 올라섰다.

⋀⋀ 원캐스팅 고집이 부른 사고

캐스팅에 공을 들인 만큼 연습과정은 순조로웠다. 정말 어렵게 배역을 따낸 배우들은 6주 동안 매일 10시부터 저녁 6시까지 혼신의 힘을 다해 연습에 임했다. 옥주현을 비롯해 누구 하나 단 하루도 연습에 빠지지 않았다. 사람을 반쯤 죽여놓는 안무가 트레이시의 혹독한 트레이닝을 받았지만 누구 하나 '죽지 않고' 잘 살아남았다.

　프리뷰 공연 3주 전, 연극 〈엄마를 부탁해〉를 하고 있던 용극장에서 제작발표회를 가졌다. 주요 뮤직넘버 몇 곡을 부르고 기자간담회도 했는데, 그렇게 많은 언론이 관심을 보였던 적은 없었던 것 같다. 장기공연을 원캐스팅으로 간다는 것도 화제였고, 〈남자의 자격〉으로 인지도가 급상승한 박칼린에 대한 관심도 높았다. 특히 고무적이었던 것은 일반 관객들의 관심이었다. 관극회원 위주로 선착순으로 제작발표회 초대권을 배부했는데, 800석이 몇 분 만에 동났다. '가슴이 뛴다', '많은 장비가 들어오지 않았음에도 노래가 좋았다', '배우들이 고르게 노래를 잘한다', '믿을 만한 배우들이 뽑혔다' 등 리뷰도 긍정적이었다.

티켓을 오픈하자마자 예상보다 예매율이 높았다. 공연이 시작되면서 12월은 다 매진이 되었고 그 달에 보지 못한 관객들이 1월 공연을 예약했다. 순조로운 출발을 끝까지 이어가려면 2월 중순부터 3월 중순까지가 고비였다. 그 한 달은 공연 비수기다. 졸업, 입학, 설 등 지출이 많은 시기이기 때문이다. 이 시기에 주춤했으면 어려운 승부가 되었을 텐데 홍보전략이 맞아떨어지면서 내내 높은 예매율을 유지했다.

우리는 서울 관객을 10~15퍼센트로 예상했다. 나머지는 성남, 분당 관객들을 불러들여야 하는데 성공 여부는 중장년층에 달려 있다고 판단했다. 중장년 관객이 30퍼센트를 넘는다면 성공할 수 있다고 보았다. 대학생들은 용돈을 모아서, 젊은 층은 생활비를 쪼개서 보지만 중장년층은 소비 능력이 있다. 이왕이면 좋은 자리에서 보려고 하고 단 둘이서 공연을 보기보다는 단체로 많이 본다. 입소문도 빠르다. 빠르기로 따지면 인터넷이 최강이지만 힘이 약하다. 계모임, 가족모임 등에서 '그 공연 최고'라고 하면 강력한 신빙성을 가진 입소문이 된다.

우리는 공연 몇 개월 전부터 성남, 분당지역 가로등에 현수막을 걸었다. 백화점, 마트 등 중장년층이 모이는 길목마다 홍보물을 설치하고 전단지를 뿌리고 아파트 단지마다 포스터를 붙였다. 그야말로 집중포화식 홍보를 한 것이다. 좁은 지역이기 때문에 가능한 전략이었다. 이런 홍보전략과 〈아이다〉의 콘텐츠가 어우러진 결과, 주말에는 항상 객석이 꽉꽉 찼고 평일에도 1,200석 이상 채웠다. 부부모임이 많았다는 것이 우리 전략이 맞아떨어졌다는 증거다. 전체 관객 수는 약 16만 명이었다. 모두들 성남에서 한다고 걱정했지만 그런 어려운 여건에서 성공을 이루어낼 때 일에 대한 쾌감을 느낀다.

2011년 1월 23일 사고가 발생했다. 옥주현의 목 상태가 갑자기 나빠져 일요일 저녁 공연이 취소된 것이다. 눈이 오는 날씨에도 공연을 보러 온 관객들의 실망감이 어떨지는 잘 안다. 몇몇 분들은 소리를 지르기도 하셨다. 우리는 티켓 값의 110퍼센트를 환불해드리고 초대권을 받고 온 관객들에게는 객석의 등급을 올려드렸다. 일부 언론에서는 '예견된 사고'였다며 비난을 했다.

그렇다. 예견된 사고였다. 나도 감수하기로 한 사고였다. 공연의 질을 높이기 위한 선택이었다. 나를 포함해 배우, 스태프 등 모든 공연 관계자들 중 공연을 하고 싶지 않은 사람이 누가 있을까? 기획사 입장에서는 한 번 공연을 하지 않으면 손해가 막심하다.

옥주현은 공연을 하기 위해 최선을 다했다. 응급실에 가서 치료를 받으면서 계속 목소리를 체크했다. 우리 스태프들도 그 과정을 실시간으로 전해 듣고 있었다. 그러나 안타깝게도 목소리는 회복되지 않았다. 옥주현도 아쉬워했고 팀원들에게 굉장히 미안해했다. 나는 옥주현에게 문자 메시지를 보냈다.

'배우는 몸이 우선이야. 평생 해야 할 배우인데 단 1회 못했다고 미안해하지 말고 죄책감도 갖지 말고 회복하는 데 최선을 다해라. 나는 그 정도 손해 극복할 수 있어. 항상 대범하게 생각하지 쫀쫀하게 사는 사람 아니야. 우리, 〈아이다〉 반도 안 했어. 해왔던 것보다 할 일이 더 많아.'

뉴욕이나 런던에서도 주연배우가 공연을 할 수 없는 일이 생긴다. 그럴 때를 대비해 커버가 있다. 외국에서는 커버가 올라와도 관객들이 양해를 해준다. 그러나 우리 관객들은 아직까지 주인공을 보러 오는 경우가 많다. 그

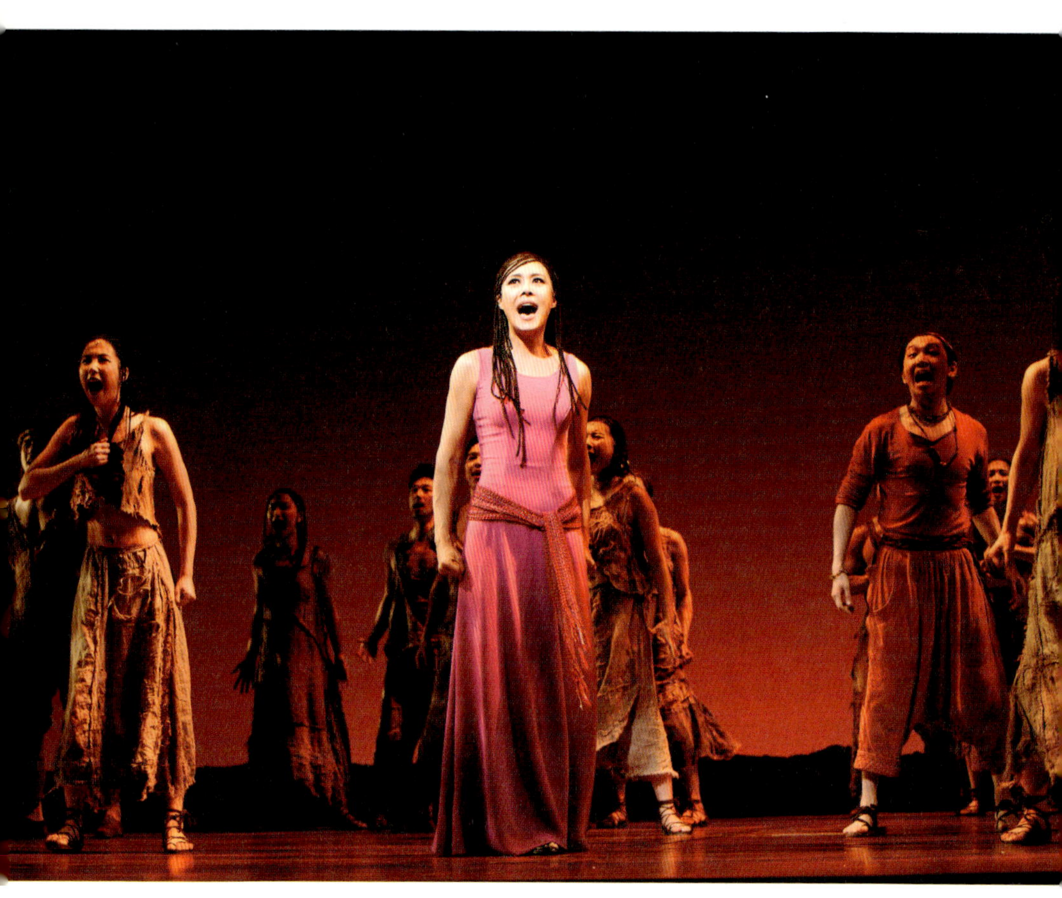

원캐스팅은 늘 사고의 위험이 있다. 수준 높은 공연을 보고 싶다면
커버가 메인을 대신해 무대에 올라오는 것을 용서해야 한다.

러니 커버가 올라오는 것을 이해하지 못한다. 우리도 커버가 있었지만 옥주현과 실력 차이가 꽤 있어서 공연을 하지 않기로 결정한 것이다. 그래도 공연을 해야 하는 건 아닐까 하는 생각은 여전히 갖고 있다. 이런 부분이 공연계와 관람객이 풀어야 할 숙제다. 전체적인 공연의 질을 높이려면 원캐스팅으로 가야 한다. 그런데 원캐스팅은 늘 사고의 위험이 있다. 수준 높은 공연을 보고 싶다면 커버가 메인을 대신해 무대에 올라오는 것을 용서해야 한다. 아니면 계속해서 더블캐스팅을 해야 한다. 시간이 필요한 일이다. 나는 우리 관객들이 원캐스팅의 장점을 알아주고 단점을 인정해주는 날이 오기를 기대하고 있다.

〈아이다〉는 2011년 더뮤지컬어워즈에서 베스트 리바이벌상을 받았다. 나는 당연히 받아야 한다고 생각했다. 오만함이 아니라 작품에 대한 자신감이다. 우리 배우들, 스태프들이 잘한 것이니까 내 자랑도 아니다.

공연이 성공했을 때 프로듀서 앞에는 깊고 넓은 함정이 생긴다. 작품성을 인정받고 어느 정도 관객 유치에도 성공하고 나면 다음 공연에는 대중스타를 더블캐스팅해서 더 많은 흥행수익을 노린다. 그러면 작품의 질이 떨어지기 쉽다. 한 번 배신당한 관객들은 좀처럼 돌아오지 않는다. 재공연 작품은 무조건 지난번보다 수준이 높아야 한다. 그래야 다음에 또 할 수 있다.

‘좋은 작품, 감동 있는 작품, 살아남는 작품’이라는 모토는 내 철학이면서 동시에 함정에 빠지지 말라는 경고문이기도 하다.

2012년 12월 서울 신도림 디큐브아트센터에서 다시 〈아이다〉를 만날 수 있다. 이토록 멋지고 과학적인 무대와 비극을 통한 사랑의 완성을 그린 이야기를 만날 그날을 나는 벌써 기다리고 있다.

불길처럼 번진 대극장 연극의 감동

까무러치게 맛있는 음식이라도 자주 먹으면 질리듯이 관객들의 다양한 입맛에 맞는
연극을 개발할 필요가 있다. 소극상 연극은 그 나름대로의 맛이 있고,
대극장 연극 또한 그에 맞는 맛이 있다. 나는 소극장 연극과는 다른
대극장 연극만이 줄 수 있는 감동을 관객들에게 주고 싶었다.
그리고 이 감동을 기다리는 관객들이 우리나라에 충분히 있다고 믿는다.

내 연극인생에서 차범석 선생의 〈산불〉은 운명적인 작품이다. 나를 세상에 낳아준 분들이 부모님이라면, 연극인 박명성을 만들어 세상을 살아가게 만들어준 것은 〈산불〉이었다. 연극 〈산불〉에 감동하여 연극계에 몸담게 되었고, 이 희곡을 원작으로 거의 7년에 걸친 노력 끝에 뮤지컬 〈댄싱 섀도우〉를 무대에 올려 작품성은 인정받았으나 흥행에서 어려움을 겪었다. 그만큼 내겐 떼려야 뗄 수 없는 작품이다.

〈댄싱 섀도우〉 이후 다시 〈산불〉에 대한 연극적인 욕망이 불길처럼 타오르기 시작했다. 대극장 무대에 〈산불〉을 올려야겠다고 결심했다. 고(故) 차범석 선생 5주기를 맞아 연극 〈산불〉을 국립극장 해오름극장에서 올린다고 하자 모두들 약속이나 한 듯 잠깐 동안 침묵했다. 열심히 해보라는 격려보다 걱정이 더 많았다. 꼭 해야겠으면 대극장에서 하지 말고 규모를 줄여서 해보라는 분들도 있었다. 어떤 분은 농담 반 진담 반으로 '박명성은 산불 때문에 흥하거나 망할 거다'라고도 했다. 이해 못할 반응은 아니었다.

신시는 4년 전 〈산불〉을 원작으로 한 뮤지컬 〈댄싱 섀도우〉를 무대에 올렸다가 금전적으로 많은 손실을 봤다. 7년 동안 한국 창작뮤지컬 사상 최대 규모의 제작비인 45억 원을 투입했지만 공연수익은 절반에도 미치지 못했다. 금전적인 기준으로 평가하면 실패한 게 맞지만 '〈댄싱 새도우〉는 실패한 작품이다'라고는 생각하지 않는다.

작업기간이 길어지면서 제작비가 많이 들어간 탓에 적자를 보기는 했지만, 공연수익으로 20억 원이라면 흥행에 실패했다고 볼 수는 없기 때문이다. 내가 방점을 두는 것은 공연수익이 아니라 해외 유명 아티스트들과 작업하면서 창작뮤지컬에 대한 선진 제작 시스템을 배웠다는 점이다. 〈댄싱 새도우〉는 그해 한국뮤지컬대상에서 4개 부문에서 상을 휩쓸었고 최우수작품상까지 받는 등 작품성에서도 좋은 평가를 받았다.

이런 사실을 인정하는 사람들도 '연극을 꼭 대극장에서 해야겠느냐'는 걱정을 거두지 않았다. 대극장 연극은 많은 예산과 인력을 필요로 한다. 예산을 최소한으로 사용하는 소극장 연극도 적자가 나기 일쑤다. 그런데 1,500석이 넘는 대극장에서 한 달 동안 공연을 한다니 공연계의 현실을 조금이라도 아는 사람이라면 걱정하지 않는 것이 오히려 이상한 일이긴 하다.

많은 분들의 걱정처럼 위험한 도전인 것만은 확실하다. 하지만 무모하거나 가치 없는 도전은 아니다. 우리나라 연극은 소극장 일색이다. 소극장 연극을 폄훼하는 것은 절대 아니다. 문제는 '일색'이라는 데 있다. 까무러치게 맛있는 음식이라도 자주 먹으면 질리듯이 관객들의 다양한 입맛에 맞는 연극을 개발할 필요가 있다. 소극장 연극은 그 나름대로의 맛이 있고, 대극

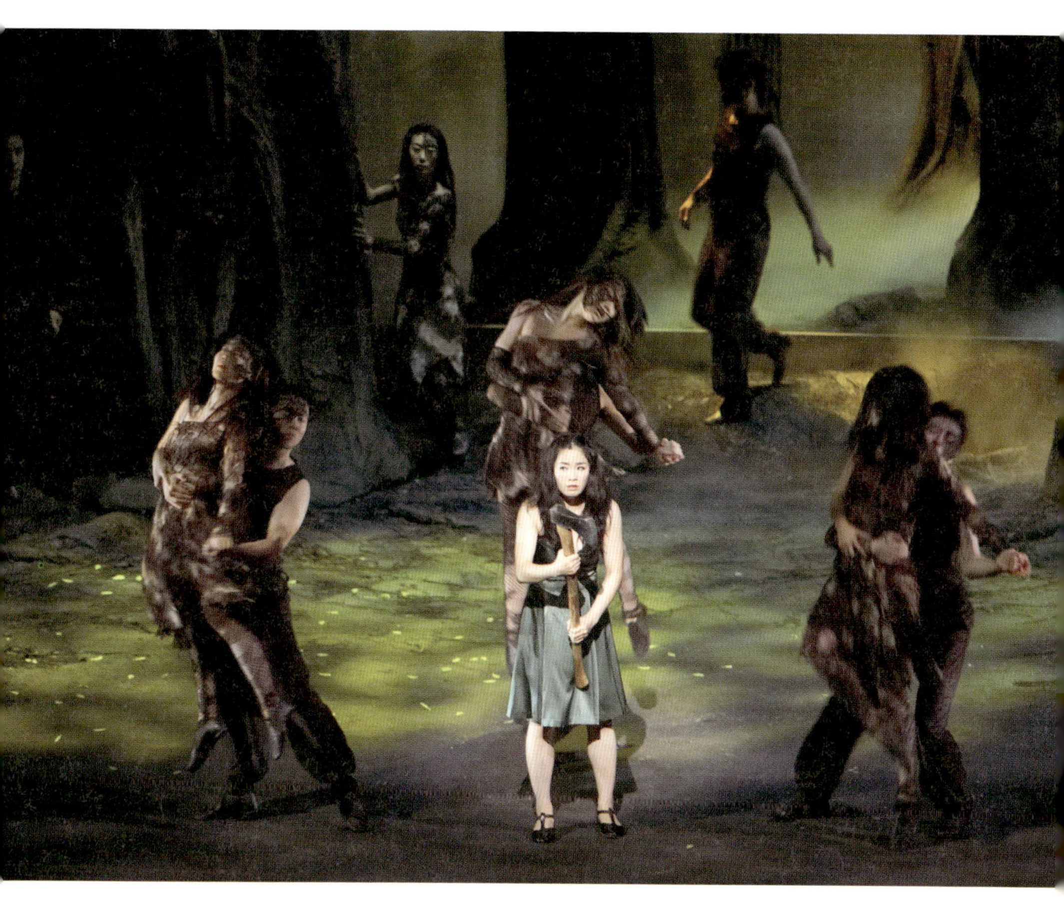

뮤지컬 〈댄싱 섀도우〉.
대극장 무대에 〈산불〉을 올리겠다고 하자
누군가는 '박명성은 산불 때문에 흥하거나 망할 거다'라고 했다.

장 연극 또한 그에 맞는 맛이 있다.

나는 그동안 명품 뮤지컬을 통해 중장년층까지 뮤지컬 관객의 저변을 확대하기 위해 노력했다. 연극도 대극장 연극을 통해 중장년층 관객들을 확보한다면 한국 연극이 크게 활성화될 것이라고 생각한다. 나는 소극장 연극과는 다른 대극장 연극만이 줄 수 있는 감동을 관객들에게 선보이고 싶었다. 그리고 이 감동을 기다리는 관객들이 우리나라에 충분히 있다고 믿는다.

국립극장 운영진에서도 공연기간을 두고 논란이 있었다고 한다. 대극장 연극까지는 좋은데 한 달 동안 대관해줄 필요가 있느냐는 것이었다. 워낙 규모가 큰 극장이니 관객이 많지 않으면 극장이 텅텅 비어 보일 것이다. 똑같은 수의 관객이라도 일주일 동안에 오는 것과 한 달에 나눠서 오는 것은 많이 다르다. 특히나 공공시설인 국립극장이니 그런 고민이 더 깊었을 것이다. 감사하게도 심사위원인 박용재 예술경영지원센터 대표께서 극장대관을 주관하는 심사위원들을 설득해주었다는 이야기를 나중에 전해 들었다. '신시라면 대극장에서 할 수 있는 여력이 되고 홍보마케팅 능력이 있기 때문에 큰 걱정을 안 해도 될 것 같다. 또 뮤지컬로 올렸던 작품을 대극장 연극으로 올리는 것도 의미가 있지 않겠느냐, 특히 대극장 연극이 살아야 우리 연극계도 산다'는 말을 했다고 한다.

내가 〈산불〉을 대극장에서 한다는 말을 했을 때, 드물게 놀라지 않으셨던 분이 연출을 맡은 임영웅 선생이다.

"〈산불〉이 〈산불〉의 규모에 맞는 자리를 찾아가는구나. 제자리로 돌아 왔구나. 1970년에 내가 연출할 때도 명동예술극장이라는 큰 극장에서 했어!"

연출을 임영웅 선생께 맡기는 데는 어떤 이견도 있을 수 없었다. 〈산불〉을 가장 많이 연출한 거장이기 때문이다. 그리고 임영웅 선생은 우리나라 연극연출가 중에서 극중 인물의 리얼리티를 가장 탁월하게 그려낼 뿐만 아니라, 작품 해석에도 노련미를 넘어선 경지를 지니고 계신 분이다. 시간은 흘렀지만 오늘날 〈산불〉을 만날 관객들에게 이 작품의 연극적인 진정성을 가장 잘 전달해주실 분이기도 했다.

그동안의 〈산불〉에 가장 많이 출연한 배우가 있으니 바로 강부자 선생이다. TV 드라마를 통해 대중적인 인기를 많이 얻고 계시지만, 원래 연극에 대한 애정이 남다른 분이다. 차범석 선생이 창단한 극단 산하에서 1966년부터 차범석 선생과 함께하셨고, 임영웅 선생이 연출한 〈산불〉에도 두 번이나 출연하셨다. 강부자 선생을 모실 수 있으면 의미도 있고 작품도 좋아지고 관객 확보에도 도움이 된다는 것이 임영웅 연출과 나의 판단이었다. 전화를 드렸더니 화통하시다.

"차범석 선생님 일이라면 내가 TV 드라마 안 하고라도 해야지. 아이고,

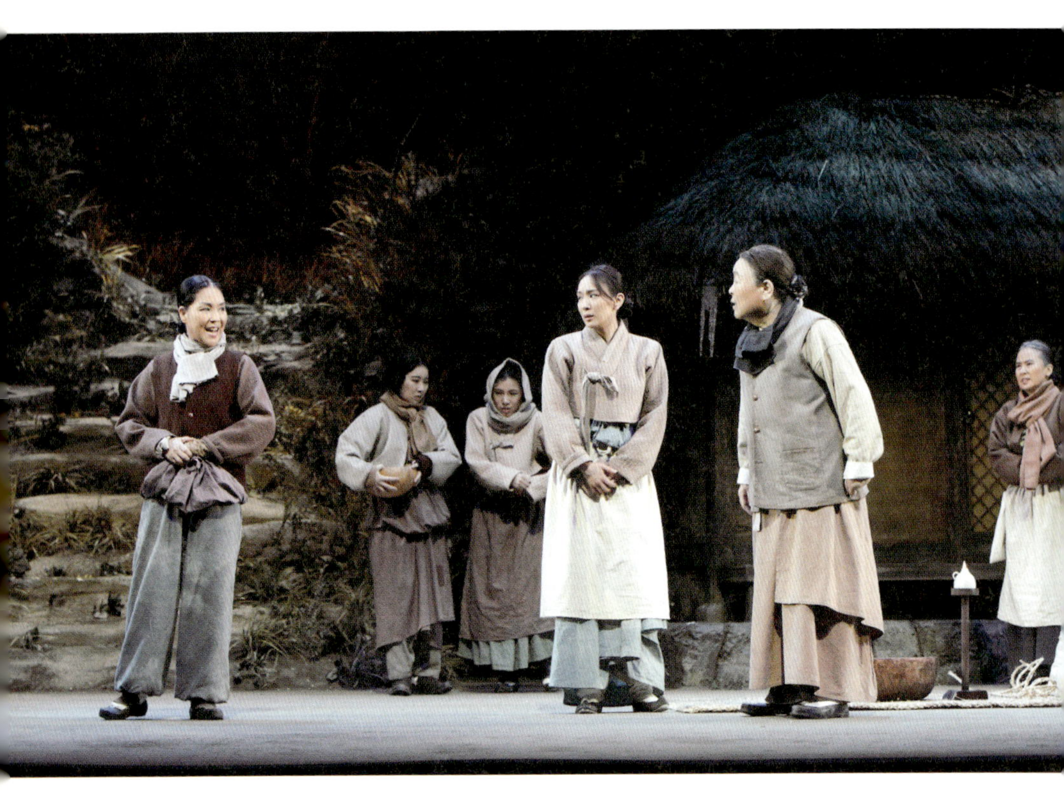

우리 선생님, 우리 선생님! 박명성이가 큰일 하는구먼. 잘하는 일이야. 암, 〈산불〉 해야지. 내가 언제 또 우리 선생님 작품을 하겠어.”

일단 허락을 받아놓고, 계약 관련 일을 처리하려고 찾아뵈었는데 너무 빨리 끝났다. 일에 관련된 부분은 거의 10분 만에 끝냈다. 하기로 했으니 이의 달 것 없다고 하셨다. 허리 디스크 수술을 받은 지 얼마 되지 않은 것이 걱정스러웠다. 한다고 하셨으니 어떻게든 훌륭하게 해내실 거라는 건 알았지만 연세가 있으시니 행여 건강을 해칠까 걱정이 되었다.

“다리 불편하신데 괜찮으시겠습니까?”

“공연까지 두 달 남았으니까 좋아지겠지. 걱정하지 마. 공연에는 문제없어. 남 보기 좋지 않아서 그렇지 통증은 전혀 없어.”

연습할 때 다리를 끄시면서 무대에서 왔다갔다 하시면서도, 후배들 불편할까봐 힘든 내색도 하지 않으시는 걸 보고, 새까만 후배로서 많이 죄송하고 안쓰럽고 고마웠다. 나도 많이 배웠고 우리 후배들도 본받았으면 하는 모습이었다. 첫날 공연이 끝나고 커튼콜을 할 때 강부자 선생은 눈물을 글썽거리셨다. 수십 년 세월이 빚어낸 그 눈물의 의미를 ‘아직 어린’ 내가 설명하기는 불가능하다. 그저 깊게 감동할 뿐이다.

극 전체에서 많이 등장하진 않지만 사건의 발단이 되는 중요한 인물인 규복 역은 조민기 배우에게 부탁했다. 조민기 배우는 청주대학교에서 차범

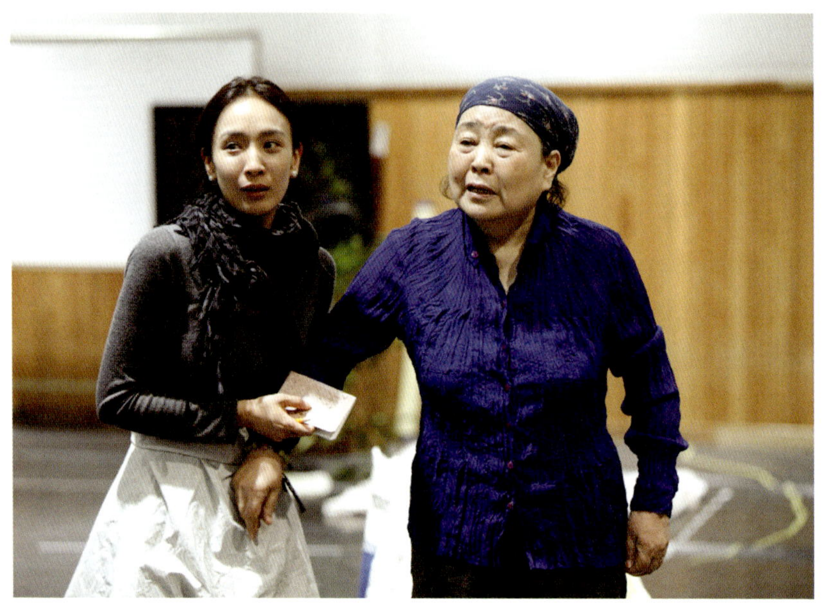

후배들 불편할까봐 힘든 내색도 하지 않으신 강부자 선생.
첫날 공연이 끝나고 커튼콜에서 선생은 눈물을 글썽거리셨다.

석 선생께 연극을 배웠다. 스승의 작품인 만큼 조민기 배우가 출연하는 것
도 의미 있겠다고 생각했다.

"아이고, 그 일이라면 당연히 해야죠. 엄청난 영광이죠. 그런데….”

반색을 하고 보니 뭔가 걸리는 게 있었다.

"작품은 무조건 해야 하고, 하고 싶은 작품이고, 지금 안 하면 할 수가
없을 것 같은데, 제가 나이가 너무 많지 않을까요?”

규복의 정확한 나이는 나오지 않지만 ‘젊은 남자’다. 1965년생인 조민기
배우가 맡기엔 확실히 젊은 배역이다. 그래도 나는 걱정하지 않았다.

"괜찮아요. 조 교수가 워낙 동안인데다 대극장이라서 충분히 커버돼요.
걱정하지 마세요.”

이후에 만나 출연료 등 행정적인 문제를 이야기하는 데 단 2분 걸렸다.

"연극에서 주면 얼마나 주겠습니까, 알아서 주세요. 제자로서 이 작품
에 참여하는 것만으로도 행복하고 차범석 선생님께 배운 은혜를 갚는 일입
니다.”

주인공인 점례와 사월이 역에는 각각 서은경과 장영남을 캐스팅했다.
두 사람 모두 한국 연극사에서 빼놓을 수 없는 작품을, 임영웅이라는 대가
의 연출로, 연극계 어른들과 작업한다는 것만으로도 행복하다고 했다.

다른 캐스팅은 임영웅 선생과 내 의견이 다르지 않았는데 귀덕 역만은

예외였다. 지능이 모자란 귀덕은 무거운 분위기의 연극을 보며 굳어 있는 관객들의 어깨를 풀어주는 역할을 한다. 김금지 선생, 윤소정 선생 등 대형 배우들이 맡았던 역이다. 연극 〈엄마를 부탁해〉 지방투어에서 둘째 딸 역을 했던 이태린이 떠올랐다.

"박 대표가 추천한 사람이니 잘하겠지. 한 번 보지, 뭐."

임영웅 선생께 추천을 드렸더니 약간은 미심쩍어하시는 듯했다. 나를 믿지 못해서라기보다는 당신이 모르는 배우니까 직접 보아야 한다는 뜻이었다. 나도 살짝 걱정은 되었다. 내가 추천한 사람이기도 했고 새로운 배우를 찾기도 어려운 상황이었다. 며칠 뒤에 연습장에 갔더니 임영웅 연출께서 이태린을 보며 "잘하겠네"라고 하셨다. 또 좀 더 지나니까 "잘하네!"라며 칭찬하셨다. 한숨 놓았다. 귀덕 역의 이태린은 커튼콜 때 가장 많은 박수를 받은 사람 중 하나였다. 좋은 떡잎을 가진 배우 하나가 발굴된 것이다.

⋀ 연극인은 빚지고 사는 사람이다

우리 시대에 이분만큼 무대 위에서 인간의 모습을 제대로 그려내는 연출가가 있을까? 사람 이야기를 독보적인 관점에서 그려내면서 인생에 대해 질문하고 답하는 그 연출솜씨를 말로 표현하는 게 오히려 부끄럽다.

임영웅 선생께 연출 제안을 드리면서 내가 한 말이 있다.

"제작비 아낄 생각 하지 마시고 정말 풍성한 무대, 대극장 연극에서만 보여줄 수 있는 무대메커니즘을 선보여주십시오. 원 없이 한번 만들어보십시오."

우리 임영웅 선생은 참 순수하신 분이다. 원 없이 해보시라 했더니 정말 원 없이 만드셨다. 쫑파티 때도 이 말씀을 드리고 같이 웃었다. 〈산불〉의 주요 무대장치는 두 개의 산봉우리, 두 채의 초가, 그리고 대나무밭이다. 제일 돈이 많이 들고 고생을 했던 게 대나무밭이었다. 대나무밭은 사월, 점례, 규복의 애증이 뒤섞이는 공간이자 나중에 불에 타면서 전쟁의 참상을 상징적으로 보여주는 장치다. 대나무밭이 삼류영화의 싸구려 컴퓨터 그래픽처럼 어설프게 만들어지면 감동을 느껴야 할 관객들이 비웃어버린다.

200여 그루의 대나무를 담양에서 베어왔다. 문제는 잎사귀였다. 며칠만 지나도 잎사귀가 누렇게 마르다가 우수수 떨어진다. 이 난관을 해결하기 위해 무대장치 전문가 '종합무대'의 안천흥 사장을 찾아갔다.

"만들 수야 있지. 그런데 국내에서 만들면 인건비 때문에 너무 비싸고 지금은 만드는 곳도 없어. 중국에 주문하면 국내에서 하는 것보다는 훨씬 싸게 할 수 있으니 그렇게 합시다."

담양에서 가져온 대나무의 가지를 전부 잘라내고 중국에서 만들어온 잔가지와 잎사귀를 하나하나 붙였다. 여기에만 수천만 원의 비용이 들어갔다. 무대를 풍성하게 하는 데 돈만이 능사는 아니다. 적은 돈을 들여도 기발한 아이디어가 있으면 좋은 무대를 만들 수 있지만, 〈산불〉은 리얼리즘 연극이다. 현실성이 담보되어야 하기 때문에 아이디어만으로는 부족하다. 실제로 무대를 다 채워야 한다. 연극을 본 관객들은 알겠지만 무대에 쓰인 대나무숲을 야외에 옮겨놓으면 산새들이 집을 지을 만큼 진짜 같다. 완성된 무대를 보면서 '과연 돈 들어간 표가 나는구나' 했다.

〈산불〉의 하이라이트는 대나무밭이 불타는 장면이다. 불이 대나무를 먹기 시작하면 화력이 상당하다. 특히 대나무 마디가 터질 때는 불꽃놀이를 방불케 한다. 얌전하게 타서는 그런 효과를 낼 수 없다. 진짜 불을 지를 수는 없으니 조명과 음향, 그리고 연기를 잘 써야 한다. 〈맘마미아!〉, 〈시카고〉, 〈아이다〉 등 10년째 우리 작품의 조명을 맡고 있는 '토탈코리아'의 신재 사장을 만났다. 〈산불〉을 올린다는 건 알고 있는 터라 다짜고짜 본론을 꺼냈다. 〈아이다〉에서 썼던 조명 기재를 물량이 있는 대로 모두 다 달라고 했다. 그것도 적은 예산을 내놓으며 말이다. 덕분에 어지간한 대형뮤지컬보다 더 많은 조명을 써서 실감 나는 산불 장면을 만들어낼 수 있었다.

음향도 비슷한 과정을 거쳤다. 본래 연극에서는 마이크를 쓰지 않는데 대극장이라 어쩔 수 없이 무선 마이크를 써야 한다. 역시 10년 넘게 일하고 있는 '서울음향'의 최기선 사장에게 부탁을 했더니 "우리도 신시가 하는 의미 있는 일에 투자하고 봉사해야지요" 하면서 도와주었다.

이외에도 함께 일하는 동료 회사들이 많은 도움을 주었다. 그랬기 때문에 풍성한 무대를 만들 수 있었다. 나는 이렇게 늘 빚지고 산다. 그 큰 빚들을 갚는 방법은 좋은 공연을 만드는 일밖에 없는 것 같다.

이렇게 많은 분들의 도움에도 불구하고 제작비가 8억 원 가까이 들었다. 공연이 끝나고 내가 농담으로 한 이야기가 있다.

"무대에 두 덩어리의 산봉우리하고 초가 두 채를 올려놓았는데요, 전체 무대장치에 들인 돈으로 제 고향 해남에 가면 실제로 산 두 덩어리하고 동네 하나를 묶어서 살 수 있어요."

한 달이라는 짧은 기간 동안 대극장에서 〈산불〉을 올리면서 수익을 보겠다는 생각은 없었다. 배우들을 비롯해 동료 업체들이 도와준 데에는 차범석 선생의 작품이라는 것도 있었지만 수익을 보기 어려운 구조를 잘 알고 있기 때문이다. 그래도 대극장 연극의 가능성을 타진하는 좋은 기회라고 생각했기에 막대한 제작비를 투입할 수 있었다. 관객 수는 약 2만 명, 하루에 1,000명 정도 온 셈이다. 좀 더 유치할 수 있었다는 아쉬움은 남지만 중장년 관객이 많았다는 점이 고무적이었다. 또 눈에 띄는 관객층이 20대였다.

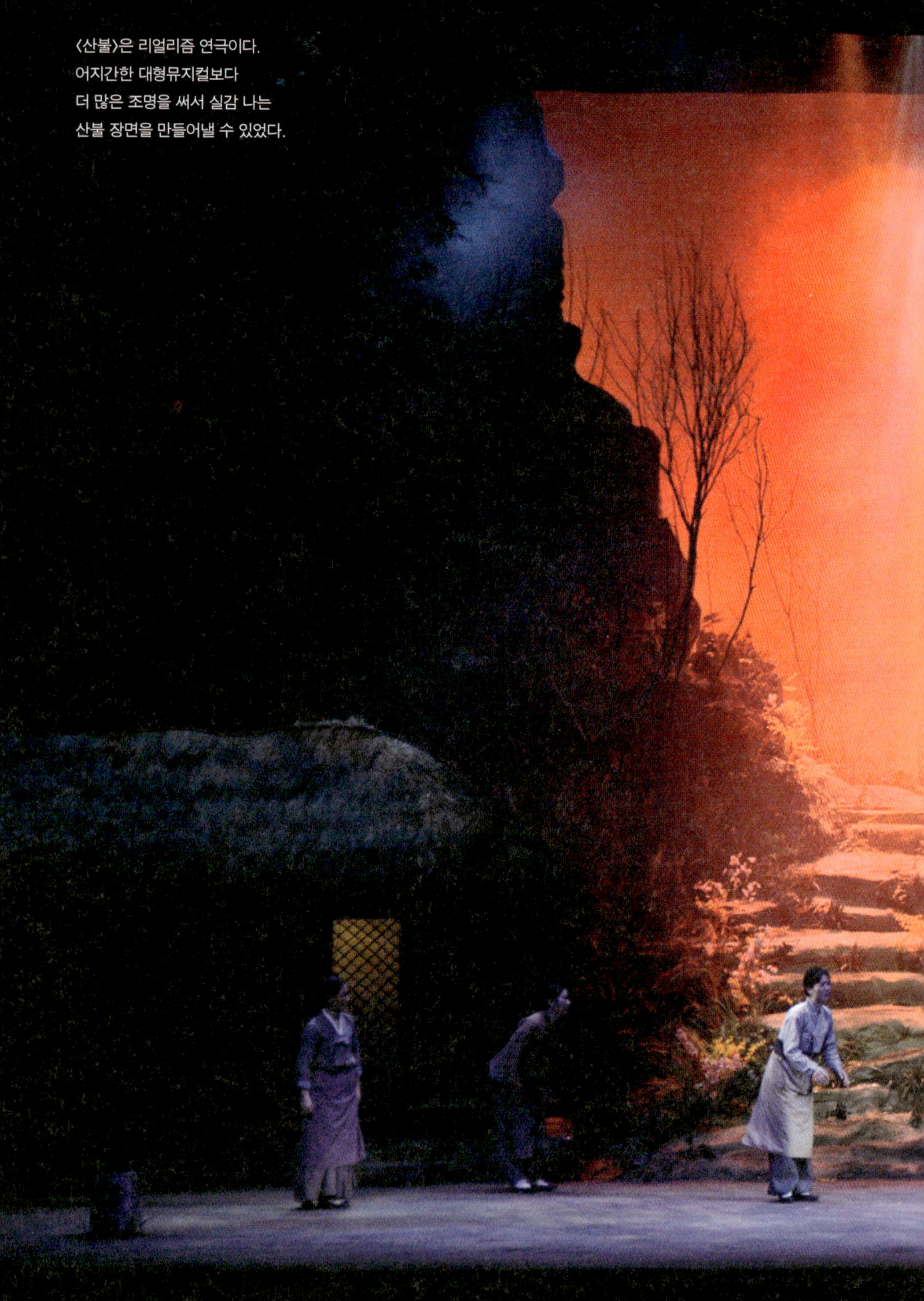
〈산불〉은 리얼리즘 연극이다.
어지간한 대형뮤지컬보다
더 많은 조명을 써서 실감 나는
산불 장면을 만들어낼 수 있었다.

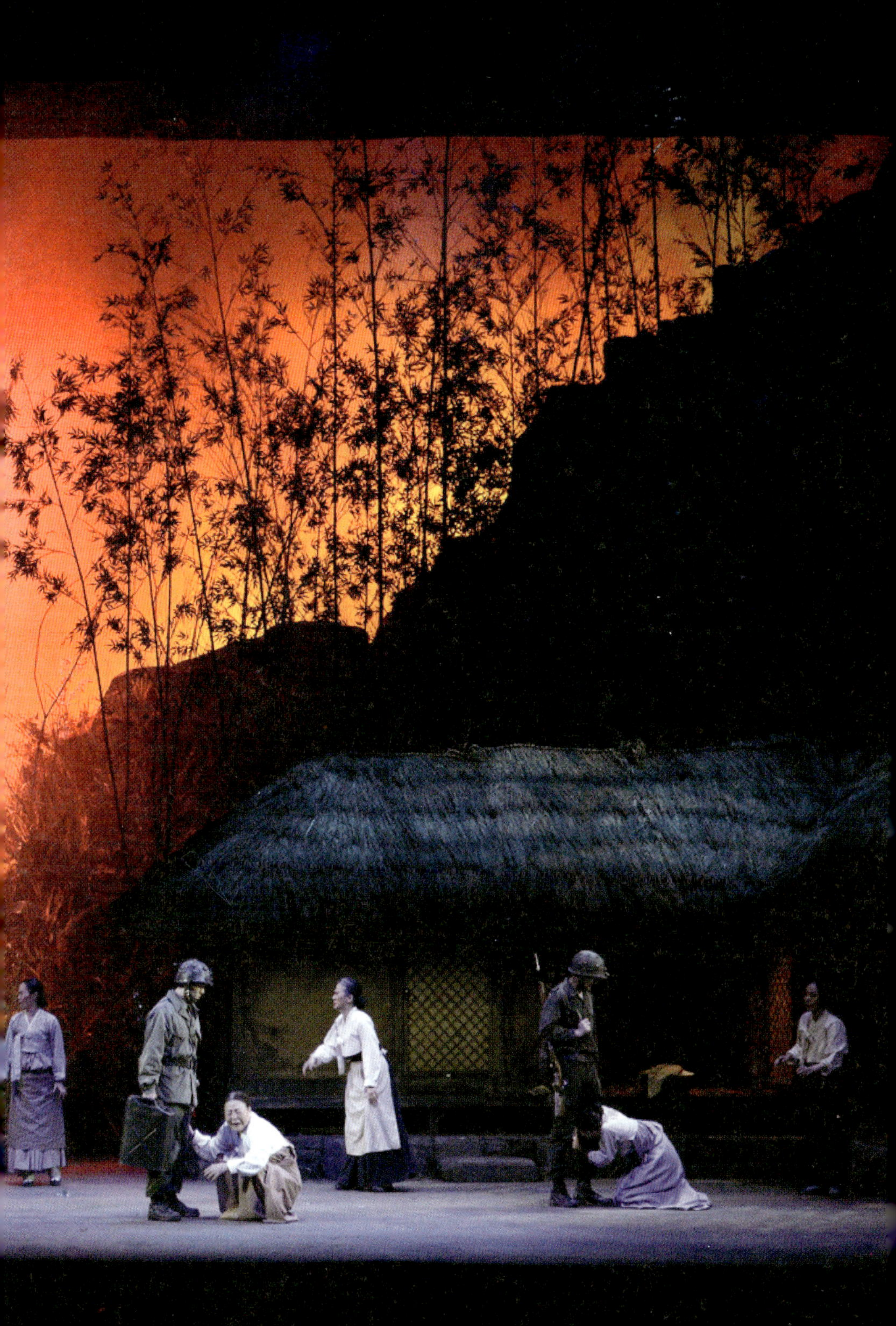

그들은 주로 연극 관련 공부를 하는 학생들이었다. 한국 연극 100년사에서 세 손가락 안에 드는 작품, 1962년에 초연되었지만 지금도 그 스토리와 메시지가 통하는 작품, 근대 희곡의 교과서적인 작품이 작가가 의도한 사실적인 극장에서 공연된다는 소식을 듣고 단체로 온 경우가 많았다. 모든 관객들이 사실적인 무대에 놀라고 만족스러워했다는 것이 프로듀서로서 가장 기분이 좋았다.

쫑파티를 하는 날, 다 모아놓고 보니 뮤지컬을 할 때보다 인원이 더 많았다. 그 왁자지껄한 자리에 정우 스님도 오셨다. 『뮤지컬 드림』에서도 정우 스님에 대해 자세히 이야기했지만, 정우 스님은 연극과 뮤지컬을 세상에서 가장 많이 보고 사랑하는 스님이다. 연극 발전을 위하여 차범석 연극재단에 1,000만원을 기부하셨을 정도다. 그날 정우 스님은 좋은 연극을 만들었다며 쫑파티 비용을 내주셨다. 나뿐만 아니라 연극인들은 이렇게 감사한 빚을 지고 산다.

〈산불〉은 내게 의미가 큰 작품이다. 뮤지컬 〈댄싱 섀도우〉로 만들 때는 지금까지 해왔던 작업에 대한 정리, 미래에 어떤 작품을 만들 것인가에 대한 지표였다. 뮤지컬을 끝내고 무대장치를 모두 불태우면서 언젠가 연극으로 다시 하리라 생각했다. 그 '언젠가'가 이렇게 빨리 올 줄은 몰랐다. 이번 〈산불〉 공연은 앞으로 우리가 어떤 정신으로 어떤 연극을 만들 것인가를 시험하는 가늠자였다.

〈산불〉은 나에게만 의미가 큰 작품은 아니다. 초청공연을 한 날은 마치 대한민국 예술원 총회가 열리는 듯한 분위기였다. 연극, 영화, 무용, 문학, 미술계 등 많은 원로들께서 공연을 봐주셨고 공연이 끝난 뒤 열린 리셉션 자리도 지켜주셨다. 많은 공연에서 리셉션을 해보았지만 그렇게 많은 분들이 참석한 경우가 있었던가 싶다. 차범석 선생을 그리워하는 많은 분들이 〈산불〉을 통해서 차범석 선생을 추억하고 싶었던 것이다.

뭐니 뭐니 해도 가장 많은 혜택을 받은 사람은 나였다. 공연을 준비하는 내내 행복했다. 〈산불〉은 내 연극정신의 고향이니 다시 고향으로 돌아간 느낌이었다. 차범석 선생은 프로듀서로서의 내 인생에 피와 살을 주신 분이다. 손가락질 받을 짓을 해서는 안 된다고, 특히 돈 문제에서는 깨끗해야 한다고 신신당부하셨다. 좋은 연극을 보면 백태가 끼도록 칭찬하셨다. 나쁜 연극을 보면 뒤도 돌아보지 않고 가셨다.

선생이 남기신 말씀들이 한바탕 대나무밭을 쓸고 가는 선한 바람의 머릿결처럼 느껴진다.

오늘, 선생이 몹시 그립다.

뮤지컬
역사를
다시 쓰다

나는 '한국의 맘마미아'를 꿈꾼다.
런던에서 만든 〈맘마미아!〉가 아니라 우리가 만든 맘마미아,
세계의 관객들을 감동시킬 맘마미아를 꿈꾼다.
그날이 멀지 않았다고 기대하고 반드시 세계에서도 통하는
감동적인 공연을 만들 수 있다고 확신한다.

⋀⋀ 국민 뮤지컬 맘마미아!

어느 지방공연장 로비에서 커피를 마시며 생각했다.

'이 작은 도시까지 오기를 참 잘했다. 극장으로 몰려오는 저 관객들은 그동안 무슨 공연을 보고 살았을까?'

그리고 반성하고 다짐했다.

'작은 도시에 사는 사람들에게도 공연예술을 향유할 수 있는 기회를 더 많이 만들어야겠다. 꼭 그래야겠다.'

〈맘마미아!〉 지방투어 때의 이야기다. 2004년 초연된 이듬해 〈맘마미아!〉는 대구로 갔다. 지방공연 사상 최장기공연에, 객석 점유율 90퍼센트라는 기록을 세웠다. 지금은 '뮤지컬 도시'로 불리는 대구에서 국제뮤지컬페스티벌을 개최하게 된 데에는 〈맘마미아!〉의 결정적 공헌이 있었다.

〈맘마미아!〉는 지금까지 한 번도 실패한 적이 없다. 언제나 대성공이었다. 그래서 오래전부터 〈맘마미아!〉를 전국 어디에서나 즐길 수 있는 국민 뮤지길로 만들고 싶었다. 〈맘마미아!〉라면 충분히 가능하리라 생각했다. 그러나 현실은 녹록치 않았다. 우리가 대구의 장기공연에서 성공한 것은 공연계의 큰 화제였다. 광역시에서 3개월 공연한 것이 최장기공연이니 다른 소도시는 오죽할까?

〈맘마미아!〉만 놓고 볼 때 지방공연의 한계는 분명하다. 〈맘마미아!〉는 무대장치 셋업에만 2주가 걸리고 철거에도 며칠이 걸린다. 소도시는 관객 인프라가 적기 때문에 주말 4회 정도 공연하는 것이 고작이다. 수단과 방법을 모두 동원해 용을 써보아도 답이 나오지 않는다. 〈맘마미아!〉를 전국 방방곡곡에 보내고는 싶은데 방법은 없고, 그렇게 시간이 흘러가다가 2008년 글로벌금융위기 사태가 발생했다. 경제가 어려우면 모든 분야에서 효율을 따지기 마련이다. 공연계라고 해서 그 불똥을 피해갈 재간이 없다. 오히려 가장 줄이기 쉬운 소비라 타격은 더 크다. 그런데 얼마 지나지 않아 반가운 소식이 들려왔다. 런던의 오리지널팀에서 투어장치를 개발해 유럽 〈맘마미아!〉 공연 때 쓴다는 것이다. 투어장치는 놀랍게도 무대장치 셋업에 걸리는 시간이 고작 3일이었다! 2주에서 3일로 당겨진다는 것은 거의 기적과도 같은 일이다.

곧바로 런던에 가서 보니까 무대가 조금 작아지고 단순화되었을 뿐 우리가 쓰는 오리지널 무대와 크게 다르지 않았다. '크게' 다른 점이 있다면 장면이 바뀔 때 배우들이 움직여야 한다는 거였다. 내 눈에는 그게 단점이 아니라 장점으로 보였다. 훨씬 더 연극적으로 보였기 때문이다. 사실 '진짜 오리지널' 무대장치가 이랬는데, 런던에서 처음 공연할 때는 배우들이 직접 장면전환을 하다가 공연이 성공하면서 점점 오토메이션 장치로 바뀌어간 것이다. 무대장치의 효과는 거의 그대로고, 장면전환은 연극적이다. 망설일

이유가 없었다. 당장 4억 원의 예산을 들여 투어장치를 구입했다. 서울에서는 어차피 장기공연을 하니까 오리지널을 쓰고 지방공연 때는 투어장치를 쓸 요량이었다. 장치를 주문해놓고 나는 입이 귀까지 찢어졌다.

'이제 전국 어디든 800석 이상의 극장만 있으면 갈 수 있어.'

모든 준비를 끝내놓고 전국 방방곡곡에 큰소리로 외쳤다.

"〈맘마미아!〉가 1년 동안 지방투어를 한다!"

〈맘마미아!〉를 유치하고 싶었지만 여건이 안 되었던 각 지방의 방송, 언론사를 비롯해 공연기획사에서 난리가 났다. 이틀 공연, 심지어 하루 공연도 가능하게 되었으니 서로 우리 동네로 와달라고 외쳐댔다. 2010년 5월 드디어 대장정의 막이 올랐다. 출발지는 경기도 이천. 도자기축제 기간이었다. 900석 극장에서 일주일 동안 하는데 극장이 미어터졌다. 창원, 대구, 광주, 부산, 울산, 의정부, 인천, 수원, 일산, 과천, 안양, 목포, 안동, 청주, 대전, 구미, 제주 등 전국 23개 도시를 돌았는데 그때마다 문전성시였다. 그야말로 국민 뮤지컬로 우뚝 서게 된 것이다.

내가 커피를 마셨던 공연장 로비는 지방 극장이었다. 전 지역을 다 가보지는 못했지만 내가 간 곳의 풍경은 대동소이했다. 소도시의 중장년 관객들이 무리를 지어 극장으로 들어온다. 한눈에 보기에도 옷장을 30번쯤 뒤져

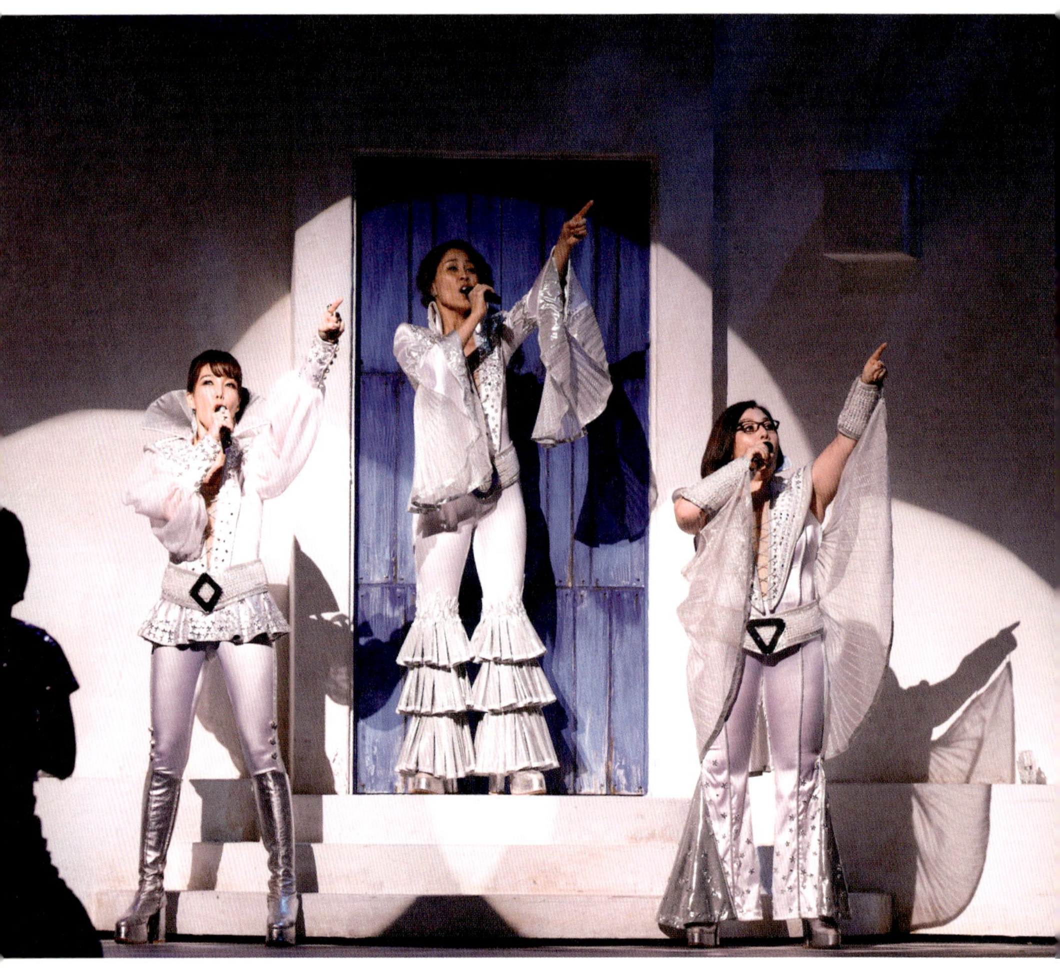

서 제일 예쁜 옷을 골라 입고 곱게 화장한 모습들이었다. 연세 지긋한 중년 부부 관객들도 눈에 많이 띄었다. 소도시라서 그런지 따로 온 사람들끼리 '여기는 웬일이냐'며 반갑게 인사하는 팀들이 허다했다.

'도대체 어떤 작품일까? 내가 뮤지컬을 다 보는구먼. 도대체 〈맘마미아!〉가 뭐기에 로비가 이렇게 사람들로 꽉 찼어?'

기대감에 벅찬 그들의 얼굴에는 행복이 가득했다. 그리고 공연이 끝났을 때, 극장 문이 열리면서 가슴 벅찬 행복감으로 "너무 재미있다", "과연 소문대로 〈맘마미아!〉로구나", "스트레스를 확 풀었네!"라는 말을 연발하면서 사람들이 쏟아져 나왔다. 저렇게 행복한 표정들을 내가 본 적이 있을까 싶을 정도였다.

관객인 척 로비에 앉아있던 나도 덩달아 행복해졌다. 그리고 1, 2년 있다가 또 와야겠다고 마음먹었다. 〈시카고〉도, 〈렌트〉도 공연 하나에 저렇게 행복해하는 사람들을 찾아갔으면 좋겠다고, 찾아오는 공연이 아닌 찾아가는 공연을 해야겠다고 생각했다.

지방공연 주최사들은 너무 좋아했다. 이틀 동안 공연한 곳은 다음에는 나흘을 하자고 하고, 사흘 한 곳은 다음에는 일주일 동안 하자고 했다. 대부분 주말 4회 공연을 했는데 객석 점유율은 거의 100퍼센트에 가까웠다. 2011년 4월 제주도를 끝으로 1년간의 지방투어가 끝났다. 다음에는 1년 6개월은 해야 원성을 사지 않을 것 같다. 비로소 명실상부한 국민 뮤지컬이 된 것이다.

⋀⋀ 인생은 품앗이다

2011년 〈맘마미아!〉 팀은 신도림 디큐브아트센터에서 6개월간 208회 공연의 대장정을 마쳤다. 그 어려운 지역, 새로운 극장에서 20만 관객을 유치하는 금자탑도 세웠다. 그 누구도 예상하지 못한 대성공이었다. 이번 공연은 최고의 팀이 최고의 시설에서 뭉쳤다. 지금까지 서울 공연을 모두 본 분들도 이번 공연이 최고라고들 하신다.

그렇지만 아마 지금도 디큐브아트센터라는 극장을 아는 분보다는 모르는 분이 더 많을 것 같다. 당연하다. 〈맘마미아!〉가 개관공연이다. 지역적으로도 문화의 불모지, 문화의 소외지역이라고 여겨지는 신도림에 있다. 여기서 〈맘마미아!〉를 공연하게 된 데에는 꽤 긴 사연이 있다. 시간을 거슬러 가 보면 그 시작은 2009년 인사동이다.

하루는 한 지인이 인사동에서 저녁을 먹자고 했다. 심상치 않은 눈치로 보아 무슨 이야기를 할지 감이 왔다. 약속 장소에 갔더니 지인이 다니는 회사의 고문이라는 분도 나와 있었다. 인사를 하고 공연계 잡담을 하면서 밥을 먹었다. 그 뒤에야 조심스럽게 본론을 꺼냈다.

"〈맘마미아!〉를 우리 개관공연으로 했으면 좋겠어요."

"그럽시다."

내 대답은 30초도 걸리지 않아서 나왔다. 지인은 디큐브아트센터의 고희경 극장장이었고 같이 온 분은 대성그룹의 김민홍 고문이었다. 극장에서 공연을 제안하고 기획사가 그러자고 하는 건 굉장히 익숙한 풍경이다. 고희경 극장장이 조심스럽게 제안한 데에는 이유가 있다. 때는 2009년, 극장이 완공되기 2년 전이었다. 막 골조가 올라가고 있던 때라 어떤 극장이 나올지 알 수 없는 상황이었다. 장소는 신도림. 공연계의 지도로 보면 아주 외진 지역이다. 〈맘마미아!〉는 어떤 극장에 가도 대접받는 콘텐츠다. 공연과 극장이라는 두 가지 요소만 놓고 생각했을 때, 〈맘마미아!〉를 외진 곳의 신생 극장에서 할 이유가 없다. 그러니까 내가 숨도 안 쉬고 '그럽시다'라고 한 건 굉장히 낯선 풍경인 것이다.

잘못 들은 건 아닌가 귀를 의심하고 있는 두 분에게 한 발 더 나가는 제안을 했다.

"대신, 이왕 하는 거 6개월 넘게 장기로 합시다."

두 사람은 내 대답에 당황했는지 서로의 얼굴을 보았다.

“정말 감사합니다. 그러면 우리 극장으로서는 정말 대환영입니다.”

내 입으로 말하기는 좀 민망하지만 신생 극장에 엄청난 선물을 준 것이다. 이왕 선물을 준 김에 하나 더 주었다.

“디큐브에서 공연할 때까지는 지방투어만 하고 서울 공연은 쉬겠습니다. 작품을 좀 아껴야죠?”

디큐브아트센터가 들어선 자리는 과거 연탄공장 자리였다.

“나나 고희경 극장장이나, 늘 새로운 일에 도전하고 새로운 일을 개척하는 스타일 아닙니까? 그래서 고희경 극장장이 여기까지 왔고 우리 신시도 이만큼 성장했고요. 〈맘마미아!〉 시작과 끝 노래가 ‘아이 해브 어 드림’인 것처럼 우리, 신도림을 ‘신 드림’으로 만들어봅시다. 우리의 아랫목을 따뜻하게 해줬던 연탄공장 자리에서 이제는 수많은 사람들의 마음을 따뜻하게 해주는 새로운 꿈을 한번 꿔봅시다.”

여기서 몇 개월 전으로 시간을 거슬러 올라가보자. 어느 날 대성그룹 쪽에서 ‘새로운 극장을 만드는데 극장장을 추천해달라’며 자문을 구했다. 여러 번 미팅을 했는데 나는 당시 예술의전당에서 일하고 있던 고희경 팀장 한 명만을 추천했다. 추천 사유는 이랬다.

“뮤지컬 전용극장이 여러 개 생기면 극장이 갑인 시대는 지나갑니다. 이제는 콘텐츠를 가진 쪽이 갑이고 극장은 을의 입장이 되는 시대가 옵니

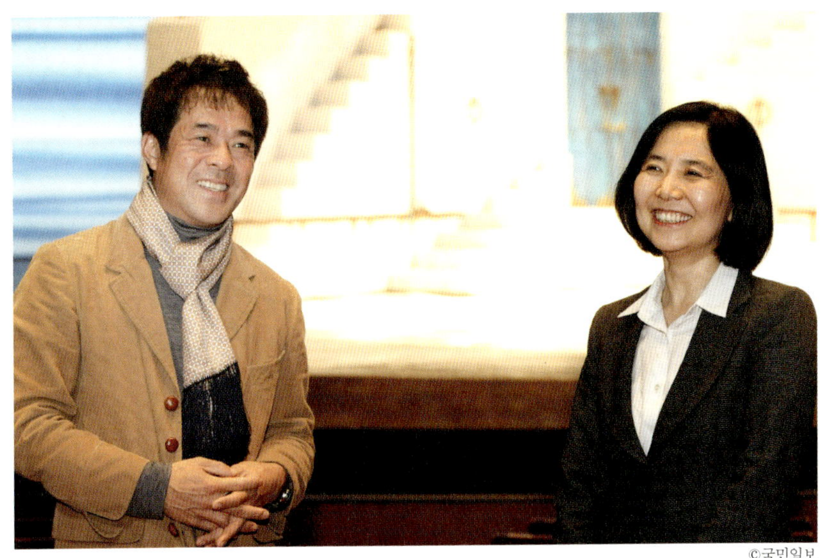

©국민일보

〈맘마미아!〉를 디큐브 개관작으로 선뜻 약속한 것은
고희경 극장장과의 신의의 문제였다.

다. 좋은 콘텐츠를 유치해야 극장이 활성화되고 지역 명소가 된다는 건 자명한 일입니다. 따라서 극장장은 좋은 콘텐츠를 유치할 수 있는 사람이 되어야 합니다."

시간의 추를 거꾸로 돌려 2003년으로 다시 가본다. 〈맘마미아!〉 라이선스를 취득하고 극장을 찾을 때였다. 나는 장기공연을 위해 당시 예술의전당 공연사업국에 계시던 안호상 국장을 찾아갔다. 예술의전당은 공적 기관인 만큼 장기공연을 대관해주기가 어려웠다. 하지만 이미 〈맘마미아!〉에 반한 안호상 국장의 설득력과 추진력 덕분에 최초로 3개월 장기공연을 할 수 있게 되었다. 그때 공연사업국 기획팀장으로 신시 식구들과 손발을 맞춰 일한 사람이 고희경 극장장이다. 그 후로도 우리는 많은 공연을 같이 올렸고 실패한 적이 없다. 내가 단호하고 강력하게 고희경이라는 인물을 추천하게 된 것은 그때부터 신뢰가 구축되었기 때문이다.

디큐브 개관작으로 선뜻 약속한 것은 신의의 문제다. 만약 다른 사람이 와서 〈맘마미아!〉를 달라고 했다면? 글쎄, 꽤 신중모드로 들어갔을 것이다. 고희경 극장장을 신뢰하고 서로 의리를 지키는 관계이기 때문에 다소 어려운 환경인 걸 알지만 과감하게 최고의 콘텐츠를 준 것이다. 인생은 품앗이다. 때로 갑과 을로 만났다가 을과 갑으로 만나는 일이 숱하다. 그래서 나는 항상 말한다.

"비지니스를 할 때 항상 을의 입장에서 살아라. 그러면 상대방의 의견을 듣게 된다. 또한 상대방을 이해하게 된다. 그래야 인생살이도 편하다."

1000회, 모두의 열정이 만든 감동의 기록

드디어 뮤지컬 역사가 새로 쓰였다. 2011년 12월 10일 〈맘마미아!〉가 1,000회 공연을 돌파했다. 1,000회 공연! 어떤 공연이든 세우기 어려운 기록이다. 한국 뮤지컬에 있어서 역사적인 사건이 아닐 수 없다. 그날 공연을 보면서 '정말로 〈맘마미아!〉가 여기까지 올 줄은 몰랐다'는 생각이 새삼 들었다.

객석을 가득 메운 관객들은 이미 즐길 준비가 되어 있었다. 상당수 관객들이 줄거리를 훤히 꿰고 있어서 웃기는 장면에서는 웃을 준비를, 애잔한 장면에서는 울 준비를 했다. 처음 보아도 재미있고 두 번, 세 번 보아도 감동적인 것이 〈맘마미아!〉의 강점이다. 커튼콜 때는 모두 일어나서 즐기며 배우들과 함께 노래를 부르는 이들도 많았다.

1,000회를 기념하기 위한 행사에서 관객들은 한 배우에게 경의의 박수를 보내주었다. 길고 긴 여정, 이 많은 공연을 단 한 번도 빼놓지 않은 배우

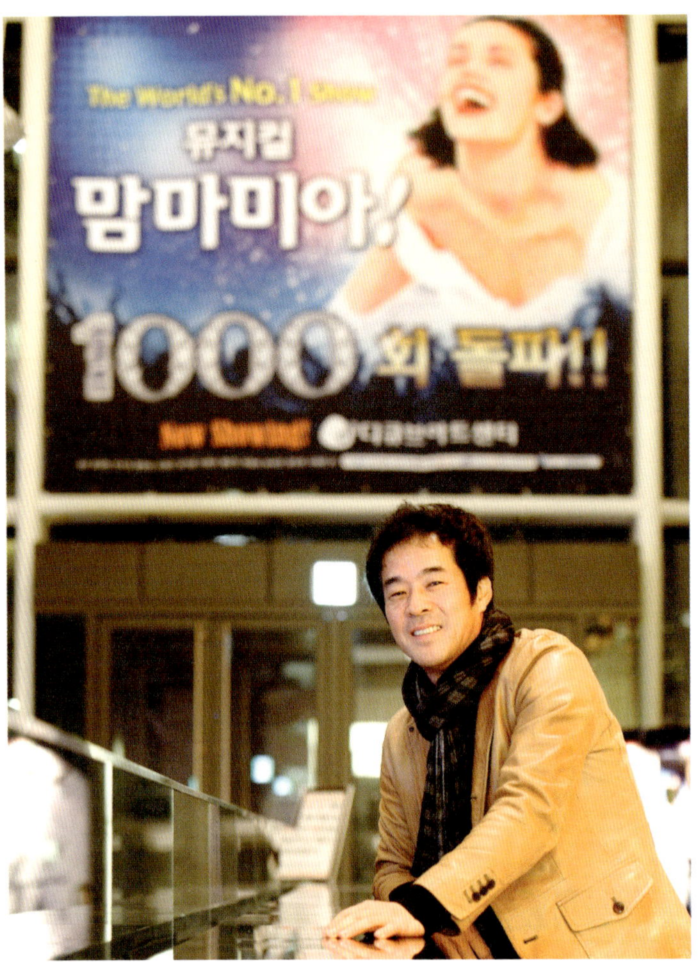

드디어 뮤지컬 역사가 새로 쓰였다.
2011년 12월 10일 〈맘마미아!〉가 1,000회 공연을 돌파했다.

가 있었다. 그는 스타지만 스타 대우를 받지 못한다. 팬클럽도 없다. 성실하게 자기 역할을 다하는 배우, 작품 전체를 볼 줄 아는 배우, 뭘 시켜도 기본 이상을 해내는 전천후 배우. 2012년 지방투어까지 마치면 〈맘마미아!〉에 1,125회 출연을 달성한다. 앞으로도 계속 할 것 같으니까 기록은 계속 깨질 것이다. 그가 바로 성기윤이다. 나를 포함해서 성기윤이 왜 대스타가 되지 못하는지 안타까워하는 사람이 많다. 영화계 원로이신 김수용 감독은 "왜 영화나 텔레비전에서 성기윤을 낚아채가지 않지? 어떤 작품을 봐도 참 멋진 배우던데"라고 하신다. 손진책 선생도 "저런 인재를 왜들 몰라볼까"라며 안타까워하시더니 〈화선 김홍도〉에 캐스팅하셨다. 그가 한 어느 인터뷰를 봤더니 팬들 끌고 다니는 스타가 되는 건 오래전에 포기했다고 한다. 좋은 작품에서 좋은 연기를 하는 게 자기 역할이라고 마음을 굳혔단다. 성기윤은 팬클럽이 없는 배우지만 나에게는 반짝반짝 빛나는 스타다.

　배우 성기윤처럼, 스태프진에서도 882회의 공연을 해낸 사람이 있다. 바로 음악감독 김문정이다. 아쉽게도 이번 서울 공연에는 참여하지 못했지만, 엄청난 횟수를 수화해낸 이들의 뮤지컬에 대한 열정을 나는 진심으로 존경한다.

　공연 일주일 전에 런던의 오리지널 스태프들이 왔다. 첫 공연 때는 6주 전에 왔었는데, 가면 갈수록 이 기간이 줄어들고 있다. 그만큼 한국 스태프들을 신뢰하기 때문이다. 이번에도 무대 리허설 할 때 디테일한 부분 몇 가지 잡아준 것 외에는 특별히 수정한 것이 없었다. '다음부터는 우리가 안 와도 되겠다'는 농담을 할 정도로 무대장치며 배우들의 연기 연습이 잘 되어 있었다. 그 정도로 〈맘마미아!〉 팀의 팀워크는 최고였다.

지방공연이 끝났을 때쯤 최은경 부대표가 "가수 이현우 씨가 아바의 음악을 너무 사랑해서 〈맘마미아!〉에 꼭 참여하고 싶다는 뜻을 전해왔다"고 말했다. 나는 때에 따라 화끈하게 결정하기도 하고 신중모드에 들어가기도 하는데, 대중스타의 기용 문제에 있어서만큼은 신중하게 생각하는 쪽이다. 스태프들 역시 대중스타 기용을 이야기할 때는 조심모드에 돌입한다. 스태프들에게 의견을 물어보았더니 다음과 같은 의견이었다.

'〈맘마미아!〉의 주요 관객층 중 이현우를 모르는 사람은 거의 없다. 따라서 홍보에 도움이 된다. 이미지도 깨끗하다. 가수니까 노래는 문제없을 거고 〈싱글즈〉라는 뮤지컬을 한 적도 있다. 영화와 드라마에 출연한 적도 있으니 연기도 어느 정도는 소화해낼 것이다.'

내가 대중스타를 무조건 싫어하는 건 아니다. 다만 뮤지컬을 하고 싶으면 대중스타는 집에다 벗어놓고 신인배우로 오라는 것이다. 제대로 벗어놓고 왔는지를 가늠하기 위해 내가 제시하는 두 가지 조건이 있다.

첫째, 공연에 헌신적으로 임하고 자신을 희생할 각오가 되어 있는가?

이건 연습시간 엄수부터 시작해 공연에 대한 태도까지 망라한 질문이다. 이게 안 되면 서로 손해일 뿐이다. 공연은 망치고 스타의 명성은 떨어진다.

둘째, 역할에 합당한 출연료를 받을 수 있는가? 대중스타라고 무조건 출연료를 많이 줄 수 없다. 우리 뮤지컬 배우들을 초라하게 만들어서는 안 된다. 뮤지컬 배우를 천직으로 알고 열심히 해온 식구들에게 상실감을 안겨 줘서는 안 된다. 그렇게 되면 팀워크가 깨지고 앙상블이 무너진다. 역시 둘 다 손해다.

두 가지 조건을 보냈더니 장고 끝에 해보겠노라는 답이 왔다. 이현우가 맡은 역할은 해리, 도나의 세 남자 중 한 명이자 소피의 세 아빠 후보 중 한 명이다.

연습을 할 때 보니 한 시대를 풍미했던 대스타는 온데간데없고 신인배우 이현우만 보였다. 춤을 한 번도 안 춰봤다는데, 한 스텝, 한 스텝 불평 한 번 없이 따라 배우고 있었다. 신참들하고 똑같이 나와서 그들보다 더 늦게 연습장에 남았다. 역시 '프로답구나' 했다. 알고 보니 그는 순수하고 배려심이 많은 사람이었다. 특히 소주를 좋아하는 게 참 마음에 들었다.

공연 초기에는 몸도 조금 딱딱하고 연기도 약간 어색했지만 횟수가 늘어갈수록 좋아졌다. 관객들도 그 정도는 이해해주는 것 같았고 그의 어색함을 오히려 재미있어했다. 지금 생각해보니, 스타지만 순수한 그의 모습이

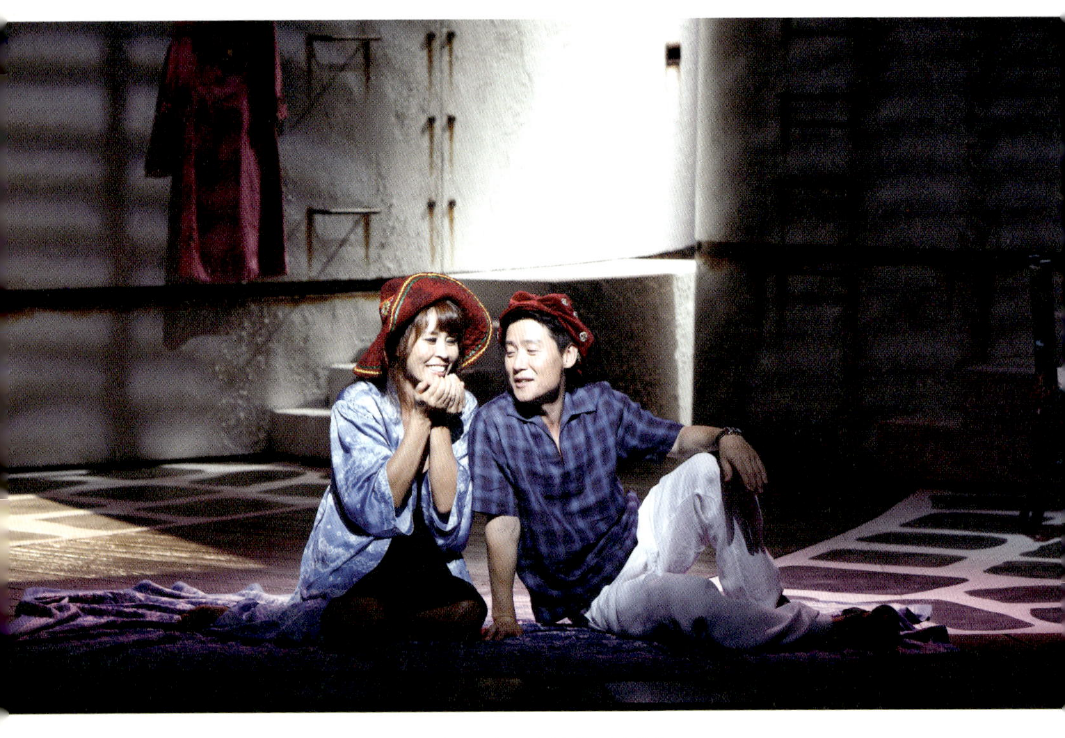

이현우는 공연 초기에는 연기가 약간 어색했지만 횟수가 늘어갈수록 좋아졌다.
관객들은 그의 어색함을 오히려 재미있어했다.

돈 많은 은행가지만 푼수 끼 있는 해리의 성격과 비슷한 것 같기도 하다.

세계 최고의 도나, 최정원

〈맘마미아!〉 개막기념식은 디큐브아트센터 개관기념식을 겸해서 열렸다. 그날 행사에는 문화예술계, 정계, 재계 등에서 정말 많은 분들이 와주셨다. 누군가는 그랬다.

"이렇게 많은 어른들이 각계각층에서 오신 오프닝은 처음 봤다. 대한민국 문화예술계를 이끄는 원로들이 다 오셨잖아. 그 많은 어른들을 어떻게 다 챙기며 살아? 박 대표는 배포도 크고 복도 많고, 참 잘 사는 것 같아. 부럽다."

나도 그렇게 생각한다. 잘 살려고 무진 애를 쓰며 살고 있다. 까마득한 후배가 하는 일에 관심 가져주시고, 와주시는 게 고마워서 다음날 따로 다 전화를 드려 감사하다고 말씀드린다. 좀 쑥스럽지만, 계획적으로 하는 게 아니고 존경심의 발로다.

그날 오신 분들은 거의 대부분 〈맘마미아!〉를 두 번 이상 본 분들이었다. 극장이 어떻게 지어졌는지, 이번 공연은 또 어떻게 달라졌는지 보려고 오신 것이다. 모두들 '이번 공연이 가장 완성도 높은, 가장 뛰어난 작품'이라며 칭찬을 아끼지 않았다. 재미있게 말하기를 즐기는 분은 "내가 여러 번 봤는데 그때는 아무 생각 없이 봤나? 〈맘마미아!〉가 이렇게 감동적이고 이렇게 훌륭한 작품이었나"라고 말하기도 했다.

내가 보기에도 그랬다. 배우들의 앙상블, 오랜 공연, 특히 지방투어에서 다져진 스태프들의 숙련도 등 모든 것이 최고였다. 특히 최정원의 연기는 단연 최고였다. 도나를 연기하는 최정원을 700회 넘게 봐왔지만 나는 그녀의 연기에 항상 감동한다. 최정원은 연극과 지방공연을 하면서 무대에 대한 밀착력이 높아지고, 관객들의 감정을 뒤흔드는 방법, 관객을 유혹하는 기술을 터득한 것 같았다. 〈맘마미아!〉 인터내셔널 프로덕션의 총괄 프로듀서인 앤드류 트레거스도 "최정원은 도나를 위해 태어났다"고 말했다.

최정원은 세계 최고의 도나다. 이건 그냥 칭찬이 아니고 객관적인 사실이다. 2008년 11월 스웨덴 '말뫼'라는 도시에 건립된 1만 5,000석 규모의 돔구장 개장을 축하하기 위해 스웨덴 최고의 뮤지션들이 모여 이틀 동안 돔구장 특설무대에서 콘서트를 개최했다. 전 세계에서 활동 중인 스웨덴 출신의 뮤지션들이 모두 모인 것이다. 이 특별 이벤트의 피날레 무대로 아바의 곡들로 만들어진 뮤지컬 〈맘마미아!〉 갈라쇼를 하기로 했다. 극중 인물인 세 아줌마 도나, 타냐, 로지를 각각 다른 나라에서 불러 구성하기로 했는데, 주인공 도나는 한국, 타냐는 스페인, 로지는 러시아 배우로 팀을 짜서 초청했다. '워터루'를 같이 부르면 끝나는 컨셉이었다. 행사를 마치고 서울에 도착한 최정원은 너무 감격스러웠고 배우 생활 중 그런 날이 또 있을까 싶었다고 했다. 수만 명의 관객들이 한국의 도나 최정원을 외칠 때는 눈물이 나서 노래를 못 부를 지경이었다고 했다.

"〈맘마미아!〉 원곡의 주인공 '아바'의 나라 스웨덴을 가보게 되어 설레었고, 세계적인 뮤지션들과 함께 공연한다는 것에 또 한 번 설레었어요. 무대 오르기 전 '〈맘마미아!〉는 지금도 전 세계 수많은 도시에서 공연되고 있다'는 현장 MC의 자부심 강한 멘트가 시작되었어요. 이어 돔구장 대형전광판에는 세계지도가 그려지고 〈맘마미아!〉를 하고 있는 도시마다 빨간불이 들어오기 시작해 마지막으로 서울에 불이 들어오더군요. 다시 MC가 '지금 이 자리에 여러분을 위해 한국의 도나를 초대했습니다. 최! 정! 원!'이라고 하자, 전광판에는 태극기가 그려졌고 '맘마미아' 전주가 시작되면서 저는 무대로 뛰어나가 한국말로 노래를 불렀어요. '당신 날 속였어 언젠지 알거야~' 1만 5,000명 관객들의 환호소리와 공연장 사방에 보이는 태극기에 가슴이 뭉클해지고 눈물이 니더라구요. 순간 내가 올림픽에서 금메달을 딴 것처럼 흥분되더군요. 이런 잊을 수 없는 특별한 행사를 통해 〈맘마미아!〉에 대한 나의 애정은 깊어졌고 지금은 내 인생 최고의 작품이 되었어요. 그런 자리에 갈 수 있게 애써주신 대표님께 감사드려요."

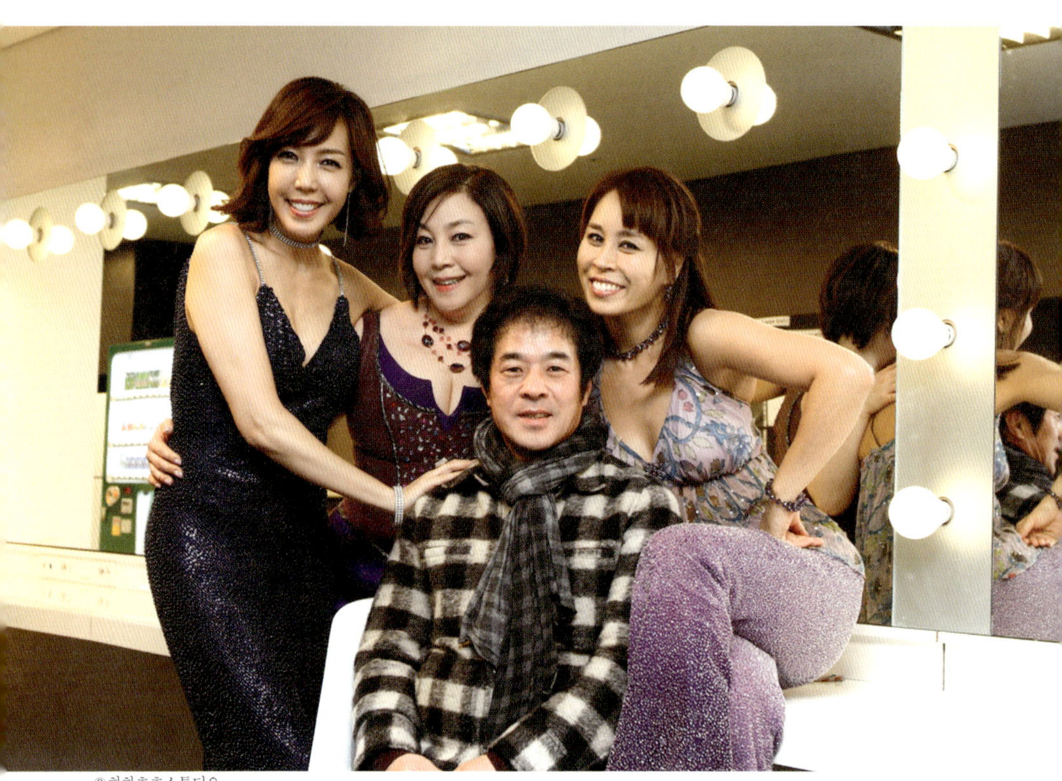

© 하하호호스튜디오

모두들 이번 공연이 가장 완성도 높은 작품이라고 말했다.
배우들의 앙상블, 오랜 공연과 지방투어에서 다져진 스태프들의 숙련도 등
모든 것이 최고였다.

고맙다는 인사는 내가 해야 한다. 한국의 〈맘마미아!〉를 이토록 멋지게 만들어줬으니 말이다.

최정원은 지칠 줄 모르는 배우다. 그리고 순수하지만 귀티가 철철 흐르는 배우다. 평소에는 점잖은 사람이 무대에만 서면 폭발적인 카리스마를 뿜어낸다. 그 불같은 연기를 보면 섬뜩하기까지 하다. 그 놀라움은 아마도 무대에 서면 늘 힘이 솟는다는 천상 배우로서의 에너지와 관객들에게 받은 사랑을 혼의 연기로 다시 돌려드리겠다는 프로정신의 결합이라 생각한다.

최정원의 연기가 다르게 보인 것을 포함해 이번 공연이 역대 최고의 공연이 된 데에는 극장의 역할도 컸다. 디큐브아트센터는 음향, 조명 등 기존 극장의 단점을 모두 다 보완했다. 2층에서도 배우들의 표정이 보일 만큼 구조적으로도 훌륭하다. 감히 말하건대, 현존하는 대한민국 최고의 극장이다. 아니, 세계 최고라도 해도 좋을 극장이다.

⋀⋀ 다시 한국의 맘마미아를 꿈꾸다

최정원이 원숙미 넘치는 열정을 보여줬다면 소피 역을 맡은 박지연은 싱싱하고 풋풋한 열정을 보여주었다. 공연계 사람들도 '처음 보는 얼굴인데 연

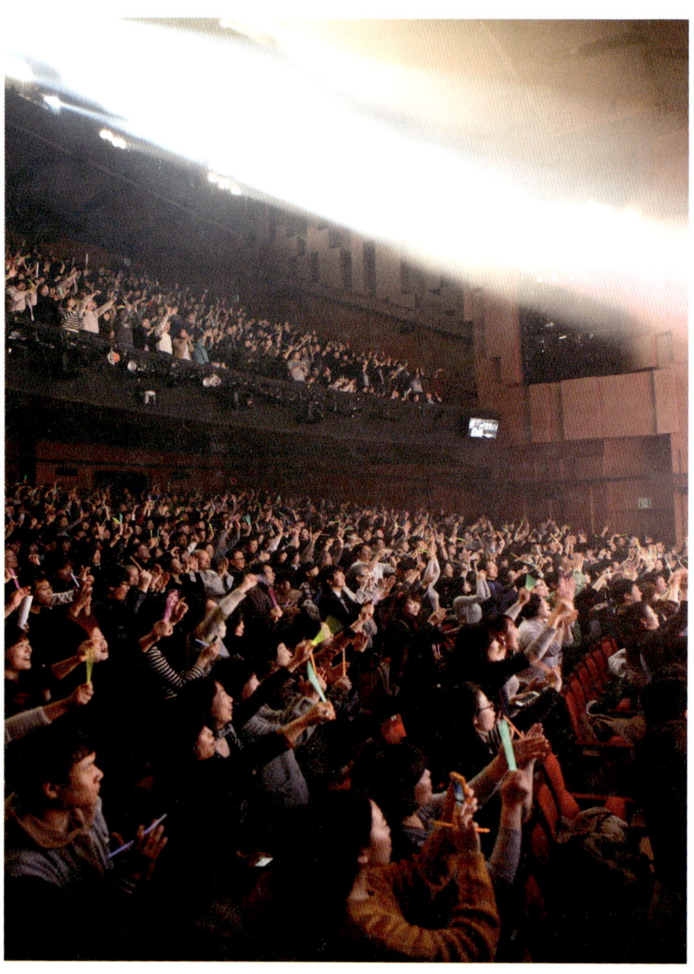

객석을 가득 메운 관객들은 이미 즐길 준비가 되어 있었다.
처음 보아도 재미있고 두 번, 세 번 보아도 감동적인 것이 〈맘마미아!〉의 강점이다.

극적인 감성이 특출하다'며 칭찬했다. 공연 프로그램에서 배우들의 프로필을 보면 주요 배역들은 그간 출연한 작품들이 깨알같이 쓰여 있는데 박지연은 깔끔하게 딱 한 줄이다. 〈맘마미아!〉가 그녀의 데뷔작이기 때문이다. 박지연은 지방투어 공연을 위해 영국 오리지널팀이 발탁한 배우다. 연출가 폴 게링턴이 소피 역의 후보로 3명을 추려놓고 내 의견을 물었다.

"나는 이 친구가 소피를 하면 스타 배우가 될 것 같아요. 그런데 경력이 하나도 없어요. 잘할지 못할지는 리허설을 봐야 알겠지만 신선하고 가능성은 있습니다."

노래는 들어보지 못했어도 이미지는 딱 소피 그 자체였다.

"연출이 뽑고 싶은 사람 뽑아요. 나도 과감하게 신인 발탁하는 거 대찬성이예요."

그때 박지연의 나이가 스물하나였다. 처음에는 지금처럼 잘하지 못했다. 1년 동안 지방공연을 하면서 보니 공연하는 도시가 바뀔 때마다 쑥쑥 성장하고 있었다. 재주와 열정이 있다는 증거다. 열정이 없으면 그렇게 빨리 발전할 수 없다. 이런 신인배우들을 보면 걱정 반 기대 반이다.

'저 열정을 그대로 유지해야 할 텐데. 그대로 유지만 한다면 대배우, 정말 최정원 같은 배우가 될 텐데.'

다행히 아직까지는 신선한 열정을 유지하고 있는 것 같다. 어떻게 성장해나갈지, 옆에서 지켜보는 재미가 쏠쏠할 것 같은 배우다.

　최정원이 도나를 위해 태어났다면 도나의 친구 로지 역은 이경미 배우를 위해 탄생했다. 워낙 연기도 잘하고 무용을 전공해 춤도 잘 추지만 절묘하고 기가 막히게 로지 역에 어울린다. 이경미 배우도 모든 〈맘마미아!〉 공연에 다 참여를 했는데 커버가 있어서 성기윤만큼 공연 횟수를 채우지 못했다. 주연 같은 조연 역할을 보여주는 그 감칠맛 나는 연기는 일품이다. 20대 때 이경미 배우는 프리마돈나였다. 이후 영국에서 몇 년 살다가 귀국했는데 그때 나를 찾아왔었다. 공연계에서는 선배한테 부탁하는 거야 크게 어렵지 않은데 후배에게 부탁하기는 좀 힘든 일이다.

　"박 대표가 내 후배지만 나 연기하게 좀 도와주세요. 신시 식구로서 신시에서 다시 활동하고 싶어요. 몇 년 한국을 떠나 있는 사이에 신시가 최고로 성장했더라고요."

　이경미 배우는 그만큼 연기가 하고 싶었던 것이다. 이경미 배우의 복귀작은 신시의 뮤지컬 〈캬바레〉였다. 다음 작품은 〈유린타운〉으로 정말 작은 배역이었다. 뮤지컬임에도 솔로곡 하나 없었다. 그러나 이 작품에서 '이경미가 죽지 않았다'는 걸 보여주었다. 그 작은 배역으로 2003년 한국뮤지컬 대상에서 여우조연상을 수상했다. 연극계와 뮤지컬계의 중견배우로 당당히 자리를 잡은 그녀는 몇 년 전에는 장안의 화제가 되었던 시트콤 〈거침없이 하이킥〉에도 출연했다. 쉰이 넘었는데 그 나이에 노래, 춤, 연기를 다 잘하는 배우가 드물다. 후배들의 존경을 받아 마땅한 배우다.

주연 못지않은 조연 배우로 황만익도 빼놓을 수 없다. 전천후 배우, 커버 전문 배우 황만익. 빌도, 해리도, 샘도 황만익이 커버했다. 그래도 불평 없이 행복하게 작업한다. 가끔 더블을 하기도 하는데 이번에는 이현우가 맡은 해리 역에 더블캐스팅되었다. 단연 '돋보이는' 조역이다.

전수경과 함께 도나 친구 타냐 역에 더블캐스팅된 황현정은 춤을 잘 추는 다재다능한 배우다. 1994년 성기윤과 함께 신시에 와서 지금껏 한솥밥을 먹고 있다. 초연 때부터 커버를 했는데 지방공연 때 전수경 대신 들어가면서 '타냐 연기'의 완성도가 훌쩍 자랐다.

이제 꼭 언급해야 할 배우가 한 명 남았다. 너무 고마운 사람이라 아껴두었다가 이제야 말을 꺼낸다. 전수경이다. 한국뮤지컬대상에서 여우주연상을 두 번 받은 사람이 딱 두 명 있는데, 최정원과 전수경이다. 최정원은 〈시카고〉, 〈키스 미 케이트〉로, 전수경은 〈더 라이프〉, 〈키스 미 케이트〉로 받았다. 상을 받은 작품이 다 신시의 작품이어서 더 기분이 좋다. 이들 1세대 뮤지컬 배우들은 나와 끈끈한 인연을 갖고 있다. 그래서인지 너무나 아끼고 존경하고 사랑하는 대한민국의 보물 같은 중견배우들이다.

전수경은 최정원과 함께 1994년 〈웨스트 사이드 스토리〉를 시작으로 나와 인연을 맺었다. 그 후로 〈그리스〉, 〈7인의 신부〉, 〈렌트〉 등 많은 뮤지컬을 함께했다. 한양대학교 연극영화학과 시절 제11회 MBC 대학가요제에서 동상을 수상한 바 있는 그녀는 연극, 영화, 뮤지컬을 넘나들며 연기력을 쌓아, 연기력이 가장 훌륭한 뮤지컬 배우로 정평이 나있다. 코믹 연기를 천연덕스럽게 해낼 때는 연기의 폭이 어디까지인지 짐작하기 어렵다.

우리는 꽤 친한 오빠 동생 사이이다. 전수경에게 나는 '친정오빠처럼 세심하게 챙겨주는 사람'이고, 나에게 전수경은 '고맙고 대견한 여동생' 같은 배우다.

2010년 〈맘마미아!〉 지방투어를 시작하고 얼마 되지 않았을 때 전화가 왔다. 사적인 의논도 하는 사이라 평소처럼 받았는데 울고 있었다. 전수경은 눈물에 젖은 목소리로 갑상선암 판정을 받았다고 했다. 눈앞이 캄캄해졌다. 얼마나 외롭고 무서울까? 쌍둥이 딸들에 대한 걱정에 죽음에 대한 공포, 다 나아도 다시 무대에 서지 못할 수도 있다는 두려움까지. 나도 위암 수술을 받은 적이 있는 터라 그 마음이 오롯이 느껴졌다. 불행 중 다행은 초기라는 거였다.

"야, 갑상선암은 감기 같은 거야. 초기에 발견됐으면 천운이라고 생각해. 내가 암 수술 선배잖아. 걱정하지 마. 수술 끝나면 다시 무대 설 수 있어. 쌍둥이들을 생각해. 그래야 이겨낼 수 있는 자신감이 생겨."

수술 후 회복과정에서 얼마나 불안하고 힘들지 안 봐도 훤히 알 것 같았다. 당장 먹고 사는 것도 막막할 것이다. 기운이 돌아오기 전부터 노래를 불러볼 것이다. 틀림없이 목소리가 제대로 나오지 않을 것이고 그때마다 실망하고 불안해할 것이다.

전수경을 위해 내가, 우리가 할 수 있는 일이 무얼까 생각했다. 우선은 만나서 기운을 북돋아주자 싶었다. 그래서 한 달에 한 번씩은 꼭 만났다. 나 혼자 가는 것보다 여럿이 가서 응원하는 게 좋을 듯해서 가까운 사람들에게 말했다.

"다들 무대에 서지만 수경이는 다시 무대에 설 수 있을지 없을지 모른다. 얼마나 마음고생이 심하겠어. 우리가 힘을 실어주고 마음을 보태야지."

그리고 '오늘은 전수경을 위로하는 날. 저녁 먹자. 내가 사겠다'라고 문자를 보내거나 전화를 하면, 최정원, 박경림, 성기윤, 황현정, 배해선, 이건명, 이동근, 김호영, 김아선 등 가까운 멤버들이 모두 모였다. 전화도 자주 했다.

"걱정하지 마. 무대에 다시 설 수 있어. 내가 서울 공연부터 수경이 자리 비워놨어. 서울 공연은 할 수 있어."

전수경은 복이 많다. 주변에서 그의 복귀를 바라고 기도하는 사람들이 많았다. 명지대 교수로 있는, 예전에 도나 역을 맡기도 했던 이태원이 전수

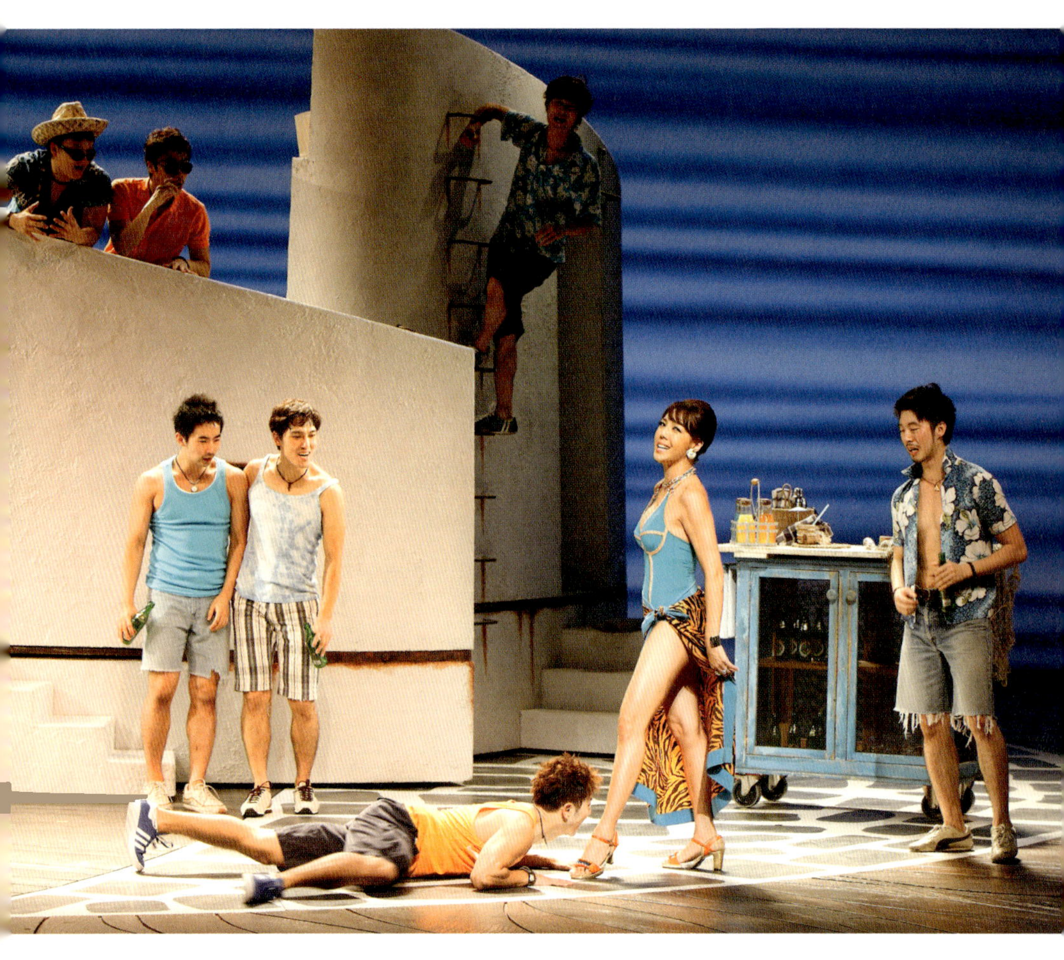

경의 부활을 도왔다. 반드시 복귀하겠다는 의지로 발성부터 시작해 기초부터 다시 시작했다. 다 자기가 착하게 살고 배우로서의 의지를 보여주었기 때문이다.

드디어 오프닝 공연. 전수경이 1년 만에 무대에 섰다. 위로하려고 하는 말이 아니라, 정말 1년 전과 똑같았다. 가슴이 뭉클했다. 전수경이 자랑스러웠다. 다시 돌아와줘서 너무 고마웠다. 전수경의 성공적인 복귀는 공연보다 더 큰 감동이었다. 그녀의 무대 복귀는 배우생명을 이어가면서 관객들과 다시 만난다는 기쁨과 더불어 치료과정과 재기과정을 통해 한 인간으로서 극복의지를 보여준 인간승리다. 끝나버릴 뻔했던 전수경의 배우인생은 〈맘마미아!〉라는 승전보를 시작으로 앞으로도 힘차게 이어질 것이다. 쌍둥이 엄마 파이팅이다!

〈맘마미아!〉는 전 세계인의 뮤지컬이다. 2012년 3월을 기점으로 전 세계 325개 이상 주요 도시에서 공연해서 5,000만여 명이 관람했으며 전 세계 티켓 판매 매출액만도 2조 3,000억 원이 넘는다. 우리도 〈맘마미아!〉로 700억 원이 넘는 매출을 거뒀는데 그 돈이 다 어디로 갔는지는 미스터리다.

〈맘마미아!〉가 전 세계적으로 이토록 큰 성공을 거둘 수 있었던 것은 관객, 특히 중장년 관객과 소통하는 힘이 강하기 때문이다. 엄마와 딸의 관계, 힘든 생활, 옛 친구들과 애인들의 이야기가 아바의 음악과 앙상블을 이루면서 관객들의 가슴을 울리고 대리만족을 느끼게 한다. 공연을 보고 나면 뭔가 통쾌한 기분까지 느낀다. 1999년 시작된 〈맘마미아!〉의 끝이 어디인지는 아무도 모른다. 물론 나도 모른다.

나는 '한국의 맘마미아'를 꿈꾼다. 런던에서 만든 〈맘마미아!〉가 아니라 우리가 만든 맘마미아, 세계의 관객들을 감동시킬 맘마미아를 꿈꾼다. 그날이 멀지 않았다고 기대하고, 반드시 세계에서도 통하는 감동적인 공연을 만들 수 있다고 확신한다. 〈맘마미아!〉 같은 콘텐츠를 만드는 것이 프로듀서로서의 내 마침표가 될 것이다. 그리고 늘 그렇듯, 마침표는 새로운 문장의 시작이 될 것이다.

Part 5

우리가
연극을
하는 이유

연극은 이상하다.
힘들고 돈도 안 되고 그다지 인정을 받지도 못하는데
거기서 빠져나올 길이 없다. 적어도 나는 아직까지 발견하지 못했다.
뮤지컬만 만들 때도 연극은 늘 그리움이었다. 먼 길을 돌아 다시 연극으로
돌아왔다. 내 시작이 연극이었던 것처럼 어디를 돌아가든
종착지는 연극이 될 것이다. 그것이 내가 정한 나의 운명이다.

⋀⋀ 운명 같은 계시

1999년 나는 극단 신시의 대표라는 소임을 맡게 되었다. 당시 신시의 이름을 '신시뮤지컬컴퍼니'로 바꾸고 뮤지컬에만 집중하기로 했다. 이때까지만 해도 신시는 연극, 뮤지컬, 마당극 등 다양한 공연 장르를 두루 제작하고 있었는데, 나는 한 장르에 집중할 필요가 있다고 판단했고 성장 가능성이 큰 뮤지컬을 선택했다. 그 후 신시는 내내 뮤지컬만 만들어왔고 실패와 성공을 거듭하며 한국의 대표적인 뮤지컬 컴퍼니로 자리 잡았다.

그런데 2008년 운명 같은 일이 생겼다.

2006년 타계한 차범석 선생을 기리기 위해 '차범석 희곡상'이 제정되었다. 제1회 수상작은 김명화 작가의 「침향」이었다. 희곡은 공연으로 탄생되기 위해 쓰인다. 그런데 상을 제정하고 수상작이 나왔지만 그것을 공연으로 만들 컴퍼니가 없었다. 「침향」은 대극장 연극으로 만들어야 하는 작품으로, 많은 제작비가 들어가야 하는 작품이지만 수익성은 불투명했다. 솔직히 말해 불투명했다기보다 손해 볼 가능성이 훨씬 큰 작품이었다. 해야 한다는 건 다들 아는데 손을 댈 수가 없는 상황에서 공연계의 이목이 슬금슬금 나를 향했다.

'박명성이라면 할 수 있지 않을까?'

‘차범석 선생과 관계를 봐서라도 박명성이 해야 하는 거 아니야?’

다른 일이라면 몰라도 차범석 선생의 일이라 나도 외면할 수만은 없었다. 슬슬 신시를 향해 몰아가는 분위기 속에서 ‘해야 한다’와 ‘하고 싶다’는 마음이 교차했다. 그렇게 자의 반 타의 반으로 〈침향〉을 제작하게 되었다. 심재찬 연출에 박정자, 김길호, 손숙, 박웅, 박인환, 정동환, 길해연, 이경미, 성기윤, 황만익, 김호영, 곽성은 등 원로, 중견, 신인배우들이 아르코예술극장 대극장에서 향연을 펼쳤다.

〈침향〉을 마치고 나니 묘한 감성의 울림이 시작되었다. 마치 차범석 선생이 〈산불〉로 나를 연극계로 이끄신 것처럼, 이번에는 〈침향〉을 통해 ‘뮤지컬만 하지 말고 연극도 하라’는 어떤 계시를 내리시는 것 같았다.

그러던 차에 쐐기를 박는 인물이 나타났다. 〈댄싱 섀도우〉, 〈맘마미아!〉를 연출한 폴 게링턴이었다. 연극 연출가 출신인 그는 〈맘마미아!〉 공연 관련해서 서울에 와 있었다. 우리가 〈침향〉을 제작한 것을 알고는 “앞으로도 연극을 계속 할 거냐?”고 물었다. 연극 공연에 대한 확실한 입장을 세워둔 때가 아니었는데, 내 입에서 뜻밖의 소리가 나왔다.

“좋은 작품이 있으면 1년에 한두 편씩은 할 생각이 있어요. 기존 연극과 다른, 뭔가 형식이 특이하다든가, 이야기가 충격적이라든가, 아무튼 상식의 틀을 깨는 기발한 작품이었으면 좋겠어요.”

연극에 대해 여러 가지 생각을 하고 있던 중이었는데, 그 생각 중 하나가 전부인 양 불쑥 튀어나온 것이다. 돌이켜보면 그때 내 머릿속만 고민 중이었을 뿐 마음은 이미 연극에 대한 생각을 굳히고 있었던 것 같다.

뜻밖의 연극, 피카소의 여인들

폴 게링턴에게는 이미 내가 원하는 작품이 있었다. 영국의 에딘버러페스티벌에서 직접 연출한 〈피카소의 여인들〉. 원작에는 여러 명의 '피카소의 여인들'이 있는데 그걸 다하면 서너 시간은 걸리니까 그 중에서 재미있는 여인들만 골라서 했으면 좋겠다고 했다. 모든 여인들이 따로따로 나오는 모노드라마 형식인 점도 특이했다. 작품에 대한 간략한 설명만으로도 귀가 번쩍 뜨이는 작품이었다.

'참 특색 있는 공연이 되겠다'고 생각하고 있을 때 폴 게링턴은 한 발 더 나갔다.

"그런데, 하려면 김성녀 선생이 꼭 필요해요."

폴 게링턴은 〈댄싱 섀도우〉를 할 때 김성녀 선생을 알게 되었는데, 노래와 춤, 감성과 열정 어느 하나 빠지지 않는 훌륭한 배우라며 극찬했었다.

김성녀 선생이 맡을 역할은 스물다섯 살에 72세인 피카소를 만나 절대적이고 헌신적인 사랑을 바친 '재클린 로크'라는 인물로 피카소가 죽은 뒤 권총 자살로 세상을 마감한 여인이다. 김성녀 선생께 그 역할을 제안했더니, 바로 승낙하셨다. 나머지 세 여인은 서이숙, 배해선, 이태린이 맡았다.

2009년에 나는 서울연극협회장을 맡고 있었는데, 마침 서울연극제 30주년을 준비하고 있던 때였다. 규모가 다양한 극장에서 연극을 하는 게 좋겠다고 생각하고 〈피카소의 여인들〉을 개막작으로 선정했다. 극장은 675석 규모의 예술의전당 토월극장으로 잡았다. 협회장이라는 직위를 이용해 자기 컴퍼니에서 올리는 작품을 개막작으로 선정하는 게 월권이 아니냐고 할지 모르겠다. 하지만 사실은 그 반대다.

협회장으로서 허술한 개막작을 내놓기는 싫었다. 세계적인 연출가와 최고의 배우들을 뽑았고, 무대장치에도 공을 들였다. 나는 영국에서 오리지널 디자이너를 불렀다. 오리지널처럼 고급스러운 무대장치, 멋있는 조명을 보여주고 싶었다. 무대는 마음에 들었다. 불필요한 것도 없고 더 필요한 것도 없이 한 폭의 그림처럼 깔끔했다. 네 명의 인물이 나오고 그때마다 장면이 바뀌는데 모두 그림 같다는 평가를 받았다. 이 무대장치를 설치하는 데 일주일이 걸렸는데, 공연기간은 단 9일이었다. 어떻게 해도 수익이 나기 어려운 구조다.

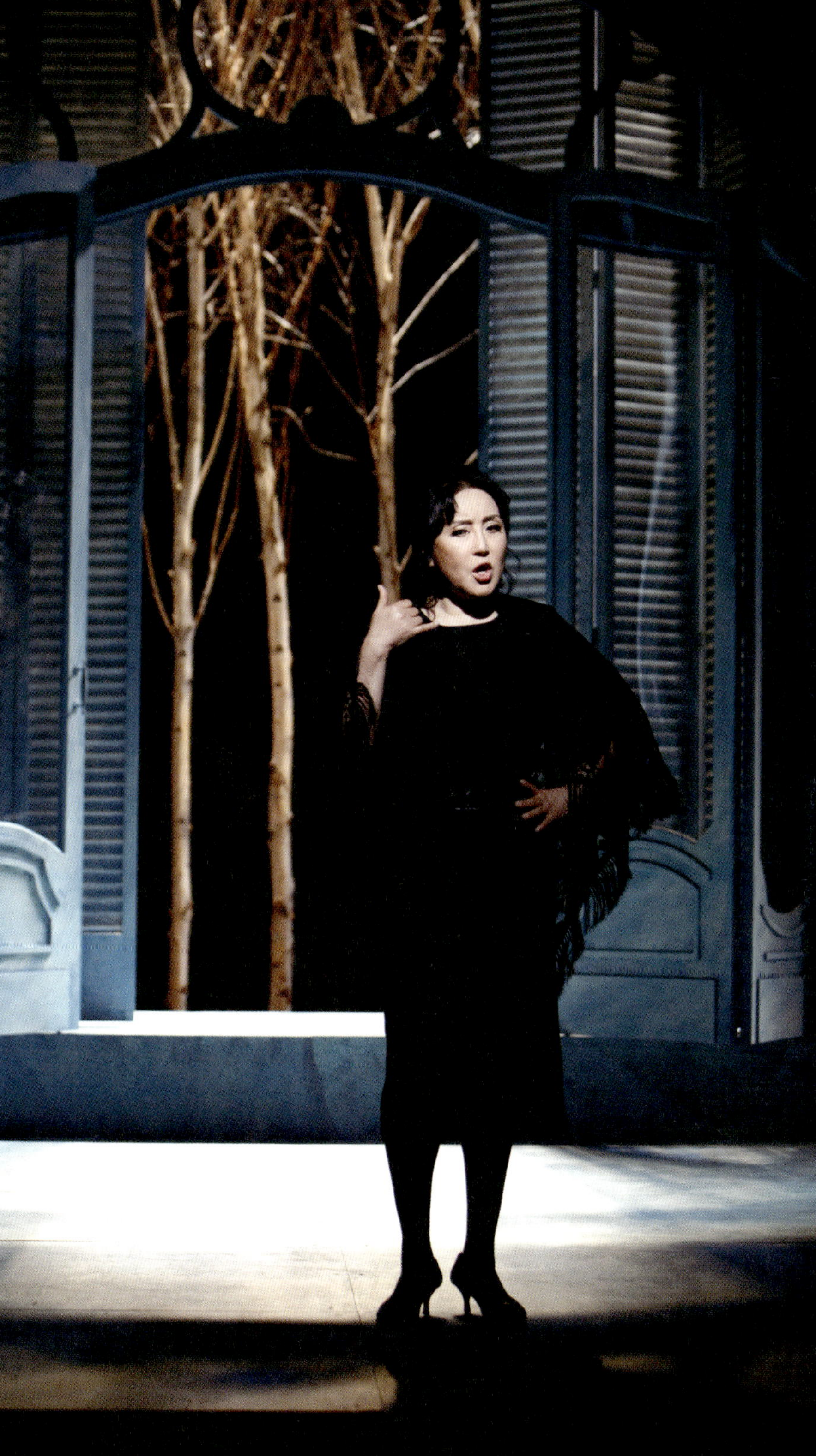

그래도 뒷맛이 무대만큼이나 깔끔한 공연이었다. 공연에 대한 정보 없이 〈피카소의 여인들〉이라는 제목만 보고 온 관객들이라면 실망을 했을지도 모른다. 일단 '여인들'이 나오니까 피카소를 놓고 침 튀기는 싸움이라도 한 판 벌일 거라고 생각할 수 있지만 전혀 그렇지 않다. 먼저 이 연극에는 피카소가 나오지 않는다. 피카소라는 거장에게 가려진 여인들의 이야기다. 그리고 이 여인들은 서로 한 번도 만나지 않는다. 한 명이 나와서 일인극을 하고 들어가면 다음 여인이 나오는 옴니버스식 연극이다. 흥미진진한 애정 싸움을 기대했다면 지루하기 짝이 없는, 참 뜻밖의 연극이었을 것이다.

솔직히 나는 전혀 지루하지 않았다. 몇 번이나 봤는데 볼 때마다 새로운 흥밋거리들이 눈에 들어왔다. 한 세기를 풍미한 대가에게 저런 면도 있었구나 하고 피카소에 대해 배워가는 즐거움도 있었다. 나와 비슷한 즐거움을 누리기 위해 미술을 공부하는 학생과 교수들이 많이 왔던 것으로 알고 있다.

나는 '이런 형식의 연극도 있다'는 걸 보여주고 싶었다. 한국에서 전혀 보지 못한 연극, 정말 특이한 형식의 연극을 관객들에게 선물하고 싶었다. '뜻밖의 연극'이라고 생각했다면 내 기획의도가 딱 맞아떨어진 것이다.

〈피카소의 여인들〉의 막을 내리고 나니 비로소 모든 것이 명확해졌다. 연극을 해야 한다는 것이었다. 1999년에 뮤지컬만 하겠다고 한 것이 생존의 차원에서 한 결정이었다면, 다시 연극을 해야겠다고 마음먹은 것은 연극정신의 차원, 사회·문화적 역할의식의 차원에서 내린 결정이다. 그렇다고 연극으로 봉사만 할 생각은 없다. 척박했던 뮤지컬 시장이 지금은 거품이 있을 정도로 큰 시장으로 성장했듯이, 연극도 그렇게 만들 수 있다고 자신한다.

신시는 그때부터 지금까지 여러 편의 연극을 무대에 올렸다. 2009년 말 〈피아프〉로 시작해서 1년에 대여섯 편씩 한 꼴이다. 이제 신시는 우리나라에서 연극을 제일 많이 하는 컴퍼니가 되었다. 작은 규모의 극단이나 기획사는 대부분 대표가 연출이어서 1년에 한두 편밖에 할 수 없다. 나는 이미 젊은 시절에 '연출가로서는 젬병'이라는 진단을 받았으니 열심히 기획하고 그에 맞는 연출가를 찾아 맡기면 된다. 또 신시에는 막강 스태프들이 포진하고 있다. 그래서 다른 기획사보다 더 많이 할 수 있는 여건이 된다.

연극은 이상하다. 힘들고 돈도 안 되고 그다지 인정을 받지도 못하는데 거기서 빠져나올 길이 없다. 적어도 나는 아직까지 발견하지 못했다. 뮤지컬만 만들 때도 연극은 늘 그리움이었다. 먼 길을 돌아 다시 연극으로 돌아왔다. 내 시작이 연극이었던 것처럼 어디를 돌아가든 종착지는 연극이 될 것이다. 그것이 내가 정한 나의 운명이다.

유쾌한 하이코미디, 대학살의 신

황당한 실수가 일어났다. 100년에 한 번 나올까 말까 한 실수였다.

2009년 본격적으로 연극을 제작하기로 결정하면서 우리 관객들에게 시차 없는 연극을 보여주고 싶었다. 한때, 우리나라 뮤지컬 시장은 '호랑이 담배 먹던 시절'의 작품들이 판을 치고 있었다. 오래됐다고 나쁜 작품은 아니지만, 우리나라 컴퍼니들은 라이선스 비용을 주지 않기 위해 브로드웨이의 30~40년 전 레퍼토리만 올렸다. 저작권자들이 비교적 관심을 덜 가지는 작품을 몰래 가져와서는 짧게 공연을 한 다음 막을 내려버렸다. 1990년대 말까지 그런 짓을 하고 있었다. 치사하게 남의 작품을 몰래 써먹는 것도 그렇고, 철 지난 작품들만 무대에 올리는 것도 싫었다. 나는 지금 브로드웨이와 웨스트엔드에서 공연하고 있는 작품을 관객들에게 보여주고 싶었다. 앞에서도 이야기했지만, '한국은 믿지 못하겠다'는 저작권 대행사를 설득해 국내 최초로 현지에서 성황리에 공연 중인 작품을 정식 라이선스 협약을 맺고 들여온 작품이 〈더 라이프〉다. 독자들은 '무슨 호랑이 담배 먹는 시절 이야기냐'고 하실지 모르겠지만 그리 오래된 이야기가 아니다. 〈더 라이프〉의 첫 공연이 1998년이다. 불과 10여 년 전의 일이다. 지금은 그런 일이 없다. 오히려 정반대라고 할까? 한국 컴퍼니들끼리 경쟁하느라 라이선스 비용이 천정부지로 치솟고 있다. 이래저래 바람직한 현상은 아니다.

본론으로 돌아와서, 시차 없는 뮤지컬을 보여주고 싶었던 것처럼 연극도 시차 없는, 따끈따끈한 연극을 보여주고 싶었다. 과거보다는 덜 해도 여전히 시차가 존재하고 있기 때문이다. 이런 이유로 2009년 토니상에서 작품상, 여우주연상, 연출상을 받은 〈대학살의 신〉을 시상식이 끝난 직후 라이선스 계약을 맺었다. 1998년부터 해외에서 신뢰를 쌓아온 신시였기에 쉽게 계약이 성사되었다. 참고로, 브로드웨이 공연계에서는 나를 '브로드웨이 박'이라는 닉네임으로 부르는 사람이 꽤 있다.

〈대학살의 신〉은 우리나라에서 고정 레퍼토리가 된 〈아트〉라는 연극을 쓴 야스미나 레자의 작품이다. 제목만 보면 선혈이 낭자할 것 같지만 이 작품은 하이코미디다. 애들 싸움이 어른 싸움으로 번지는 과정에서 프랑스 상류사회의 가식과 위선을 적나라하게 보여준다.

작가의 언어인 불어로 된 것을 번역하기로 했다. 번역은 제2의 창작이라 할 만큼 어렵다. 코미디는 특히 더 그렇다. 까딱하면 3류 코미디가 되어버리거나 별나라 이야기가 되고 만다. 서울여대 불어불문학과 임수현 교수에게 번역을 부탁드렸는데, 성실함의 소유자인 임수현 교수는 대본을 자근자근 씹어서 차분하게 번역해주었다. 그것도 부족해 연습장에 여러 번 나와서 필요한 부분을 설명해주는 등 많은 도움을 주었다.

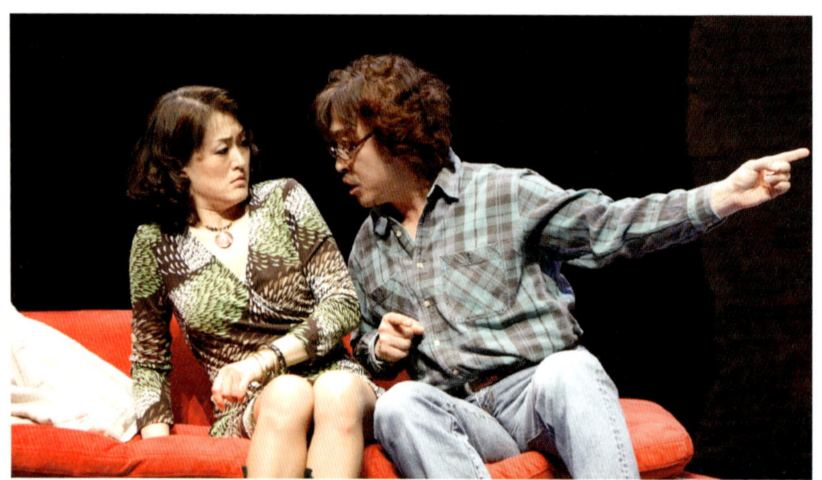

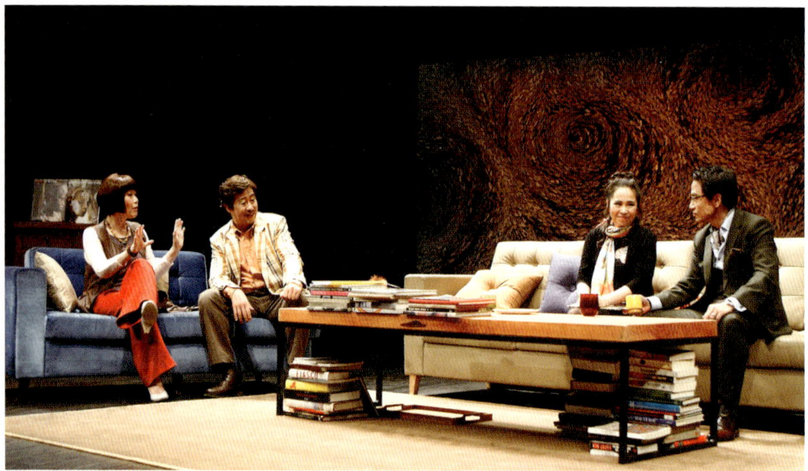

〈대학살의 신〉은 제목만 보면 선혈이 낭자할 것 같지만,
프랑스 상류사회의 가식과 위선을 보여주는 하이코미디다.

　황당한 실수는 훌륭한 번역본이 나오고 난 뒤에 벌어졌다. 우리는 연출가 선정을 위해 손진책 선생께 대본을 보냈다. 마당놀이 30주년 행사를 비롯해 여러 가지로 바쁘신 건 알고 있었지만, 시간이 되어서 연출을 해주시면 좋고 아니면 작품에 맞는 연출가를 추천해달라는 뜻이었다. 그때 손진책 선생께 〈대학살의 신〉과 〈33개의 변주곡〉이라는 작품의 대본을 함께 보냈다. 〈33개의 변주곡〉은 공연시간은 많이 남아있었지만 미리 연출가를 추천받아두려 했던 것이다.

　나는 어른들께 자주 의논을 드리는데, 그러면 애매하거나 갈팡질팡했던 부분들이 명료하게 정리된다. 때로는 내가 전혀 생각 못한 것까지 짚어주신다. 손진책 선생은 〈대학살의 신〉은 김동현 연출에게, 〈33개의 변주곡〉은 한태숙 연출에게 맡기라고 깔끔하게 정리해주셨다. 김동현 연출은 개인적으로 인연은 없었지만 그가 만든 작품들을 알고 있었고, 한태숙 선생은 나도 잘 아는 분이었다. 두 분 다 맞겠다는 생각이 들었다.

　여기서 사고가 발생했다. 최경화 팀장이 무슨 착각을 했는지, 한태숙 선생께 〈대학살의 신〉 대본을 보낸 것이다. 또 금방 잘못 보냈다는 걸 알고는 〈33개의 변주곡〉을 다시 보내드렸다. 그것으로 정리가 된 줄 알았는데 한태숙 선생께서 "내가 〈대학살의 신〉을 해보면 어떨까?"라며 코미디에 욕심을 내셨다.

"〈33개의 변주곡〉이 나랑 맞을 거 같긴 해요. 내 스타일하고도 맞고 아주 격조 있긴 한데, 내가 이번에는 코미디를 한번 해보고 싶어요."

한태숙 선생은 자기만의 색깔을 고집하는 분으로 주로 무거운 작품을 해왔다. 진지하고 깊이 있는 주제의 작품을 그만의 상상력으로 무대 형상화해서 국내뿐만 아니라 세계에서도 큰 주목을 받고 있는 연출가다. 그러나 코미디는 해본 적이 없는 것으로 알고 있었다. 그런 분이 〈대학살의 신〉을 하고 싶다고 하는 건 그만큼 작품에 끌린다는 뜻이었다.

"작품이 군더더기 없이 너무 깨끗해서, 내가 해보고 싶은 스타일의 작품이에요."

그래서 느닷없이 연출이 뒤바뀐 전대미문의 사건이 발생했다. 코미디를 해보지 않은 연출가지만 워낙 독창적으로 잘 만드는 분이라 걱정하지 않았다. 또 연습벌레로 소문이 나 있어서 나도 '언제 저 분 모시고 작업하고 싶다'는 생각을 더러 했었다. 실제로 작업을 해보니 소문은 소문일 뿐이었다. 소문보다 더 지독하셨다. 연출과 배우가 만나면 초반에는 대본 읽고 토의하고 두세 시간 만에 끝나는 게 보통이다. 그런데 처음부터 반나절 내내 대본을 읽고 토론을 하셨다. 동작선 들어가니까 밤늦게까지 연습하기가 예사였다. 그러니까 한태숙 선생과 작업을 하는 배우들은 스케줄을 다 비워두어야 한다.

여배우 두 명은 어렵지 않게 캐스팅했다. 연극가족으로 유명한 오현경, 윤소정 선생의 딸인 오지혜는 제 발로 '연습 지옥'으로 들어왔다. 이 작품을 한다는 소문을 듣고 같이하고 싶다며 여러 번 전화가 왔었다. 그래서 진즉에 대본을 보냈었다. 오지혜는 오랜만의 연극인데다, 하고 싶었던 작품이라 들떠 있었다. 또 다른 여배우는 한태숙 선생과 콤비쯤 되는 서주희라는 배우를 캐스팅했다.

그 다음 남자배우 두 명을 캐스팅해야 하는데 이때부터 난관에 부딪혔다. 작품 이야기를 하면 다들 하고 싶어하는데 연출이 한태숙 선생이라니까 고개를 흔들었다. 다른 스케줄 때문에 연습시간을 맞출 수 없다는 것이었다. 한태숙 선생과 사무실 식구들이 배우들 목록을 쭉 펴놓고 고민에 고민을 거듭했다. 그리고 그 중 '그 작품이라면 모든 스케줄을 비우겠다'고 한 두 명을 섭외했다. 박지일과 김세동이 그들이다.

대본, 연출, 배우의 진용을 갖추고 보니 안 먹어도 배가 불렀다. 저렇게 좋은 대본으로, 저렇게 독창적인 연출가가 작품 하나만 보고 달려든 배우들과 전투적인 연습량을 소화한다면 틀림없이 좋은 작품이 나올 거라고 확신했다. 한태숙 선생은 바쁜 일정 중에 짬을 내어서 최경화 팀장과 함께 뉴욕에 가 직접 연극을 보고 왔다. "너무 좋았다"고 하시면서 "한국에서는 전혀 다르게 만들 거다"라고 하셨다.

과연 무대는 독창적이었고 평가도 좋았다. 평단에서는 한태숙 연출이 코미디도 잘 만든다는 평가를 내놨다. 나도 보고 또 보고 한 작품이다. 하지만 흥행에는 성공하지 못했다. 우리는 제목의 무거움 때문이라고 분석하고 있다.

'〈대학살의 신〉이라니 얼마나 심각하고 무거울까? 어쩌면 어깨가 결릴지도 몰라.'

관객들은 제목만 보고도 이런 생각을 했을지 모른다. 거기다 연출과 배우들을 봐도 코미디와는 거리가 먼 사람들이다. 홍보 계획을 세우면서 제목을 바꾸자는 의견도 있었다. 실제로 바꿔보려고 다른 제목들을 뽑아봤지만 원작의 뉘앙스를 살리면서도 조금 가벼운 느낌을 주는 것은 없었다. 그래서 모든 홍보물에서 제목의 글씨체를 유머러스하게 표현해서 '이 연극은 심각하게 보는 연극이 아니에요'라는 점을 부각시키려 했지만 관객들에게는 들리지 않았던 모양이다. 오히려 '담이 결릴지언정 무거운 연극을 한 편 보겠다'고 온 관객들에게는 너무 가벼워 보였을 수도 있겠다. 그래도 작품이 워낙 좋고 출연배우도 네 명밖에 되지 않으니 고정 레퍼토리로 하면 좋을 작품으로 점찍었다.

좋은 작품이 큰 관심을 받지 못해 뒷맛이 아쉬웠는데 다행히도 연말에 깔끔하게 해소되었다. 〈대학살의 신〉이 그해 대한민국연극대상에서 대상,

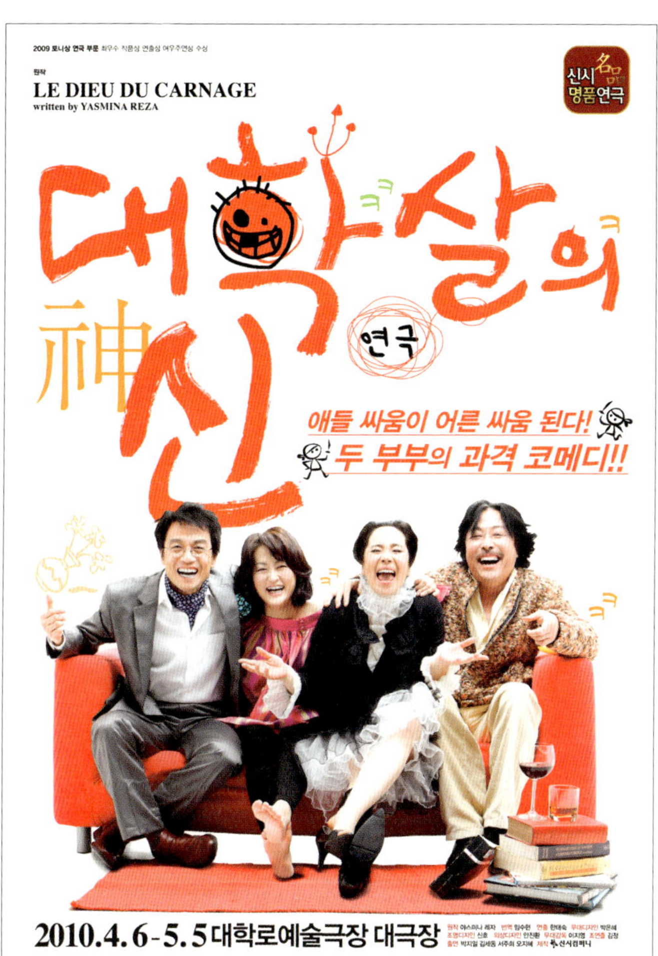

2009 토니상 연극 부문 최우수 작품상 연출상 여우주연상 수상
원작
LE DIEU DU CARNAGE
written by YASMINA REZA
신시 명품연극
대학살의 神 신
연극
애들 싸움이 어른 싸움 된다!
두 부부의 과격 코메디!!
2010.4.6-5.5 대학로예술극장 대극장

여우주연상, 연출상까지 받은 것이다. 10여 년 만에 연극으로 상을 받으니 기분 좋고 보람도 느꼈다. '더 좋은 작품, 더 많은 작품을 하라는 의미로 알 겠다'는 것이 나의 수상소감이었다. 그 후로도 계속 연극을 만들고 있으니 까 상의 의미는 충분히 살리고 있는 셈이 아닐까? 거기다 한국문화예술위 원회에서 좋은 작품을 선정해서 주는 사후지원금도 받았다. 지원금이 무려 8,000만 원. 빈집에 소가 들어와 손실을 메우고도 남았다. 그 덕분에 예술의 전당 자유소극장에서 두 달간 재공연까지 할 수 있었다.

⋀⋀ 다양한 연극을 볼 권리, 33개의 변주곡

최경화 팀장의 실수로 〈33개의 변주곡〉을 맡은 김동현 연출은 연습량에서 한태숙 선생과 자웅을 겨룰 만했다. 손진책 선생의 추천으로 본 이전 연극 도 그렇고 우리 작품도 그렇고, 세심한 연출력을 갖고 있는 친구다. 미리 말 해두자면 그와 다른 작업도 해보고 싶다. 좋은 연출가라는 강한 인상이 남 아 있다.

〈대학살의 신〉과 얽혀 팔자에 없는 고생을 한 〈33개의 변주곡〉의 소재 는 제목 그대로 천재 음악가 베토벤의 변주곡이다. 연극 전체를 관통하는 질문은 '베토벤은 왜 그랬을까?'다.

1819년 베토벤과 동시대에 살던 악보 출판업자 안톤 디아벨리는 자신이 작곡한 시시한 왈츠곡을 오스트리아에 사는 유명한 작곡가들에게 보내 변주곡을 하나씩 써달라고 부탁한다. 음악적인 것과는 전혀 상관없는, 오로지 자신의 새 회사를 홍보하고 자신의 곡과 작곡가들이 써준 변주곡을 묶어 출판하려는 의도였다. 왜 그랬는지는 알 수 없지만 당시 부탁을 받은 작곡가 50여 명 대부분이 변주곡을 써주었다고 한다. 그 중에는 슈베르트, 체르니, 리스트 등 우리도 아는 음악가도 포함되어 있었다.

출판업자의 요청을 거절한 몇 안 되는 사람 중에 베토벤이 있었다. 그는 왈츠 형식을 싫어했다. 특히 출판업자의 곡을 '구둣방의 가죽조각'이라며 악평을 서슴지 않았다. 그의 초상화에서도 느껴지는 괴팍함이라면 충분히 그럴 수 있다고 여겨진다. 그런데 무슨 일이 일어났는지 다시 출판업자의 제안을 받아들인 베토벤은 23개의 아주 다채로운 변주곡을 완성한다. 몇 년 동안 잠시 손을 놓았다가는 10개의 변주곡을 추가로 작곡했다. 이때 작곡한 33개의 변주곡이 '디아벨리 변주곡'이다.

연극은 루게릭병에 걸린 현대의 한 음악학자가 이 변주곡에 얽힌 미스터리를 풀어나가는 과정을 그린다. 인생의 마지막을 '디아벨리 변주곡 미스터리'를 푸는 데 바치기로 한 음악학자는 죽는 순간까지도 삶의 열정을 놓지 않는다.

뉴욕에서 〈대학살의 신〉과 같은 시즌에 공연된 〈33개의 변주곡〉은 평론가들의 찬사를 받으며 토니상 작품상, 여우주연상 등에 노미네이트되었고, 무대디자인상을 수상했다. 그리고 제인 폰다가 46년 만에 브로드웨이로 돌아와 음악학자 역을 맡은 것으로도 화제가 되었다. "굉장히 고급스러운 연극이고 작품 자체가 음악을 소재로 했기 때문에 다른 연극과 차별화된다"라고 일본의 저작권 대행사 '네일러 하라 인터내셔널'의 마틴 네일러가 소개해주었다. 대본을 받아서 보니 변주곡 미스터리는 소재일 뿐 주제는 아니었다. 생의 마지막을 불태우는 음악학자의 집념, 딸과의 갈등을 풀어가는 가족의 이야기가 묵직한 감동을 안겨주는 작품이다. 김동현 연출의 말을 빌리자면, '보이지 않는 것, 들리지 않는 것을 찾아가는 여정 속에서 이미 존재하고 있는, 앞으로도 영원히 있을 삶의 의미와 순간들을 비로소 만나게 되는 이야기'다.

캐스팅은 정상급 배우들로 채워졌다. 베토벤 역은 박지일 배우가 무조건 하겠다고 했다. 박지일 배우는 7년 동안 〈맘마미아!〉에서 빌 역할을 했고 〈대학살의 신〉에서도 주연을 맡았다. 어떻게 해서든 자기 역할에 맞는 캐릭터를 만들어내고야마는 대학로의 간판 배우다. 이 공연을 통해 근래 했던 역할 중 가장 카리스마 있는 연기를 보여주었다는 평가를 받았는데, 내

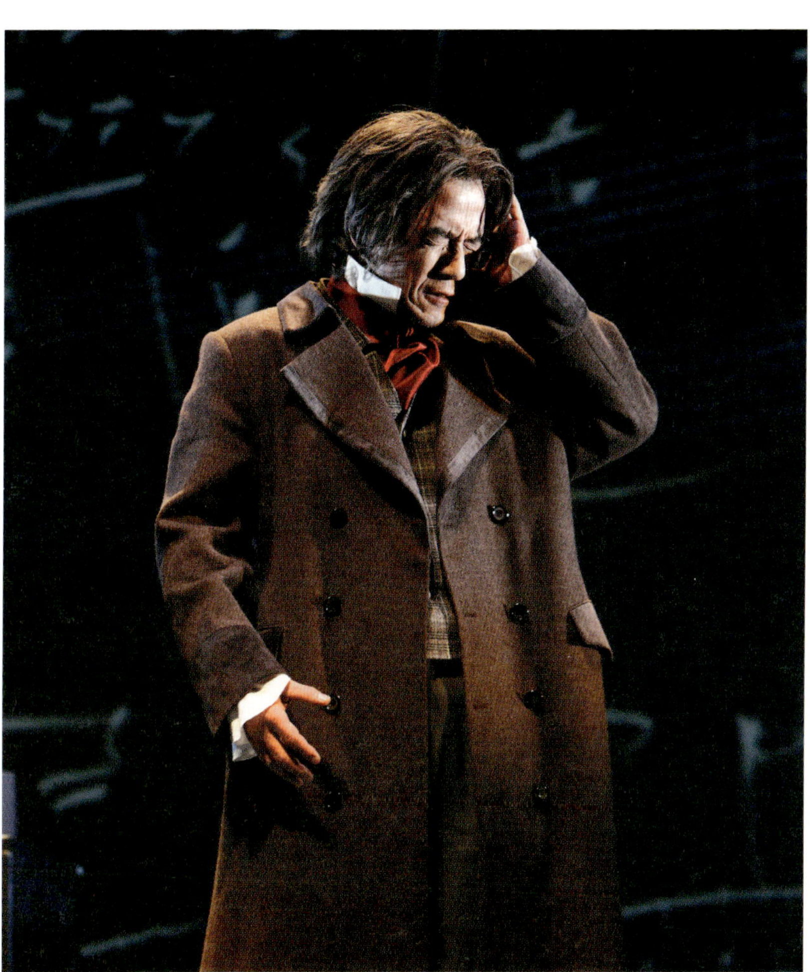

가 보기에도 가장 '박지일스러운 인물'이었다.

출판업자 역은 이호성 선배가 맡았다. 이름은 낯설어도 얼굴을 보면 '아, 이 사람!'이라고 할 배우다. 영화와 드라마에서 감초 역할을 톡톡히 해내는 분이다. 낙천적인 성격에 사람과 술을 워낙 좋아해서 후배들이 고생깨나 했다. 연습 끝나면 꼭 술 한 잔 하자고 하는 바람에 후배들의 '핑계 창작력'을 높여주셨다고 한다. 어쩌면 이호성 선배 덕분에 공연이 끝날 때까지 팀 분위기가 화기애애했는지도 모른다. 그외 길해연, 박수영, 이승준, 서은경 등 대학로 토박이라 할 만한 배우들이 캐스팅되었다.

독자들은 음악학자 역을 맡은 배우에 대한 소개가 빠졌다는 것을 아실 것이다. 이 배역과 관련해 우여곡절이 많았다. 한태숙 연출에게 이 작품의 소문을 듣고 박정자 선생이 자발적으로 하시겠다고 하여, 최상의 캐스팅이 자연스럽게 정해졌다. 그런데 한창 연습을 하던 중 건강에 문제가 생겨 선생이 도중 하차하셨다. 공연이 40일도 안 남은 시점이었다. 연출과 배우들, 사무실 스태프들 모두 갑작스런 사태에 혼비백산이었다. 나도 2, 3일을 이마에 물수건을 싸매고 보냈다.

작은 배역이라면 한 달 남짓 남았으니 새로운 배우를 찾으면 된다. 그런데 비중이 큰 역할인데다 대사량도 엄청나다. 젊은 배역이라면 그나마 사람이 많을 텐데 나이가 지긋한 여배우는 찾기가 더 어렵다. 모두들 지금이라도 공연을 취소해야 하는 거 아니냐는 생각을 했을 것이다. 그래도 공연을 한 달 앞둔 시점에서 그만두기에는 지금까지의 노력이 너무 아까웠다. 힘들겠지만 우선 대안을 찾아보고, 며칠 내에 대안을 찾지 못하면 접자는 쪽으로 결론이 났다.

숨 돌릴 틈도 없이 후보들을 놓고 고민을 했다. 김성녀 선생께 부탁을 해볼까 했는데 다른 일정 때문에 도저히 시간이 안 되었다. 몇 분 되지도 않는 후보들 중에서 한 명, 한 명 이러저러한 이유로 제외될 때마다 속이 타들어갔다. 그 와중에 빛나는 이름 하나가 있었으니 윤소정 선생이다. 윤소정 선생은 평소 자신을 내세워 소리 내지 않으나 한번 마음먹고 무대 위에 서면 그 연기맛이 유달리 멋스럽고 깊은 분이다. 윤소정 선생이 유일무이한 대안이라는 데 연출, 배우, 스태프 모두 동의했다. 역시 숨도 안 쉬고 연락을 취했더니, 아뿔싸 몇 달 쉬신다고 미국에 가 계신다고 했다. 그때 우리는 윤소정 선생을 모셔올 수만 있다면 지옥에라도 갈 요량이었다. 나를 비롯해 우리 스태프와 배우들, 윤소정 선생과 조금이라도 안면이 있는 사람들은 모두 전화를 드렸다.

"그럼, 대본이라도 보내봐!"

'대본 보내겠다', '대본 보내라'는 말을 수없이 하고 수없이 들었지만, 그렇게 반가운 적은 처음이었다. 대본을 보내드리고 난 후, 선생은 어떠셨는

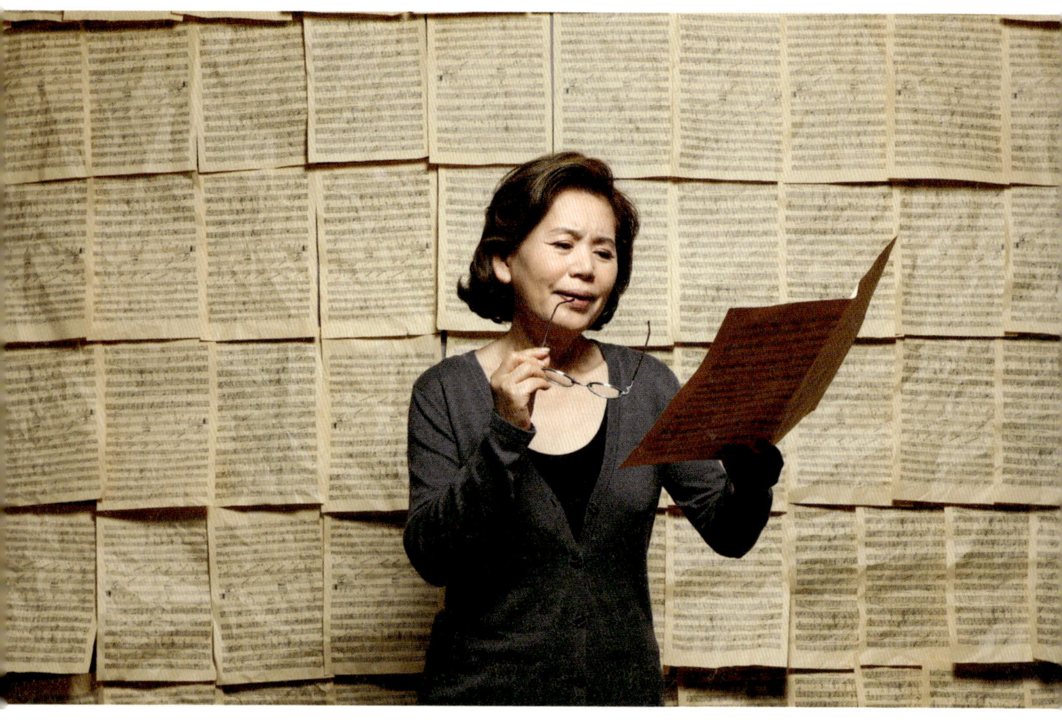

윤소정 선생이 유일무이한 대안이라는 데 연출, 배우, 스태프 모두 동의했다.
우리는 선생을 모셔올 수만 있다면 지옥에라도 갈 요량이었다.

지 모르지만 한국에 있는 우리들은 애가 탔다. 배우는 시간 내기가 어려워도 작품이 마음에 들면 어떻게든 시간을 만든다. 반대로 시간이 아무리 많아도 작품이 마음에 들지 않으면 하지 않는다. 경험을 쌓아야 하는 젊은 배우라면 또 몰라도 윤소정 선생이 마음에 들지 않는 작품, 끌리지 않는 배역을 할 까닭이 없다. '작품이 별로다', '배역이 나랑 맞지 않는다'라고 하시면 더 이상 매달릴 방법이 없다.

드디어 전화벨이 울리고 나는 주상전하의 어명을 받는 심정으로 전화를 받았다.

"대본이 좋다. 그리고 박명성 때문에 거절할 수가 없네. 어렵다니 내가 건져줘야지. 내가 내일 비행기 타고 갈게."

천국에서 울리는 종소리가 이보다 반가울까? 선생은 입국하신 다음날, 바로 연습에 돌입하셨다. 그 연세에 여독이 풀리기도 전에 나오셨으니 얼마나 고단하실까 싶었지만, 그런데도 푹 쉬고 나오신 것처럼 연습을 하시는 열정과 책임감을 보고 나를 포함한 후배들이 느끼는 게 많았다. 다시 한 번 깊은 존경이 우러나오는 시간이었다.

우리는 선생 덕분에 큰 고비를 넘겼지만, 그 고비의 무거움을 선생께서 지셨다. 연습을 시작하고 2주, 공연까지 남은 시간 역시 2주가 남았을 때 대상포진 진단을 받으셨다. 극도의 스트레스와 피로감 때문에 면역력이 떨어

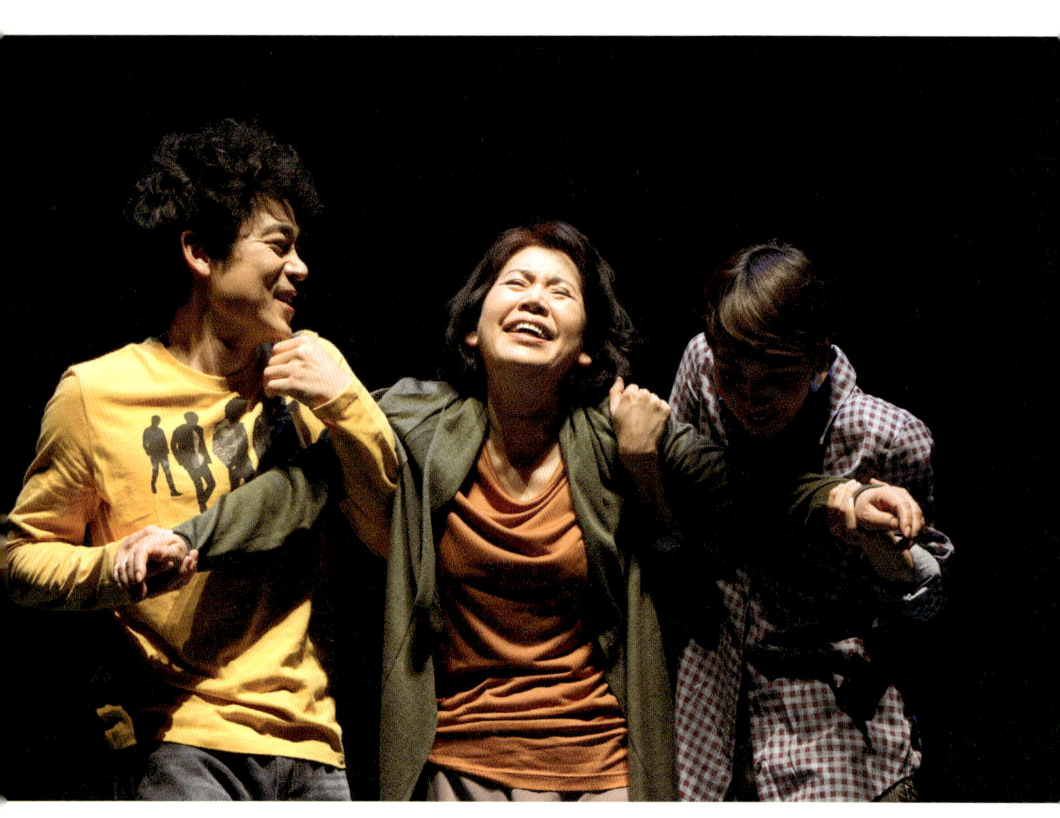

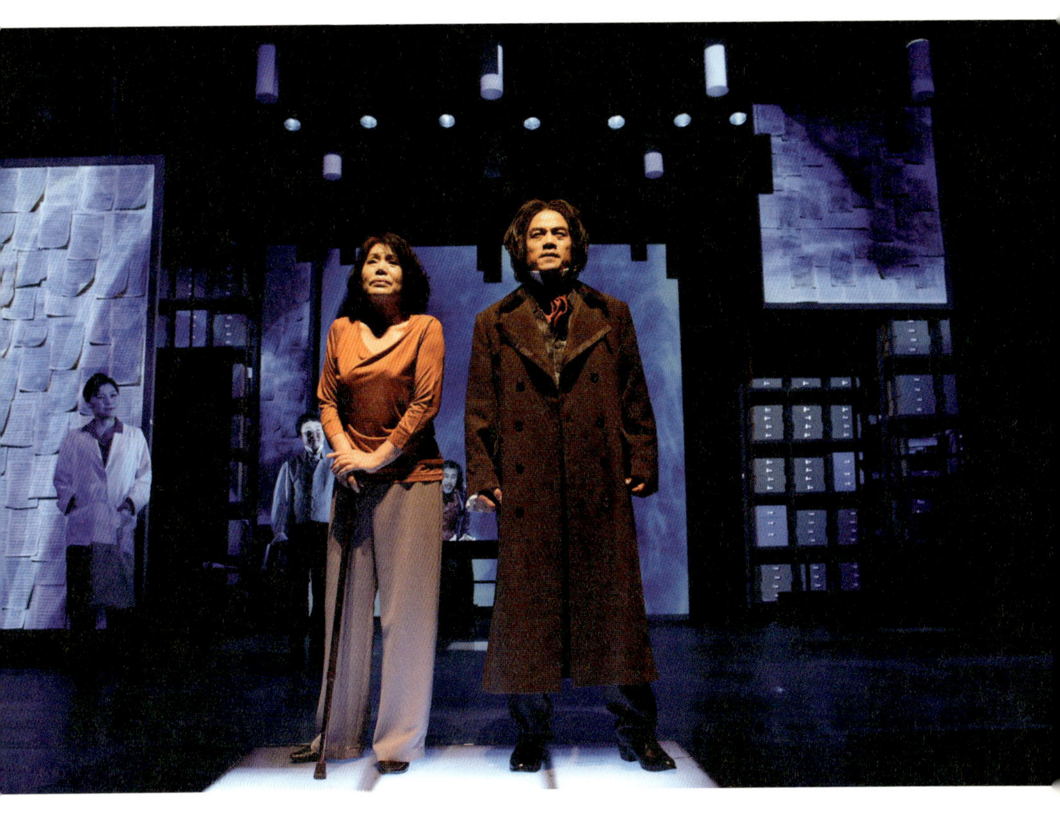

관객들은 다양한 연극을 골라 볼 권리가 있고
그 권리를 보장해주어야 하는 것이 프로듀서의 임무다.

졌기 때문이었다. 심한 경우 사망에 이를 수도 있는 대상포진은 마약성 진통제를 사용해야 할 만큼 통증이 심한 경우도 있다고 한다. 너무 죄송하고 안쓰러운 마음에 '주말 하루라도 쉬시라'고 했다가 핀잔을 들었다.

"지금 쉴 시간이 어디 있어! 대사 외우기도 바쁜데. 내가 박명성이 때문에 살 수가 없어."

젊은 사람이었다면 극심한 통증을 이겨내고 공연을 다 마치지는 못했을 것 같다. 연극에 대한 열정, 과정이야 어찌됐든 자신이 참여한 작품이 잘못되면 안 된다는 책임감이 병을 이겨낸 동력이 아닐까 생각한다. 선생은 공연이 끝나고서야 '내가 괜히 한다고 그랬다가 후회도 많이 했다'고 농담처럼 말씀하셨다.

나는 윤소정 선생과 작업하면서 다시 한 번 뼛속까지 느꼈다. 선생같이 우리 연극계를 지켜온 중견 원로배우들의 연극에 대한 깊은 사랑은 한없다는 것을. 요즘 조금만 이름이 뜨면 출연료부터 올리는 일부 젊은 연극인들이 배워야 할 게 많다는 것을 새삼 생각했다.

우여곡절이 많았음에도 모두들 열심히 노력해준 덕분에 수준 높은 공연이 탄생했다. 음악을 사랑하는 관객들이 오는 걸 보면서, 힘들었지만 공연하기를 잘했다는 생각도 했다. 고생해서 만든 연극, 수준 높은 연극이 관객의 사랑까지 듬뿍 받았으면 '금상첨화, 고진감래'라 하겠는데 그러지는 못했다. 폭풍 같은 드라마 없이 극 내내 흘렀던 33개의 변주곡처럼 잔잔한 드라마였던 탓에 관객 확보에 어려움이 있었다. 도중에 문제를 겪으면서 홍보 마케팅에서 실기를 한 것이 무엇보다 아쉽다. 관객을 꽉꽉 채워드리지 못해 고생한 연출과 배우들, 특히 윤소정 선생께 미안했다. 그래도 430석 극장에서 두 달 동안 공연을 하면서 객석의 반은 채웠다.

흥행에 실패했다고 작품이 실패한 것은 아니다. 관객들에게 고급스러운 연극을 보여주었다는 것, 몇 번씩 본 관객들이 있다는 것에 만족한다. 클래식 음악을 소재로 한 작품이니, 누가 보아도 폭넓은 대중의 지지를 받기는 어렵다. 그러나 그런 연극을 원하는 관객들도 분명히 존재한다. 관객들은 다양한 연극을 골라 볼 권리가 있고, 그 권리를 보장해주어야 하는 것이 프로듀서의 임무다. 지금 대학로에서는 개그쇼 같은 연극이 티켓 판매 순위에서 상위를 차지한다. 잘 팔린다고 모두 그것만 하면 그 안에서 우리끼리 말라 죽는다. 이런 연극을 하는 극단도 필요하고, 저런 연극을 하는 극단도 필요하다. 기상천외한, 개성 넘치는, 지금껏 보지 못했던 연극을 관객들에게 제공하는 것, 그것이 신시가 연극을 하는 이유다.

ᛙᛙ 우연 혹은 필연, 가을소나타

공연을 제작하다 보면 뜻밖의 장소에서 무대에 올릴 작품을 만나고 배우를 캐스팅하는 일이 있다. 물론 그 계기는 모두 사람이다. 2009년 초 우연한 자리에서 손숙 선생을 뵌 적이 있었다. 그 자리에서 손숙 선생이 〈가을소나타〉라는 작품이 있는데 배우로서 꼭 해보고 싶다, 같이 해보지 않겠느냐고 말씀하셨다. 알고는 있는 작품이었지만 우리가 한다는 생각은 못하고 있었는데, 선생의 말씀을 듣고 보니 솔깃했다.

〈가을소나타〉는 연극계 사람이라면 다들 아는, 연극과는 상관없는 사람이라도 연출의 이름은 들어봤음직한 작품이다. 잉마르 베리만, 〈산딸기〉, 〈마적〉, 〈제7의 봉인〉. 잉마르 베리만은 우리에게 영화감독으로 잘 알려져 있다. 하지만 그는 100여 편의 연극을 무대에 올린 연극인이기도 하다. 〈가을소나타〉는 1978년 잉마르 베리만이 극본을 쓰고 영화 연출을 한 작품이다. 잉마르 베리만에 대한 이야기를 하자면 책 한 권으로도 모자란다. 여기서는 그를 지칭할 때 '거장'이라는 수식어가 따라다닌다는 말로 갈음한다.

나는 그 자리에서 해보겠노라고 말씀드리고 다음날 바로 대학로 예술극장을 대관했다. 생긴 지 얼마 안 되는 극장이라 '저기서 좋은 연극을 한번 해봐야겠다'고 벼르고 있던 차였다.

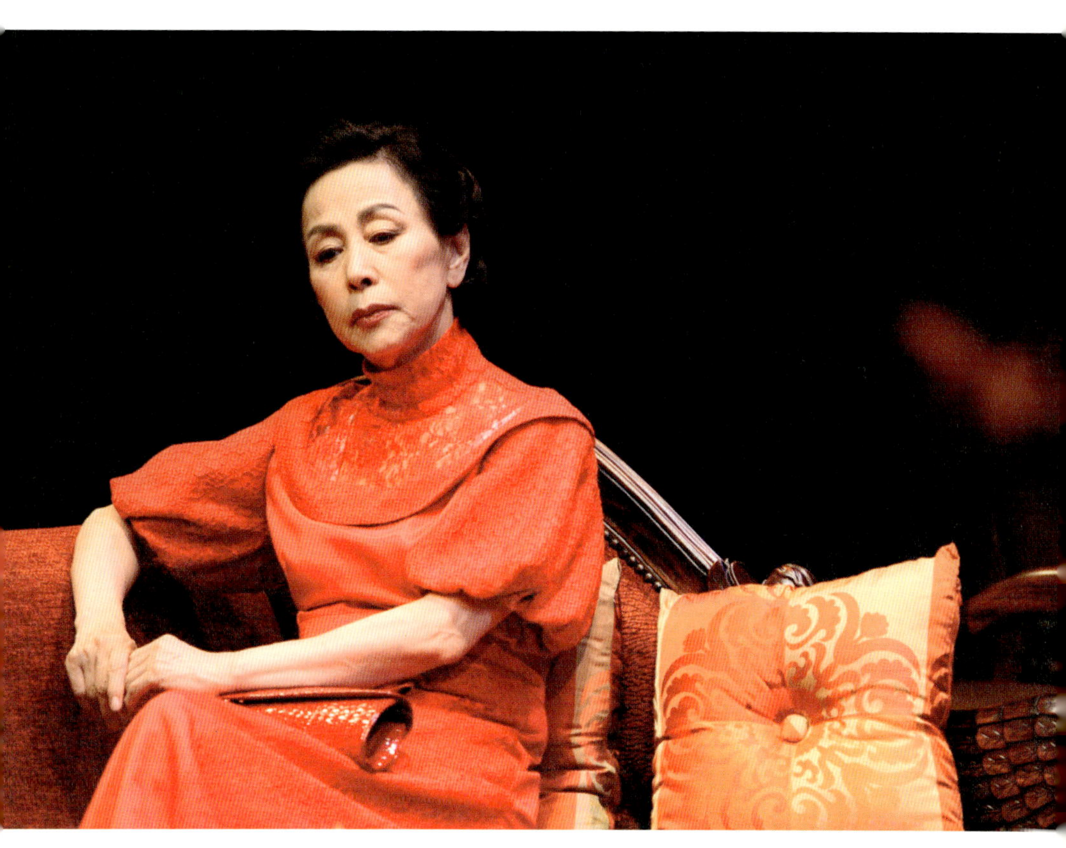

〈가을소나타〉에는 네 명의 등장인물이 나온다. 유명 피아니스트인 엄마, 그런 엄마에게 열등의식을 느끼는, 그러면서도 사랑 받기를 원했기에 감정을 숨기기 바빴던 큰딸, 그리고 장애를 가진 작은딸, 큰딸보다 스무 살이나 많은 사위.

엄마 역할은 이미 정해졌으니 걱정할 게 없었다. 연출은 손숙 선생이 박혜선을 추천했다. 제45회 동아연극상에서 신인연출가상을 받은 젊은 여성 연출가다. 엄마와 딸의 이야기니까 여성의 감성을 잘 아는 여성 연출이 제격이었다. 오랫동안 고민하고도 찾지 못한 배역이 큰딸이다. 큰딸은 엄마와 갈등을 일으키며 이야기를 끌어나가는 중심축이다. 무대에서 손숙 선생과 '대결'할 만한 내공도 있어야 한다. 공연기간도 한 달이니까 스케줄도 되고 자기 관리도 잘하는 여배우가 필요했다.

마땅한 배우가 없어서 조바심이 나기 시작하던 즈음, 전화 한 통을 받았다. SBS의 하금열 사장이셨다. 한 달 전 아버지께서 돌아가셨을 때 문상을 와주셨는데 상 치르느라 고생했다며 소주나 한 잔 하자셨다.

비가 폭포처럼 내리던 여름날, 비를 뚫고 간 자리에는 다른 분들도 같이 있었다. 〈웃어요, 엄마〉, 〈천사의 유혹〉, 〈아내의 유혹〉을 쓴 김순옥 작가, SBS 제작본부장, 〈시티홀〉, 〈천일의 약속〉을 제작한 예인문화의 이명숙 대표, 그리고 추상미가 있었다. 추상미가 출연한 드라마 〈시티홀〉이 끝나고 겸사겸사 모인 자리 같았다.

"요즘 공연 뭐 준비하세요?"

"손숙 선생을 모시고 〈가을소나타〉라는 작품을 준비하고 있어요."

다들 '이 바닥'에 있는 분들이라 '아!' 하는데 유독 눈이 커지는 사람이 있었다.

"〈가을소나타〉요? 아, 저 그 작품 정말 하고 싶었는데!"

그 말을 듣는 그 짧은 순간에 내가 아는 추상미에 관한 데이터를 큰딸 역에 대입해보았다. 싱크로율이 100퍼센트다.

"너 진짜 할래?"

"네, 진짜 할게요!"

"그럼 진짜 캐스팅했다?"

"예! 그럼요."

우연한 자리에서 건진 뜻밖의 수확이었다. 추상미는 1996년 신시에서 올린 차범석 선생의 작품 〈바람 분다, 문 열어라〉에 출연해 백상예술대상 신인상을 받은 적도 있다. 언젠가 한번은 추상미랑 작업을 해야겠다 생각했는데 번번이 시간이 맞지 않았다. 노래도 곧잘 하니까 뮤지컬을 해도 좋은 배우다.

주요 배역이 캐스팅되었으니 나머지는 어렵지 않았다. 큰딸의 남편 역은 〈사운드 오브 뮤직〉, 〈유린타운〉 등에 출연했던 박경근 씨가 맡았다. 조용히 자기 일을 다하는 성실한 배우다.

작은딸은 이태린에게 맡겼다. 작은딸 역은 참 쉽고도 어렵다. 극 내내 침대에 누워 있고 대사가 한 마디도 없다. 끝까지 그런 거면 내가 가발 쓰고 누워 있어도 되는데 마지막에 비명을 지르며 침대에서 떨어지는 장면이 있다. 엄마와 딸의 소통 부재로 인한 고통을 상징적으로 보여주는 것이라 짧지만 강한 충격을 줘야 한다. 이태린은 커튼콜 때 박수를 많이 받았다.

12월이라는 공연 특수 기간에다 손숙 선생의 명성 덕분에 540석이 거의 매진 사례를 이어갔다. 무대장치를 포함해 2억 원 정도의 제작비가 들어갔는데도 공연 수익이 있었다. 좋은 작품에 무대를 풍요롭게 하면 연극이라도 장기공연에 성공할 수 있다는 자신감이 생겼다.

〈가을소나타〉는 우리가 명품 연극 시리즈를 만들게 된 직접적인 계기가 된 작품이다. 격조 있는 희곡에 좋은 배우들을 모셔다가 격 있는 연극을 만들자는 것, 코미디를 하더라도 한 번 웃고 마는 코미디가 아니라 하이코미디를 하고 문학성이 바탕이 된 감동 있는 연극을 올리자는 것이 신시 명품 연극 시리즈의 목표다. 일반적으로 '격조 있는', '명품', '명작' 등의 수식어가 붙으면 지루하다는 인상을 받기 쉽다. 묵직하고 진지한 작품은 지루한 감이 있을 수 있다. 하지만 한 시간 반 동안 지루해봐야 얼마나 지루하겠는

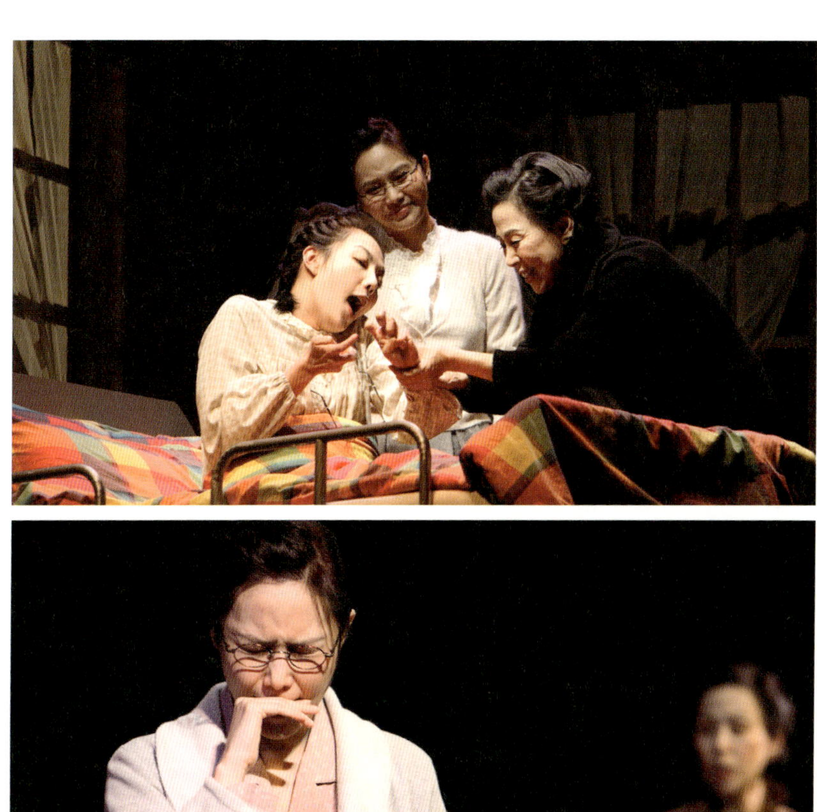

〈가을 소나타〉는 명품 연극 시리즈를 만들게 된 계기가 되었다. 좋은 작품에 무대를
풍요롭게 하면 연극이라도 장기공연에 성공할 수 있다는 자신감이 생겼다.

가. 설사 지루함이 느껴지더라도 그것은 극을 위한, 스토리의 흐름을 위한 지루함이다. 그 지루함이 깊은 감동을 위한 초석이므로 지루하다는 말은 성립되지 않는다. 마치 폭풍전야처럼 말이다.

〈가을소나타〉는 〈침향〉 이후 손숙 선생과 두 번째로 한 작품이다. 〈침향〉에서는 너무 많은 어른들이 계셔서 자주 뵐 기회가 없었다. 이 공연은 연습과 공연기간이 길고 출연진도 적어서 가깝게 뵐 수 있었다. 이때 손숙 선생의 진면목을 알게 되었다. 연습 나오시면서 한 번도 빈손으로 오시는 걸 보지 못했다. 치킨이며 케이크며 늘 후배들과 스태프들을 챙기는 마음을 보여주셨다.

〈담배 피우는 여자〉, 〈어머니〉, 〈셜리 발렌타인〉 등 수많은 연극에서 엄마 혹은 어머니로 불리는 여성의 인생과 사랑을 이분만큼 섬세한 감성의 올을 짜듯 보여준 배우는 없을 것이다. '엄마', 당신이 계셔서 연극하는 삶이 경이롭습니다.

웃을 수도 울 수도 없는 이야기, 푸르른 날에

'저런 걸물이 어디에 숨어 있다가 벼락같이 나타난 것일까?'

〈푸르른 날에〉의 정경진 작가에 대한 첫인상이다. 나름 어려운 질문인데 대답은 간단하다. 그는 목포에 있었고 지금도 목포에 있다. 정경진 작가는 2008년 〈홍어〉로 데뷔했다. 〈푸르른 날에〉가 제3회 차범석 희곡상을 받기 전까지 정경진이라는 사람을 전혀 몰랐다. 차범석 희곡상을 받은 희곡은 신시에 맡긴다는, 혹은 기껍고 감사하게 맡는다는 암묵적 약속에 따라 연극 제작을 맡았다. 차범석 희곡상은 2회와 4회 때에는 연극 부문에서 당선작이 없었다. 아직까지는 아는 것보다 모르는 게 더 많지만 지금까지 내가 본 정경진 작가는 낙천적이고 즐겁게 사는 걸 추구하는 사람인 것 '같다'. 태권도 사범이었던 적도 있단다. 여러 모로 탐구해보고 싶은 사람이다. 목포에서 만나 차를 마신 적도 있는데, 이 차가 또 신기하다.

차범석 희곡상은 차범석연극재단과 조선일보가 주관하는 상이다. 우리나라에서 가장 보수적이라는 신문에서 5.18을 다룬 희곡을 당선작으로 뽑았다는 것이 화제가 되었다. 하지만 정작 내 궁금증은 따로 있었다. 5.18 광주민주화운동을 소재로 다도(茶道)와 구도(求道)를 버무린 것이 〈푸르른 날에〉다. 차 문화에 대해 심도 있게 이해하지 못하면 다도 이야기를 쓸 수 없다. 더구나 '광주'와 다도를 엮는다는 건 보통 내공으로는 불가능한 일이다. 내 첫 질문이 바로 이거였다. 이번에도 대답은 간단했다. 정경진 작가는 해남 대흥사에 있는 초의문화관에서 다도를 배웠다고 한다. 초의문화관은 조선 후기의 스님으로 다도를 정립한 초의선사를 기리기 위한 곳이다. 아무튼 참 '신기한 사람'이라 알아가는 재미가 있을 것 같다.

역사적 사실을 다루는 것이 역사가의 일이라면, 그 역사 속에서 사랑하고 싸우고 욕망하고 좌절한 사람의 이야기를 다루는 것이 예술이 하는 일일 것이다. 〈푸르른 날에〉도 역사적 사실을 다루고 있지만 정작 이야기하고자 하는 것은 사람이다. 작가는 작품을 이렇게 정의한다.

'인스턴트식 만남과 헤어짐이 어느덧 쿨하다는 표현으로 자리 잡은 요즘, 사상과 시대를 초월한 러브스토리는 그저 진부한 구시대적인 향수인지도 모른다. 하지만 사람이 살아가는 데 있어서 사랑만큼 소중한 것이 있을까? 5.18광주민주항쟁과 다도를 접목한 〈푸르른 날에〉는 1980년대의 시대적 암울함과 맞물린 주인공들의 구도적 삶의 여정을 통해 사랑의 숭고함을 지향하는 한편, 궁극적으로는 사람과 사람이 마주 볼 수 있는 따뜻한 세상, 차별 없는 평온한 세상의 부활을 희구하는 작품이다.'

이 작품은 2009년에 차범석 희곡상을 받았고 2011년에 무대에 올려졌다. 수상한 이듬해에 공연을 해야 하는데 일정이 늦춰진 데에는 그만한 사정이 있었다. 2010년 신시는 많은 공연을 기획해서 스케줄 잡기가 만만치 않았다. 어떤 극장에서 할까, 곰곰이 연구하던 중에 평소 가깝게 모시는 명동예술극장의 구자흥 극장장의 전화를 받았다.

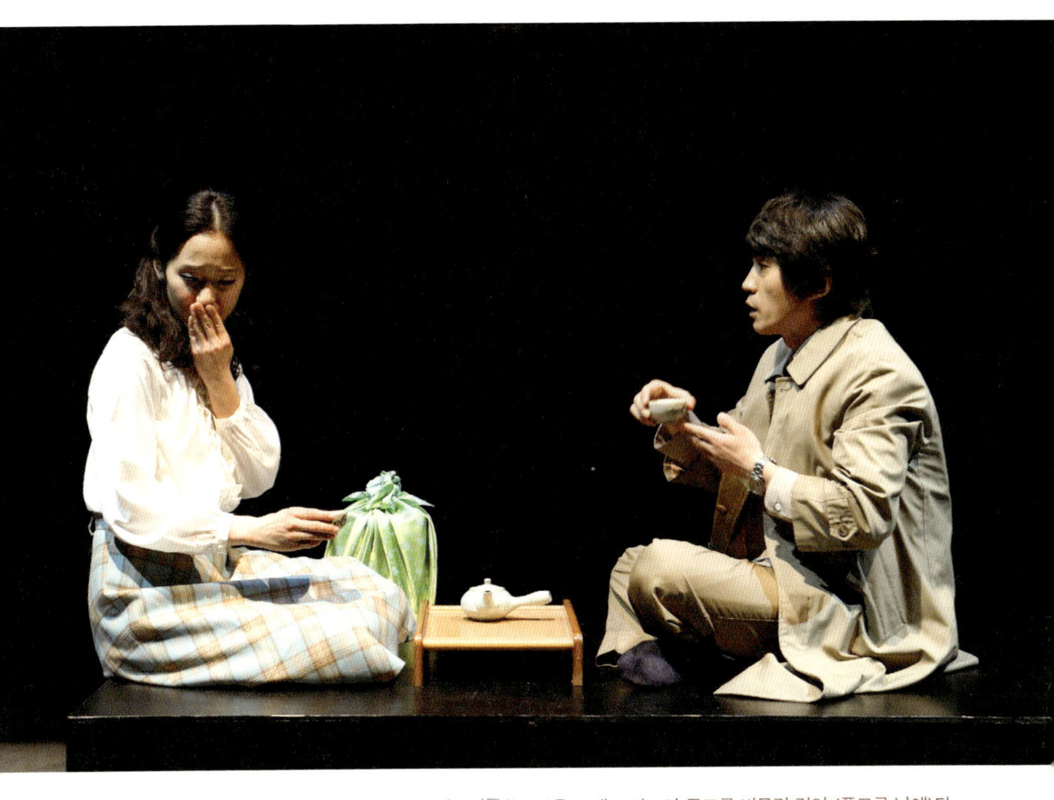

5.18광주민주화운동을 소재로 다도와 구도를 버무린 것이 〈푸르른 날에〉다.
'광주'와 다도를 엮는 건 보통 내공으로는 불가능한 일이다.

“〈푸르른 날에〉가 작품이 좋다는데 우리 극장에서 신시랑 공동제작을 했으면 좋겠어.”

‘작품이 좋다는데’라고 말한 사람은 이병훈 연출이다. 작가랑 인연이 있는지 대본을 받아서 읽었다는데, 작품이 좋고 상도 받은 작품이니 명동예술극장에서 해볼 필요가 있겠다며 적극 추천하셨다고 한다. 마다할 이유가 없었다. 나도 두 손 번쩍 들고 환영했다.

명동예술극장은 옛 명동국립극장으로 쓰였던 건물을 복원한 연극 전문극장이다. 이 건물에는 복잡한 역사가 숨쉬고 있다. 1934년 일본인 건축가의 설계로 지어진 이 건물은 처음에는 주로 일본영화를 상영하는 영화관이었다. 해방 이후 서울시공관과 중앙국립극장이 한 지붕 두 살림을 하다가 1961년에 온전히 국립극장 소유가 되었다. 1973년 국립극장이 장충동으로 옮겨가면서 이 건물은 국립극장 산하 ‘예술극장’으로 사용되다가 1975년에 장충동 국립극장의 건물신축비용 때문에 사기업에 매각되었다. 그 후로 오랫동안 공연과는 상관없는 건물로 있다가 문화예술계의 ‘명동국립극장 되찾기’ 운동에 힘입어 2004년 문화관광부가 다시 건물을 사들였고, 5년 후인 2009년 6월 5일 명동예술극장으로 개관한 것이다. 개관행사에서 원로 연극인들의 눈이 발개진 것은 청춘의 한 장면을 보낸 극장이 돌고 돌아 제자리로 되돌아왔기 때문이었다.

번쩍 든 두 손이 내려가기도 전에 스태프들과 회의를 해서 공연일정을 잡고 극장 쪽과 '구두 합의'까지 마쳤다. 그러고서 심재찬 선생께 연출을 부탁드리고 주인공을 비롯해 몇몇 주요 배역을 캐스팅했다. 작품도 좋고 또 명동예술극장은 배우라면 한 번쯤 서보고 싶은 무대여서 큰 문제 없이 캐스팅이 진행되었다.

한시름 덜었다 했는데, 얼마 뒤에 구자흥 극장장께서 만나자고 하셔서 갔더니 '일정을 연기했으면 좋겠다'고 하셨다. 캐스팅까지 된 마당이라 적잖이 당황했지만 그럴 만한 사정이 있었다. 명동예술극장은 개관 초기만 해도 객석 점유율이 높았다. 그런데 예술성 있는 작품 위주로 공연을 하다 보니 관객 수가 줄어들었고 극장장으로서는 입장이 난처했다. 정부 산하 기관이기는 해도 극장을 운영하는 입장에서는 '좋은 작품' 타령만 하고 있을 수는 없다. 관객이 올 수 있는, 스타가 캐스팅된 공연을 해서 사람들이 많이 와야 많은 돈을 들여서 개관한 데 대한 보답이 아니겠느냐고 하셨다. 같이 '예술경영'을 하는 입장에서 100퍼센트 이해하고도 남음이 있었다.

난처한 입장을 알면서 '그래도 약속을 지키십시오'라고 하는 건 도리가 아니다. 연출과 캐스팅된 배우들에게 사과하는 건 내 몫으로 남겨두고 '편하게 하십시오'라고 마무리했다. 미뤄진 건 아쉽지만 추후에 일정이 정해지면 다시 제작에 들어가면 된다. 서로 오해 없이, 기분 상하는 거 없이 돌발

상황이 잘 마무리되었다.

소동의 불씨가 꺼져가던 무렵에 서울문화재단에서 운영하는 남산예술 센터의 제안을 받았다. 젊은 작가의 실험적인 작품을 주로 하는 드라마센터의 이규석 극장장이 작품을 탐내면서 '우리랑 하면 어떻겠느냐'고 했다. 안호상 서울문화재단 대표도 드라마센터에서 실험적인 작품을 많이 하니까 좋겠다며 거드셨다. 극장 규모로만 보면 작품에 비해 무대가 커서 버거운 감이 있는 명동예술극장보다는 드라마센터가 더 적당했다. 나도 동의를 하고 바로 구자흥 극장장께 전화를 드렸다. '전혀 문제없으니 편하게 진행하라'고 해주셨다.

나와 극장 측은 '정적인 작품을 동적으로 다시 수정할 필요가 있지 않겠느냐'는 쪽으로 의견을 모았다. 드라마센터의 성격도 있고, 또 젊은 연극인들과 작업을 할 거니까 그게 더 좋을 것 같았다. 스태프들과 회의를 하면서 이왕 작품을 수정할 거면 각색 능력이 있는 젊은 연출가가 좋겠다는 데까지는 합의가 되었다. 문제는 그게 누구냐는 거였다. 여러 젊은 연출가들을 놓고 의논하던 중에 누군가 무심결에 '고선웅식의 작품을 만드는 사람이면 좋겠다'는 말을 했다. 여기에 이어 '굳이 고선웅식 연출을 찾지 말고 고선웅에게 맡기면 되지 않느냐'는 말이 나왔고 모두들 동의했다.

고선웅 연출은 극단 마방진의 대표이자 경기도립극단의 예술감독으로,

〈마리화나〉, 〈강철왕〉, 〈락희맨쇼〉 등의 작품을 연출했다. '기발한', '이색적', '상상력', '재치', '독특한', '관객의 상상을 깨는' 등 고선웅 연출을 설명하는 단어들이 많지만 정확한 설명은 아니다. 그의 스타일을 몇 마디 말로 표현할 수는 없다. 그의 작품 〈칼로막베스〉를 잠깐 살펴보자. '스타일리쉬 무협 액션극'이라는 수식어를 달고 나온 이 연극의 배경은 먼 미래, 범죄자들이 수용된 '세렝게티베이'라는 곳이다. 파워풀한 액션, 슬랩스틱으로 서로를 죽이고 또 죽이는 폭력의 공간을 묘사했다. 여기까지야 암울한 미래를 다룬 여러 영화의 줄거리와 크게 다르지 않아 보인다. 그러나 놀라지 마시라. 이 연극의 원작이 있으니, 바로 셰익스피어의 〈맥베스〉다. 누구나 알고는 있지만 확실히 아는 사람은 드문 '맥베스의 줄거리를 알려줄게'라고 시작된 게 〈칼로막베스〉라고 한다. 그 상상력이 어느 정도인지 느껴지지 않는가? 덕분에 그의 스타일은 호불호가 갈린다. 특히 젊은층에서 좋아하는 사람이 많다.

고선웅 연출에게 〈푸르른 날에〉 연출을 제안했더니, 얼마 뒤에 몇 번 읽어보았다며 연락이 왔다.

"소재하고 구성은 좋은데 지금은 씬이 너무 많고 영화적인 이미지가 많습니다. 제 스타일로 하자면 이대로는 안 되겠고 대폭 수정을 해야 할 것 같습니다. 저한테 수정할 수 있는 권한을 주시면 한번 해보겠습니다."

“좋은 의견이에요. 그럴 요량으로 고선웅 연출한테 부탁한 거예요. 그 부분은 작가하고 의논하고 다시 연락 드릴게요.”

정경진 작가에게 수정의 필요성을 설명하고 직접 고칠 건지, 아니면 연출에게 맡길 건지 물었다. 합리적인 대답이 나왔다. 자기가 고치면 시간이 걸릴 테니 연출의 시각으로 고치는 게 좋겠다고 했다.

고선웅 연출의 스타일을 아는 마방진 식구들이 많이 캐스팅되었다. 유명 스타는 없지만, 무대에서는 스타 이상의 빛을 발하는 배우들은 손발 척척 맞춰가며 고선웅 연출 스타일을 소화해냈다. 고선웅 연출은 자신이 연출한 〈푸르른 날에〉를 두고 ‘명랑하게 과장된 통속극’이라고 정의했다. 연출의 말대로 연극은 시작부터 유치하고 철 지난 유머와 슬랩스틱 코미디를 보여준다. 고통스럽거나 펑펑 울어도 시원치 않을 상황에서도 이러한 유머는 불쑥불쑥 끼어든다. 과거와 현재의 남녀 주인공이 서로 짝을 이뤄 말다툼을 하는 장면에서는 웃어야 할지 울어야 할지 모르게 만든다. 키득키득 웃음이 나지만, 그 웃음은 이상하게도 살얼음판 위에 서 있는 것처럼 위태롭고 아프다. 아직도 역사가 되지 못한 그 일이 한 개인의 한 번뿐인 인생을 어떻게 바꿔 놓았는지 생각하면 내내 마음이 먹먹하다. 유머 속에서도 주제를 놓치지 않는 연출의 힘이다.

〈푸르른 날에〉는 드라마센터 공연 작품 중 객석 점유율이 가장 높았고

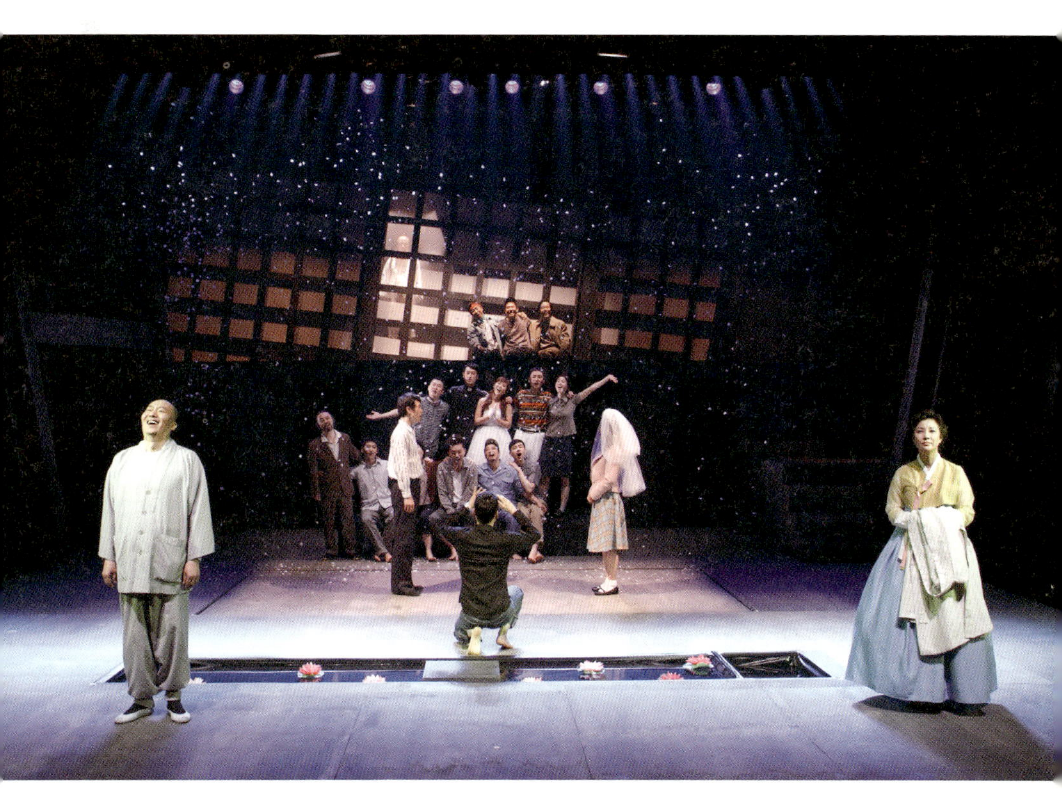

평가도 좋았다. 관객들은 무거운 주제를 이렇게 코믹하게 풀 수도 있구나 하면서 박수를 쳤다.

작품이 무대에 오르고서 차범석 희곡상 심사위원들께 야단을 맞았다. 원작이 너무 많이 각색되었다는 것이다. '우리가 상을 줄 때는 저런 작품이 아니었다'는 요지다. 충분히 이해하고, 그분들이 노여워하시는 것도 당연하다고 생각한다. '그래도 많은 돈을 들였고, 최선을 다해 상 받은 작품을 무대에 올린 것만으로 평가를 해주십시오'라고 말씀드렸다. 심사위원들의 말씀도 이해하고, 자기 스타일로 만든 연출도 이해한다. 때로 프로듀서는 특별히 잘못한 일이 없을 때도 가운데서 욕을 먹고 삼켜야 한다. 이게 프로듀서의 일이고 짐이다.

공연이 끝나고 6개월이 지난 12월에 기분 좋은 소식이 날아왔다. 〈푸르른 날에〉가 2011년 한국연극평론가협회가 선정한 '올해의 연극 베스트3' 중 하나로 선정된 것이다. 협회는 '미학적 성과가 뛰어나고 한국 연극에 의미 있는 방향성을 선보인 작품을 뽑았다'고 밝혔다. 그리고 〈푸르른 날에〉는 '번역극이 우세한 올해 연극에서 가장 돋보이는 창작극'이라고 평가를 했다. '의미 있는 방향성', '가장 돋보이는 창작극'이라는 말을 들으니 뿌듯하고 기분이 좋았다. 고선웅 연출에 대한 극찬도 있었다. "원작은 '광주' 자체가 우리에게는 눈물일 수 있는, 5.18광주민주항쟁의 아픔을 배경으로 30년의 시공을 오가며, 다도의 미학과 구도의 지혜를 극복의 원리로 덧입힌 서사였다. 따라서 과거의 기억과 상처를 새삼 떠올리며 멜로드라마적인 감상성으로 다가온 다소 '난감한' 희곡이라고 하겠다. 하지만 연출은 원작의 감상성을 과감히 의도적으로 파괴하고 해체해 '명랑하게 과장된 신파극'으로 새롭게 포장했다. 그리하여 원작에 담긴 아픔의 흔적들을 유머와 아이러니로 상승시키며, 오늘의 관객과의 소통을 이끌어내고자 했던 것이다. 특히 남산예술센터의 극장구조를 본격적으로 다층적, 복합적으로 활용하면서 작품 내면에 숨겨진 의미를 끌어낸 공연은 연출가 특유의 극장주의적 발상은 물론, 공간 자체의 미덕을 크게 확대했다는 점에서 연출미학의 승리였다."

이런 평가를 들으면 내가 연출이 아닌데도 왠지 뿌듯해진다. 〈푸르른 날에〉의 상복은 또 이어졌다. 2011년 대한민국연극대상에서 작품상, 연출상을 수상하고 '공연 베스트7'에도 선정되었다. 상을 받는 건 언제나 기분 좋은 일이다.

〈푸르른 날에〉는 2011년에 이어 2012년 4월부터 5월까지 재공연을 했다. 연일 객석이 받디딜 틈 없이 가득 찼다. 다시 봐도 초연 때의 먹먹함은 그대로였다. 이런 먹먹함을 만들어낸 고선웅 연출과 배우들, 스태프들에게 박수를 보낸다.

앞으로도 차범석 희곡상을 받은 희곡은 계속해서 무대에 올릴 생각이다. 나쁘게 말하면 떠안는 거지만 좋은 창작극을 할 수 있는 기회다. 차범석 선생의 함자를 딴 희곡상을 내가 제작할 수 있다는 것만으로 충분히, 충분히 행복한 일이다.

Part 6

명배우 열전

"네가 뭘 추구하는지, 네가 연극에 어느 정도의 애정을 갖고 있는지
대학로의 모든 사람이 알게 됐어. 이렇게 훌륭한 작품을 만든 연출과
배우들도 대단하지만, 관객이 들지 안 들지 모르는 연극을 하기로
결정한 너도 대단한 거야. 앞으로도 좋은 작품 많이 부탁해."

⌁ 혼을 부르는 배우, 박정자

'우리는 나무의 큰 가지에 얹어진 새들과 같네. 시간이 되면, 우리는 쉬 날아가버리네. 하지만 우리가 날아가야만 하는 때가 오기 전에 우리는 노래할 기회가 있다네. 노래할 수 있는 기회를 놓치지 말자.'

'우린 태어나면서부터 죽기 시작하는 거야. 죽는 건 놀라운 게 아냐. 그냥 삶으로부터 크게 한 발을 내딛는 일이지'

'영원한 건 없어. 그저 가끔 즐겁고 가끔 슬플 뿐.'

'사람이 사람을 괴롭힐 때 울고, 그들이 후회하고 용서를 빌 때 울어. 용서를 거절할 때도, 용서해줄 때도…. 사람들은 울기도 하고, 웃기도 해. 이 두 가지는 인간만이 가진 특성이야. 인생에서 가장 중요한 건 인간이 되는 걸 두렵게 느끼지 않는 거야.'

'이제 나가서 많은 사람들에게 사랑을 전해줘!'

〈19 그리고 80〉에 나오는 가슴을 텅텅 울리는 명대사들 중 일부다. 시적인 운율로 사람의 감성을 자극하면서 관객들에게 시간, 사랑, 인생을 질문하는 기가 막힌 극적 언어들이다.

연극은 살아있으나 죽은 것처럼 사는 19세 청년 해롤드와 죽음을 목전에 두고 있으나 '노래'를 부르며 사는 80세 할머니 모드의 이야기다. 극중에서 해롤드와 모드는 키스를 나누지만 내 눈에는 남녀의 키스로 보이지 않는다. 내게는 인생에 대한 사랑, 사람에 대한 사랑으로 다가온다.

원작은 1971년 상영된 콜린 히긴스의 컬트영화 〈해롤드와 모드〉다. 2년 후 연극으로 각색되어 무대에 올려졌고 지금까지 많은 관객들의 사랑을 받고 있다. 한국에서는 1987년에 초연된 후 2003년에 다시 무대에 올랐다. 이때 모드 역을 맡은 배우가 박정자 선생이다. 선생은 2004, 2006년에도 모드로 무대에 서면서 〈19 그리고 80〉의 대명사가 되셨다.

우리 이야기는 여기서부터 시작된다. 2007년 박정자 선생이 신시에서 〈19 그리고 80〉을 제작해볼 생각이 없느냐고 하셨다. 좋은 작품이고 어른의 제안이긴 해도 그 연극을 할 생각이 없었다. 신시는 뮤지컬만 하고 있을 때여서 '냉정하게' 거절했다. 대신 다른 제안을 드렸다.

"선생님, 뮤지컬로 해보실 생각은 없으세요?"

"뮤지컬? 무슨 뮤지컬?"

"뮤지컬 〈19 그리고 80〉을 해보시자고요."

"뮤지컬이 있어?"

"예, 있습니다. 연극하고 뮤지컬을 격년제로 하는 것도 재미있을 것 같습니다. 어떠세요?"

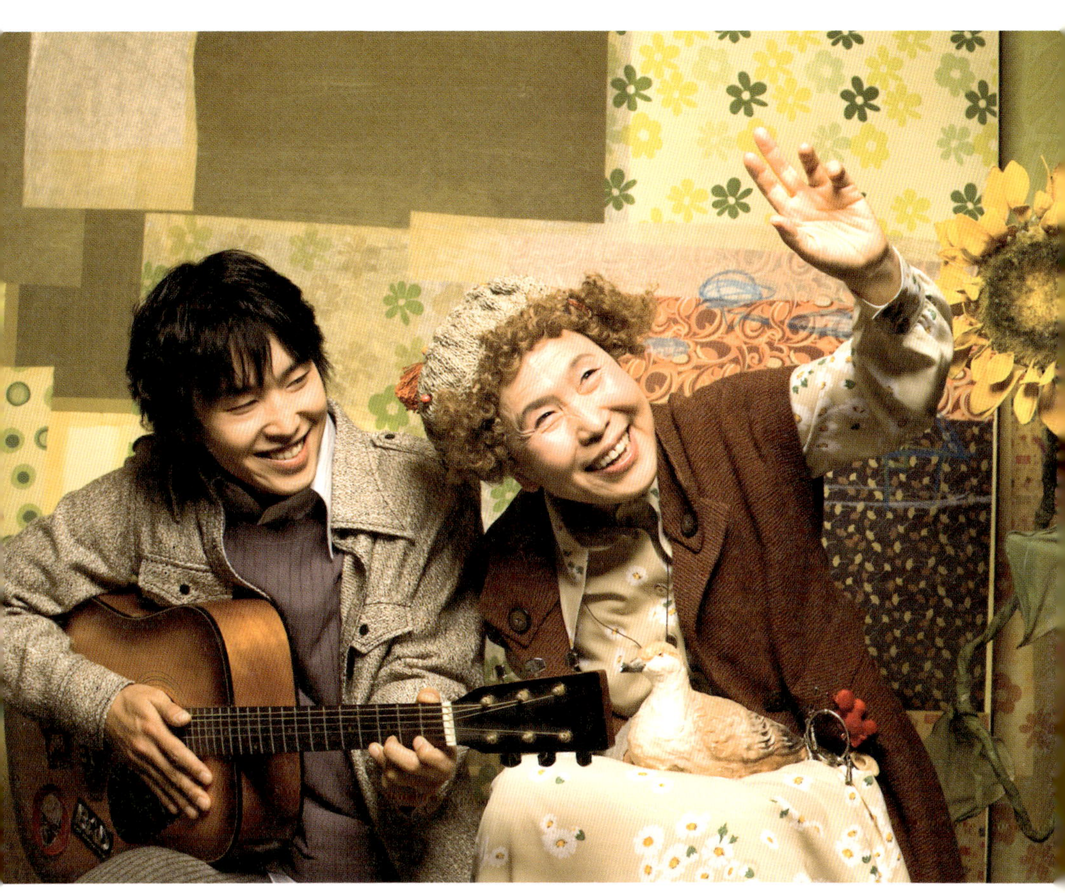

뮤지컬 〈19 그리고 80〉을 아는 사람은 거의 없었다. 그 말은 크게 성공한 작품은 아니라는 뜻이다. 2005년 뉴저지에서 시작해 샌프란시스코 등에서 공연되었지만 브로드웨이까지는 입성하지 못했다. 그래도 '기본기'가 있는 작품이고 연극 〈19 그리고 80〉을 좋아하는 관객이라면 뮤지컬에도 관심을 가지지 않을까 생각했다. 박정자 선생도 이 작품을 사랑하시고 뮤지컬도 여러 편 하셨으니 좋을 것 같았다. 선생도 내 제안을 반갑게 맞아주셨다.

아홉 살 때 연극을 본 후부터 연극배우를 꿈꾸셨다니 평생을 연극과 함께 살아오셨다고 해도 틀린 얘기는 아닐 것이다. 개성 넘치는 얼굴과 목소리 때문에 고생도 많이 하셨다고 한다. 20대 초반에 벌써 노인 역을 맡으셨다니 마음고생도 많지 않았을까 생각한다. 젊은 시절 고생하게 만든 목소리와 얼굴은 세월이 흐르고 세상이 변하면서 최고의 강점이 되었다.

'배우 박정자'라고 할 때, 배우라는 말이 '박정자'를 설명하는 게 아니라 '박정자'라는 이름이 배우의 본질을 설명해주는 것처럼 느껴진다. 이처럼 경이로운 치환이 그냥 이루어졌을 리가 없다. 박정자 선생이 연기에 임하는 자세를 보면 존경스럽다 못해 소름까지 끼친다. 박정자 선생께 누가 되지 않는다면, 나는 선생을 '무당 같은 배우'라고 표현하고 싶다. 공연 전 선생은 분장실에 앉아 명상을 하는 듯 눈을 감고 계신다. 그러다가 장면을 상상하시는 듯, 중얼중얼 대사를 외신다. 마치 공연 전에 그 배역의 혼을 불러오는 듯하다. 수도하는 마음으로 연극을 해서 지금도 에너지 충만, 열정 100도씨를 유지하시는 게 아닐까? 그런 마음으로 다른 연극인들을 돕는 연극인복지재단 이사장의 직무도 수행하시는 게 아닐까 생각한다.

선생에게 분장실은 배역의 혼을 불러오는 신성한 공간이다. 그래서 다른 배우들이 분장실에서 잡담하는 걸 싫어하신다. 자유분방한 친구들은 숨이 막힌다고도 한다. 선생의 방법만이 옳다고 할 수는 없으나, 대선배가 그렇게 한다면 받아들이고 그 태도를 배우려고 노력하는 것이 후배된 도리다.

평생 연극을 종교처럼 생각하고 살아오신 분이라 연출을 선정하기도, 캐스팅하기도 힘들었다. 연출은 선생께서 장두이 선배를 추천하셨다. 2003년에 〈19 그리고 80〉을 함께하신 적이 있는데, 선생께서 마음에 드는 연출이라면 의심의 여지가 없다고 판단했다. 나 역시 장두이 선배와 친분이 있어 그의 스타일을 잘 알고 있었기에 더 쉽게 결정할 수 있었다.

고민은 해롤드 역을 맡을 배우를 찾는 거였다. 배역이 열아홉 살이라고 진짜 열아홉 살을 뽑을 수는 없다. 연기가 어설플 수 있고 아마추어 냄새가 날 게 뻔하다. 싱대배우가 박정자 선생이니 더욱 그렇다. 노래 잘하고 연기 잘하고 거기다 동안인 20대 중반 배우를 뽑아야 했다. 오디션을 볼까, 추천을 받을까 고민하다가 배역 하나 놓고 오디션 보기도 그래서 일단은 추천을 받아보기로 했다. 책처럼 쌓인 후보 프로필 자료들 중에서 이신성을 뽑았

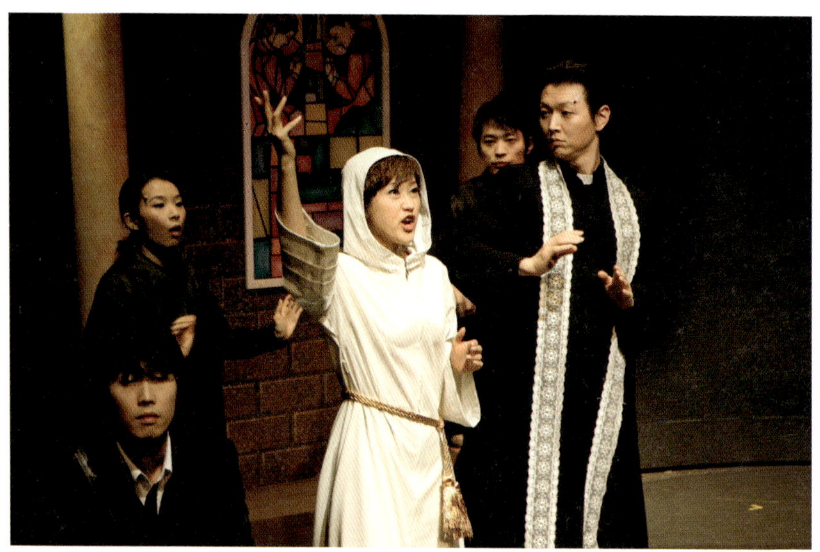

이건명과 배해선이 등장할 때마다 객석이 뒤집혔다.
이들이 망가지면서까지 단역으로 출연한 것은 박정자 선생 때문이다.

다. 뮤지컬과 연극 몇 편을 했지만 아직은 신인이었다. 박정자 선생과의 연기대결에서 살아남을까 걱정했는데 잘해주었다.

이건명과 배해선은 〈아이다〉에서 라다메스와 암네리스 역할을 맡은 주연급 배우들인데, 여기서는 단역으로 나왔다. 단역도 그냥 단역이 아니다. 일인다역으로 파격적으로 망가지면서 폭소를 유발하는 역이다. 둘 다 연극에도 욕심이 많고 연기를 잘하는 배우들인 건 알았지만, 나도 깜짝 놀랐다.

'저 친구들한테 저런 면이 다 있네?' 할 정도로 누구도 상상하지 못했던 코믹연기를 했다. 이건명과 배해선이 등장할 때마다 객석이 뒤집혔다. 이들이 망가지면서까지 단역으로 출연한 것은 박정자 선생 때문이다. '될성부른' 뮤지컬의 떡잎들은 연극계의 대선배들과 작업을 하고 싶어한다. 선배들에게 연극정신을 배우고, 역할과 상관없이 같이 연습하고 같은 무대에 선다는 것에 의미를 둔다. 두 사람 다 내가 제안을 했을 때 이구동성 '무조건 하겠습니다'라고 소리 높여 대답했다.

출연진이 다섯 명뿐이어서 깊이가 있는 소극장을 찾았다. '깊이'란 무대기 안쪽으로 깊게 설치된 것을 말하는데, 그러면 좋은 그림을 만들어낼 수 있는 여지가 많다. 그래서 예술의전당 자유소극장을 빌렸다. 처음부터 큰 수익을 기대하고 올린 공연이 아니어서 흥행에 성공하지 못했어도 실망하지 않았다. 300석도 안 되는 극장에서 한두 달 해봐야 수익을 내기 어렵다.

작품이 작아도 비슷한 인력과 홍보비가 들기 때문이다.

뮤지컬 〈19 그리고 80〉에 대한 평가는 '연극만 못하다'로 나왔다. 인정한다. 음악이 썩 좋지 않았다. 브로드웨이로 진출하지 못한 것도 그 이유 때문인 것 같다. 박정자 선생도 나와 비슷한 생각을 하신 것 같다. 뮤지컬을 준비하면서 '내가 80살 될 때까지는 연극하고 뮤지컬을 격년제로 해야 한다'고 하셨는데, 공연이 끝난 후에는 '80살이 될 때까지 격년제라도 연극을 해야 한다'고 다짐을 받으셨다. 나도 그러겠다고 말씀드렸다.

2012년은 선생이 데뷔하신 지 50주년이 되는 해다. 약속대로 또 언젠가는 연극 〈19 그리고 80〉이 박정자 선생과 함께 관객들을 찾아갈 것이다. 때론 새의 노랫소리처럼 감미롭고, 때론 포세이돈처럼 강렬하고, 때론 봄을 맞은 대지의 품처럼 따뜻한 연극의 어머니가 우리 곁에 있어 행복하다.

힘들어서 행복해진 배우, 강신일

연극 〈레드〉는 실존 인물의 이야기를 다루고 있다. 주인공은 미국 표현주의 화가인 마크 로스코. 2007년 그의 작품 '화이트센터'가 7,280만 달러에 낙찰되기도 했다. 1903년에 태어난 그는 1970년 자살로 생을 마감한다. 연극은

1958년 마크 로스코가 고급 식당인 '포시즌 레스토랑'으로부터 거액을 받고 벽화를 그려주기로 하면서부터 시작된다. 그리고 가상인물인 켄이라는 조수와 갈등하면서 예술가로서의 자존심 혹은 정체성을 찾아간다.

등장인물은 마크 로스코와 켄, 두 명이 전부다. 이 연극은 2010년 토니상에서 최우수작품상, 감독상, 조명상 등 6개 부문을 수상했다. 현지에서 공연되고 있는 따끈따끈한 연극을 소개하겠다는 생각으로 매년 토니상에 노미네이트 되는 작품들을 살펴보고 있었는데, 이 작품은 노미네이트 되었을 때부터 유심히 보고 있다가 토니상이 발표되자마자 얼른 라이선스를 가져왔다. 개략적인 정보만 갖고 있다가 번역된 대본을 보니 과연 많은 상을 받을 만한 작품이었다.

아름답고 시적인 대사가 주인공 마크 로스코의 광기 어린 톤으로 쏟아져 나오는 〈레드〉는 많은 이야기를 담고 있는 연극이다. "자식은 아버지를 몰아내야 해. 존경하지만 살해해야 하는 거야"라는 대사로 대변되는 세대 간의 갈등과 이해, 그리고 미술 자체에 대한 이야기도 담겨 있다. 보는 사람에 따라 다양한 메시지를 발견할 수 있는데 나에게는 상업성과 순수예술 사이에서 갈등하는 주인공의 방황이 도드라져 보였다. 겉으로는 인정하지 않지만 마음 깊숙한 곳에서는 거액의 돈에 현혹되었음을 아는 주인공과 계속해서 이 부분을 자극하는 켄의 대립은 예술가들의 내면에서, 그리고 나의

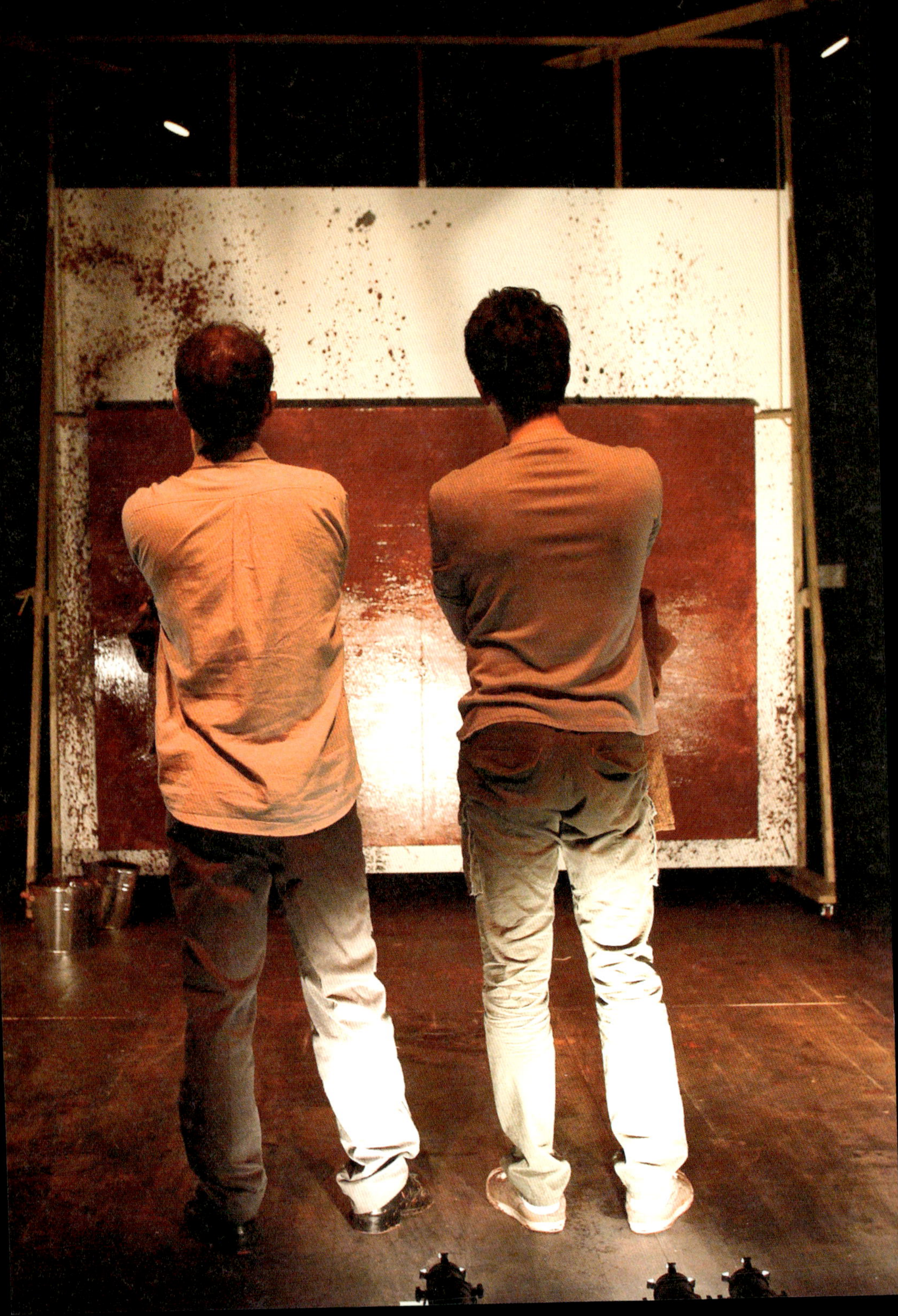

내면에서도 벌어지고 있는 일이다. 상업성과 순수예술 사이에서, 예술과 밥벌이 사이에서 아슬아슬한 외줄타기를 해야 하는 것이 예술가의 운명인지도 모르겠다. 또한 공연계에 종사하는 나의 운명인지도 모른다. 사실 비단 예술가들에게만 국한된 이야기는 아니다. 모든 현대인들이 현실과 꿈 사이에서 방황하고 있으니 말이다.

대본이 나오자마자 이해랑예술극장의 운영권을 갖고 있는 아시아브릿지컨텐츠의 최진 대표가 탐을 내서 두 달을 대관해두었다. 이제 캐스팅에 들어갔다. 달랑 두 명만 출연하니까 캐스팅이 비교적 쉬울 거라고 생각했는데 꽤 많은 난관이 있었다.

내가 대본을 보고 처음 떠올린 배우는 김갑수 형이었다. 우리 인연은 꽤 오래되었다. 내가 고등학교를 졸업하고 연극배우를 하겠다며 무작정 상경했을 때부터니까, 벌써 30년이 되었다. 최근 시트콤에 출연하는 등 발군의 예능감을 발휘하면서 '김갑수의 새로운 발견'이라는 이야기가 들리는데, 사실 우리는 안다. 말 그대로 새로운 발견이었을 뿐 그는 원래 '그런 형'이었다. 예전에 같이 연극을 할 때부터 수다 떠는 걸 좋아했다. 말을 얼마나 재미있게 하는지 일단 이야기를 듣기 시작하면 자리를 뜰 수 없게 만들었다. 세상이 바뀌면서 이제야 '수다 능력'이 빛을 발한 것이다.

나는 '형님이 모든 걸 다 내던져서 도전해볼 수 있는 연극'이라고 소개

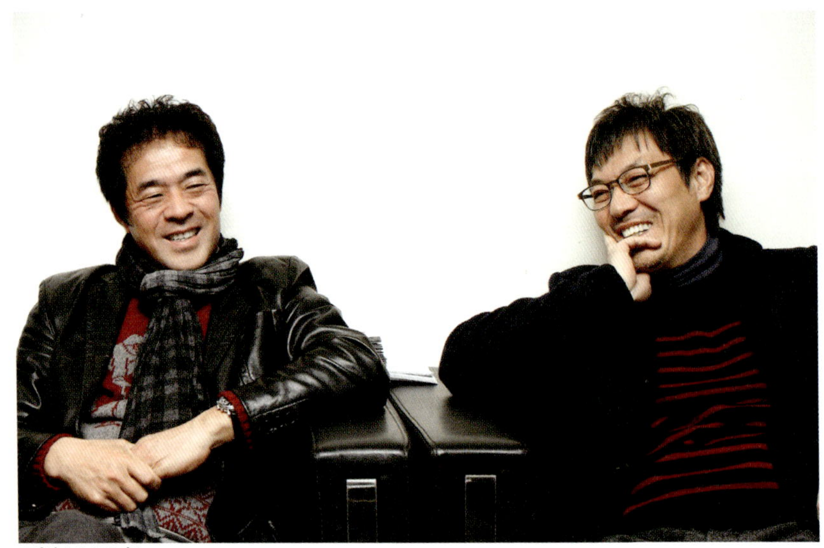

김갑수 형은 원래 '그런 형'이었다.
세상이 바뀌면서 이제야 '수다 능력'이 빛을 발한 것이다.

를 하고 대본을 보냈다. 이래저래 연락이 안 되다가 생각보다 시간이 한참 지나서야 통화가 되었다.

"아, 대본 너무 좋은데 스케줄이 그래서 말이야. 이걸 전화해서 한다고 그럴 수도 없고 안 한다고 하자니 너한테 너무 미안하고. 정말 해보고 싶은 연극인데 더블로 공연하는 것도 우습고 두 달 공연을 하자면 약속된 드라마나 영화를 모두 다 취소해야 된단 말이야? 내가 이러지도 저러지도 못해서 전화를 못했어."

"그럼, 도저히 안 되겠죠?"

"이번엔 어렵겠다. 다음엔 꼭 한번 같이하자."

김갑수 형과는 이렇게 정리가 되었다. 다음으로 〈산불〉을 하고 있던 조민기 배우에게 대본을 줬다.

"이런 연극, 이런 기회에 한번 해보면 기가 막힌데 외국 촬영이 잡혀 있어서….."

그래서 또 캐스팅에 실패했다.

세 번째 후보는 김석훈이었다. TV에서 많이 보는 배우지만 1년에 한두 편씩 연극을 하고 있는 국립극단 단원 출신이다.

"와! 진짜 연습량이 엄청나게 필요할 거 같아요. 엄청난 에너지가 필요한 작품이고, 연습에 온 열정을 쏟는다 해도 될까 말까한 어려운 작품인데요. 제 능력으로는 소화가 안 되는 작품입니다.”

공연일정은 맞출 수 있지만 드라마 스케줄이 있어서 연습을 충분히 할 수 없다는 거였다. 알고는 있었지만 역시 소문대로 참 겸손한 친구라는 걸 새삼 느꼈다.

이렇게 내가 시도한 캐스팅은 모두 무위로 돌아갔다. 사실 두 달 동안 하는 연극은 캐스팅하기가 참 어렵다. 대부분의 연극이 1, 2주로 짧게 하다 보니 공연기간이 긴 작품은 배우 구하기가 쉽지 않다. 요즘엔 종편, 케이블 등 다양한 채널들에 배우들이 진출하여 연극에서도 좋은 배우를 캐스팅하기란 하늘의 별따기다. 더블캐스팅을 하면 가능하겠지만 작품성을 위해서는 원캐스팅으로 가야 했다. 캐스팅의 어려움이 있을 줄 알면서도 기간을 길게 하는 이유는 신시가 하는 작품들은 투자비가 많이 들기도 하지만 최소한 한 달은 해야 살아남는 연극이 될 수 있다고 확신하기 때문이다. 잠깐 동안 해서는 이 작품이 그 자체로서 생명력이 있는지 없는지 가늠할 수 없다.

시간적인 여유도 좀 있었고, 연극계에서 할 만한 배우도 더 생각나지 않아서 연출을 먼저 섭외하는 것으로 방향을 선회했다. 연출은 한 번에 결정되었다. 당시 〈피아프〉를 하고 있던 오경택 연출에게 대본을 줬더니 “작품, 정말 예술입니다”라며 무척 반가워했다.

그리고 오경택 연출이 추천한 배우가 강신일 형님이다. 그런데 그 역시 다른 일정 때문에 두 달은 안 되고 한 달밖에 할 수 없다고 했다. 난제였다. 공연을 한 달로 줄일 것인가, 아니면 또 다른 배우를 찾을 것인가. 고민 끝에 공연을 한 달 줄이고 강신일 형님을 캐스팅하기로 했다. 더 이상 찾을 배우도 없었고, 무엇보다 강신일 형님이 주인공 역할로 딱이었다. 이번에 작품을 만들어서 선을 보인 다음에 반응이 좋으면 내년에 장기공연으로 하면 된다고 판단했다.

강신일 형님은 진정성으로 똘똘 다져진 묵직한 이미지의 배우다. 대한민국 배우 중에서 둘째가라면 서러울 정도로 파워를 자랑하는 배우인데, 나는 〈레드〉 공연장에서 그를 만날 때마다 걱정스럽게 물었다.

"형님, 힘드시죠?"

그때마다 강신일 형님은 이렇게 대답했다.

"내가 지금까지 연극하면서 이렇게 에너지가 많이 소비되고 체력적으로 지치는 연극은 처음이야. 작품에 완전히 빠져서 하니까 너무 힘들어. 왜 젊었을 때 이런 작품을 못해봤을까?"

이렇게 힘이 드는 연극인데도 강신일 형님은 꼭 이 말을 덧붙였다.

"그렇지만 너무 행복해. 박 대표, 정말 고맙다."

연극, 영화, TV 드라마를 오가며 수많은 배역을 소화한 노련한 배우가 에너지가 달린다고 할 정도로 〈레드〉는 등장인물의 파워 넘치는 카리스마가 격돌하는 연극이다.

상대배우인 켄 역은 정소애 실장이 추천한 강필석을 캐스팅했다. 〈유린 타운〉, 〈틱틱붐〉에서 주인공을 맡았고 연극도 잘하는 젊은 인재다. 30대 중반인데 연극에 임하는 자세가 굉장히 어른스럽다. 오토바이를 타고 출퇴근을 하는 강필석은 연습 때부터 공연이 끝날 때까지 두 시간 전에 나와서 동국대 운동장을 걷기도 하고 달리기도 하면서 돌았다. 체력 관리라는 측면도 있지만, 내가 보기에는 박정자 선생처럼 운동장을 돌면서 배역의 혼을 불러오는 것 같다. 공연을 본 사람들도 '강필석이라는 대단히 훌륭한 배우를 발견했다'고 평가했다.

공연에는 화가, 미대 교수, 미술학도들을 비롯한 미술계 인사들이 많이 왔다. 조영남 선생도 보시고서는 너무 좋다고, 배우들 저녁을 사주고 싶다고 하셨다. 연극이 화가의 이야기를 다루고 있기 때문이기도 하지만 박명선 단국대 전임교수의 도움이 컸다. 워크숍부터 따라다니면서 마크 로스코와 현대미술의 흐름을 알려주시고 배우들이 신홍우 화백의 작업실에서 붓 잡는 법, 물감 섞는 법, 붓 칠하는 법을 배울 수 있도록 주선해주셨다. 그 인연으로 나는 신홍우 화백과 가까워졌고 형님으로 모시고 있다.

공연이 시작되고 일주일 동안은 손님이 별로 없었다. 그러다 입소문이

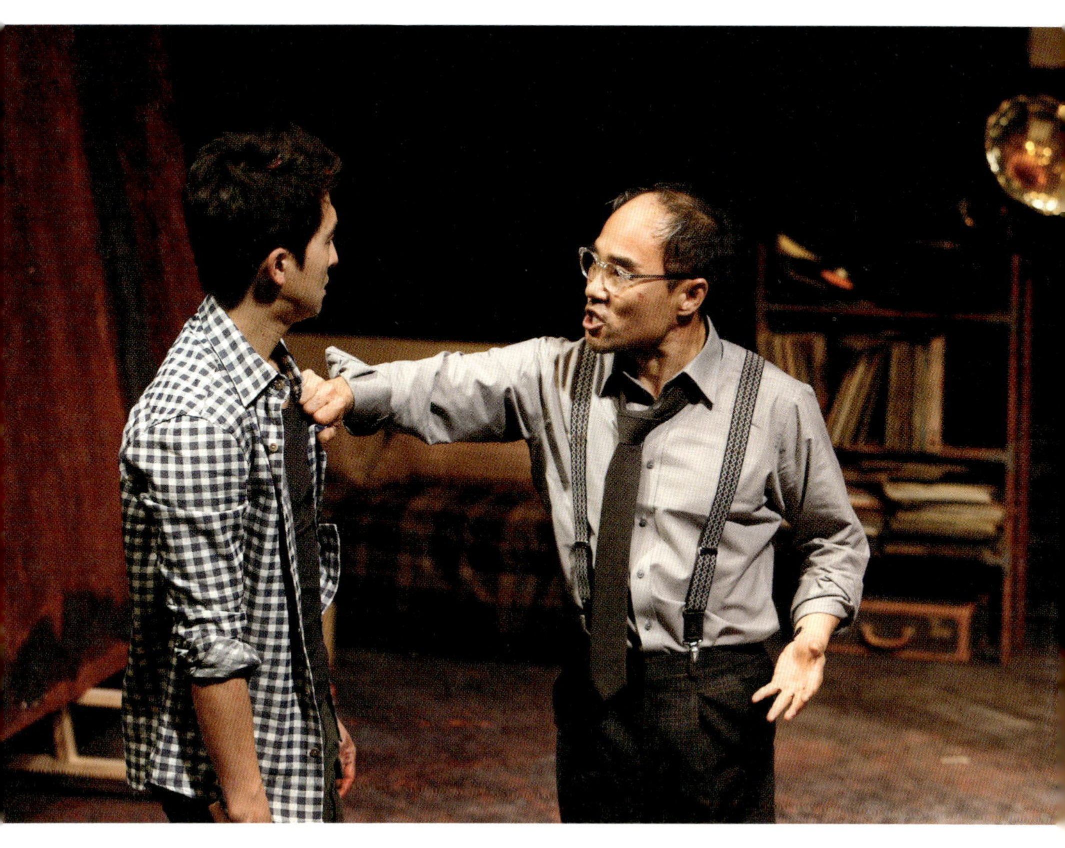

수많은 배역을 소화한 노련한 배우가 에너지가 달린다고 할 정도로
〈레드〉는 등장인물의 파워 넘치는 카리스마가 격돌하는 연극이다.

나기 시작하면서 예매율이 높아지기 시작했고 특히 미술 전공 학생들의 단체관람이 이어졌다. 공연계 사람들에게 '이 연극을 보고 싶다'는 전화를 가장 많이 받은 연극이기도 하다.

원로 연극배우이신 김길호 선생께서 전화를 하시더니 이런 말씀을 하셨다.

"박명성이 왜 연극을 다시 하는가를 알게 하는 작품이었어. 이 작품으로 박명성이 어떤 사람인지 사람들이 알게 됐을 거야. 그리고 네가 뭘 추구하는지, 네가 연극에 어느 정도로 애정을 갖고 있는지 대학로의 모든 사람이 알게 됐어. 이렇게 훌륭한 작품을 만든 연출과 배우들도 대단하지만, 진지하고 예술가의 이야기이기 때문에 관객이 들지 안 들지 모르는 연극을 하기로 결정한 너도 대단한 거야. 앞으로도 좋은 작품 많이 부탁해."

김길호 선생은 애정 많고 아버지 같은 분이다. 그런 원로께서 한 번도 아니고 서너 번 반복해서 보시고 하신 말씀이라 더욱 힘이 나고 용기를 얻었다. 또 우리 젊은 관객들이 로맨틱코미디가 아니라 배우 두 명이 나와서 한 시간 40분 동안 혼을 불태우는 연극도 좋아하는 걸 보고 자신감을 얻었다.

이 작품은 나에게 또 다른 선물을 주었다. 많은 이들이 〈레드〉를 보면서 정말 이런 스타일의 작품을 올린다는 것 자체에 감탄하고 부러워하면서 박수를 보내자, 우리 신시 식구들도 왜 내가 연극에 애정을 갖고 손해를 보면서도 하는지 알게 되었다.

"우리도 정말 자랑스러워요. 평도 좋고 모든 사람들이 신시의 용기에 박수와 격려를 보내는 걸 보면서요. 일하는 보람을 여기서 찾습니다."

내가 연극을 하면서 느끼는 쾌감, 성취감, 자부심을 우리 식구들도 느끼게 된 것이다. 프로듀서를 비롯한 스태프들은 관객들에게 직접 박수를 받지 않는다. 그래도 관객들의 박수소리가 우리에게도 향하고 있음을 안다.

배우 캐스팅에 어려움을 겪었던 작품인데, 재공연을 할 때는 캐스팅이 더 어려울지도 모르겠다. 이미 연극을 본 배우 정보석이 다음에는 스케줄을 맞춰서 꼭 해보자고 했고, 배우 이대연도 왜 자기한테는 이런 역할이 오지 않느냐며 한탄했다. 〈레드〉의 마크 로스코 역은 이제 모든 남자배우들이 탐내고 있다.

작품이 태어나기 전에 상업성이 있다, 없다 논하는 것은 의미가 없다. 심각하고 무거운 작품이라도 관객들이 좋아할 수 있고, 관객들의 구미에 맞춘다고 만든 로맨틱코미디가 외면을 받을 수도 있기 때문이다. 그러나 재공연 때부터 상업성을 입히는 것은 프로듀서의 몫이다. 2012년 가을, 캐스팅을 어떻게 하고 어떻게 팀을 꾸려서 만들 건지 벌써부터 기대가 된다. 강신일 형님이 시작한 〈레드〉는 더 큰 〈레드〉를 이미 잉태하고 있었다.

⋀ 피아프가 최정원을 연기하다

실존인물이었으나 신화가 된 인물을 무대에서 연기한다는 것은 참으로 어려운 일이다. 예술가가 다른 예술가를 연기하는 것은 같은 동네 이야기라 쉬울 것 같지만, 오히려 더 부담스러운 게 사실이다.

무대에 조명이 켜지고 '에디트 피아프'가 나타나면 소름이 끼친다. 분명히 최정원이 맞는데 아닌 것 같다. 노래를 할 때는 숨을 멈추게 된다. 마치 피아프의 영혼이 되살아난 것 같다. 연기를 잘하는 배우에게 역에 완전히 몰입했다는 표현을 쓴다. 그런데 최정원은 그런 게 아니었다. 말이 맞지 않은 줄 알지만 이렇게 표현할 수밖에 없다.

'최정원이 피아프를 연기하고, 피아프가 최정원을 연기한다.'

에디트 지오바나 가숑이라는 본명보다 '작은 참새'라는 뜻의 에디트 피아프라는 이름으로 유명한 프랑스 가수. 프랑스 시인 장 콕토는 '피아프 이전에 피아프는 없었고, 피아프 이후에도 피아프는 없을 것'이라고 했다. 피아프는 47년이라는 짧은 생을 살았다. 찬란한 삶을 살았다고 하기엔 너무나 안쓰럽고, 불행한 삶을 살았다고 하기엔 너무나 아름다운 삶을 살았다.

내가 태어난 그해에 죽은 피아프를 생각하면 먼 나라의 모르는 사람 같지가 않다. 마치 잘 아는 사람의 일인 양 마음이 쓰인다. 평생 사랑을 했고,

PIAF

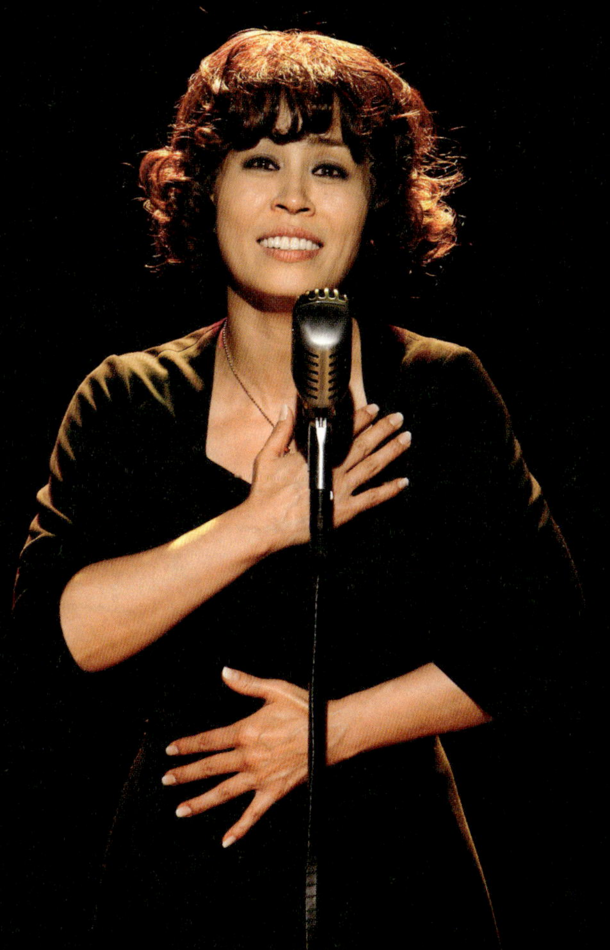

그 사랑마다 신이 작심한 듯 저주를 내렸다. 그나마 생의 마지막에 23세의 남편이 그 곁을 지켜주었다는 것이 위안이 된다.

2008년 런던에서 연극 〈피아프〉를 처음 만났다. 웨스트엔드에 가면 거의 다 본 거라 볼 공연이 많지 않다. 그래도 공연으로 먹고사는 사람이 런던에 가서 웨스트엔드에 가보지 않을 수 없다. 거리를 걷는데 〈피아프〉라는 간판이 눈에 쏙 들어왔다.

1978년 영국의 극작가 팜 젬스가 발표한 연극 〈피아프〉는 형식부터 독특했다. 실화를 바탕으로 했으나 사건을 시간 순서대로 나열해 사실적으로 표현하지 않고, 극의 중심은 오로지 피아프의 사랑과 고통, 열정에 맞춰져 있었다. 거침없는 속도감에 강한 흡인력, 나는 연극이 끝나기도 전에 〈피아프〉를 한국에 소개하리라 결심했다.

오자마자 마틴 네일러에게 라이선스 요청을 했다. 〈더 라이프〉 때부터 많은 도움을 주고 있는 친구다. 라이선스는 일사천리로 진행되었는데, 웬걸 극장이 없었다. 소극장은 많았지만 〈피아프〉를 올리기엔 적합하지 않았다. 해를 넘기면 좋은 극장이 많았지만 빨리 무대에 올리고 싶었다. 전 직원이 동원되어 극장을 찾았지만 우리가 원하는 규모의 시설을 갖춘 곳은 모두 빈 날짜가 없었다. 올해는 안 되는구나 하고 포기하려는데 스태프 하나가 아쉽다는 듯이 이야기를 했다.

"토월극장에서 하기로 했던 작품이 취소되었다는데요….”

600석 규모인 예술의전당 토월극장이라면 〈피아프〉를 소개하기에 손색이 없는 극장이었다.

"그게…, 2주밖에 안 돼요.”

2주라고 해도 무대 셋업기간을 빼면 실제로 공연하는 기간은 열흘이다. 공연기간이 그렇게 짧아서는 수익을 내기가 어렵다. 공연을 하자면 적자를 예상하고 일을 진행해야 한다.

'장기공연을 해도 얼마든지 관객을 모을 수 있는 연극을 손해를 봐가면서 2주만 하고 내려야 하는 건 억울하다. 그런데 내년까지 어떻게 기다리지?'

고민하다가 어느 순간 생각이 훌쩍 큰 걸음을 뗐다.

'피아프는 장기공연이 가능하고, 신시의 고정 레퍼토리가 될 것이다. 그러니까 올해는 짧고 강하게 소개를 해도 된다. 일단 작품을 만들어놓자. 그러면 본격적으로 소개할 때 더 좋은 공연을 올릴 수 있다. 적자? 감수하자.'

그렇게 생각하고 보니 일정이 급했다. 공연까지 남은 기간은 고작 3개월 남짓. 얼른 연출을 찾아야 했다. 연출은 신시랑 작업을 많이 한 심재찬 연출에게 부탁했다. 사실 일정이 급한데도 주저하지 않고 결정을 내릴 수 있었던 것은 한국의 피아프를 이미 찾아놓았기 때문이다. 피아프 역은 최고의 연기력, 최고의 가창력이 필요한 역할이다. 그 '최고'를 갖춘 배우가 피아프를 하고 싶어 안달 나 있었다.

라이선스를 취득할 무렵에 최정원을 만났는데 그때 〈피아프〉 이야기를 했었다.

"〈피아프〉 너무 하고 싶어요. 안 그래도 최근에 연극을 해보고 싶기도 했고요."

"나도 정원이가 하면 좋겠어. 근데 넌 키가 너무 커. 피아프는 작은 참새잖아. 키가 작아."

최정원과 피아프의 키는 무려 28센티미터나 차이가 난다.

"그건 제 연기력으로 극복할 수 있어요."

나이와 성별을 연기력으로 극복한다는 소리는 들어봤어도 키를 연기력으로 극복한다는 소리는 듣느니 처음이었다. 그런데 나중에 무대에 오른 최정원을 보니 과연 그냥 해본 소리가 아니었다. 최정원이 해리포터의 친구 헤르미온느도 아니고 키를 줄이는 마법을 부렸을 리는 없다. 그런데 전혀 키가 커 보이지 않았다. 어쩌면 키가 보이지 않았다는 것이 정확한 표현일지도 모르겠다.

최정원의 연기를 본 사람들은 하나같이 '연기를 잘하는 줄 알았지만 저 정도일 줄은 몰랐다', '배우 최정원에 대한 새로운 발견'이라며 놀라워했다.

일반적으로 뮤지컬 배우들은 연기력이 떨어진다는 평가를 받는다. 〈피아프〉를 통해 최정원은 '일반적인 평가'에서 완전히 벗어난 배우가 되었다.

최정원은 〈맘마미아!〉 3개월 하는 것보다 열흘 동안 〈피아프〉를 하는 게 더 힘들었다고 했다. 〈피아프〉의 공연시간은 두 시간 30분이다. 다른 연극에서는 주인공이라도 짬짬이 쉴 틈이 있는데 〈피아프〉는 다르다. 공연 내내 무대에 있어야 한다. 거기다 진을 빼는 연기를 해야 한다. 정말 마지막 한 방울까지 쥐어짜내야 하는 배역이다. 그래서 어지간한 체력으로는 감당하기 힘들다. 그런 면에서도 최정원은 최고의 배우다. 매일 아침 수영을 하면서 몸매와 체력을 관리한다. 20년 넘게 뮤지컬 스타로서 확고하게 자리를 지킬 수 있는 원천적인 힘이 여기서 나오는 것이 아닐까?

물론 배우로서 순수한 열정도 빼놓을 수 없다. 공연기간이 짧아 출연료를 많이 줄 수 없었다. 거의 차비 수준의 돈만 받고도 최정원은 하고 싶은 작품, 하고 싶은 역할을 맡았다며 설레어 있었다. 그리고 그 바쁜 와중에 일본에서 하는 공연을 보고 왔다고 나중에서야 말해주었다.

정확한 공연 날짜는 셋업기간 3일을 뺀 11일이었다. 시작하자마자 연일 매진 사례가 이어졌다. 특히 중년 주부 관객이 많았다. 최정원의 연기, 토월극장을 적절하게 잘 운영한 심재찬의 연출, 그리고 피아프의 삶이 만들어낸 결과였다. 피아프가 사랑했고 피아프를 사랑했던, 그러나 비행기 사고로 갑

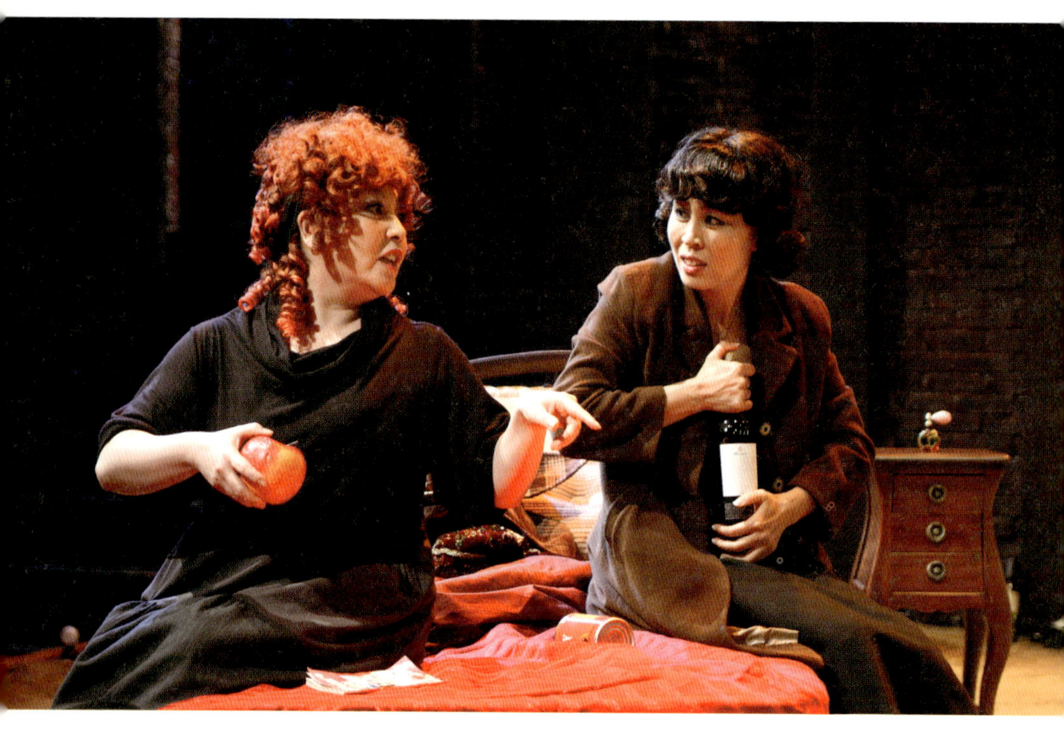

뮤지컬 배우들은 연기력이 떨어진다는 평가를 받는다.
〈피아프〉를 통해 최정원은 '일반적인 평가'에서 완전히 벗어난 배우가 되었다.

자기 떠나버린 세계 미들급 권투 챔피언 마르셀 세르당이 등장할 때는 실제 복싱 링을 보는 것 같다는 호평을 받았다. 음악은 피아노와 아코디언을 라이브로 연주했는데, 애잔한 아코디언의 선율이 객석을 울렸다.

적자를 감수하고 시작했는데 끝나고 보니 살짝 수익이 났다. 초연에, 그 짧은 기간에 수익을 냈다는 건 대단한 거라고 사람들이 말했고, 나도 그렇게 말했다.

공연이 끝나고 나서 실력 있는 뮤지컬 스타들이 '저 피아프 좀 시켜주세요'라며 피아프 역을 탐냈다. 다른 역할이라면 나 역시 탐을 냈을 배우들도 있었다. 그래도 단호하게 거절했다.

"이건 당분간 최정원 작품이에요. 최정원이가 시간 날 때까지 안 하기로 했어요."

최정원은 고작 열흘 공연을 위해서 몇 개월 동안 혼신의 열정을 쏟았다. 적어도 두 번째 공연까지는 최정원을 위해 피아프 역은 남겨두는 것이 도리이며 우리의 의리다. 최정원은 〈맘마미아!〉 지방투어를 소화해야 해서 2년 동안 작품을 묵혀 두었다. 최정원은 공연을 끝내고 돌아와서 〈피아프〉를 하고 다시 〈맘마미아!〉 서울 공연에 들어가야 했다.

초연은 라이선스 계약을 한 뒤 3개월 뒤에 공연을 했는데, 재공연은 공연 1년 전에 극장을 빌렸다. 충무아트홀 블랙극장이 안성맞춤이었다. 토월극장보다 규모가 작은 대신 객석이 반원 형태로 되어 있어 훨씬 압축력이 있을 거라고 판단했다.

초연의 공연기간이 짧아 아쉬움이 컸던 만큼 연출도 심재찬 연출에게 다시 맡기고 싶었는데 국립극단 사무국장으로 발령이 나는 바람에 작품을 할 수 없었다.

연출을 누구에게 맡기나 고민하고 있을 때, 박칼린이 들고 온 이름이 오경택이었다. 당시에 나는 오경택에 대해 아는 것이 없었다. 만난 적도 없고 작품을 본 적도 없었다. 중앙대를 졸업했고 최치림 선생의 제자라는 것밖에 몰랐다. 박칼린은 믿을 만한 사람이라고 했다. 국립극단에서 안톤 체홉의 〈세 자매〉라는 작품을 연출했는데 평이 좋았다는 말도 덧붙였다.

박칼린이 추천하는 사람이라면 확실하다. 다음날 전화를 해서 만났는데, 몇 마디 하지 않았어도 벌써 열의가 느껴졌다. 〈피아프〉 초연도 알고 있었다. 망설일 이유가 없었다. 바로 일을 시작하기로 하고 얼마 지나지 않아서 초연을 연출했던 심재찬 연출의 전화를 받았다.

"박 대표, 〈피아프〉 연출 말이야. 내 밑에서 조연출도 했던 친구가 있어. 잘할 거야. 오경택이라고 알아?"

믿는 사람 한 사람이 추천해도 충분한데 두 사람이나 추천을 했으니 더 마음이 놓였다.

우리는 번역부터 다시 하기로 했다. 내가 한 가지 부탁을 한 것은 원작을 가능한 한 살려보자는 것이었다. 원작의 〈피아프〉는 욕도 잘하고 언어도 거칠다. 초연부터 그러면 관객들의 거부반응이 있을까봐 '예쁜 언어'로 바꾸었는데 그걸 다시 찾아보자고 했다. 그렇게 해서 〈피아프〉가 원래 자신의 언어를 찾게 되었다.

젊어서 그런지 오경택 연출은 배우들과 즐기면서 연습을 했다. 보통은 좀 심각한 분위기가 만들어진다. 심각하기로 따지자면 〈피아프〉는 둘째가라면 서러울 연극이라 자칫하면 연습 분위기가 무겁게 흘러가기 쉽다. 나부터도 연극이라고 하면 어깨에 힘부터 들어간다.

'연극을 즐기면서 재미있게 할 수도 있구나.'

20년 넘게 들어가 있던 어깨 힘을 한 번에 빼기는 어려울 것이다. 조금씩 조금씩 빼나가면 나도 즐겁게 연극을 할 수 있지 않을까?

나는 오경택 연출에게 초연을 무시하고 자기가 원하는 연출의 방향대로 만들 깃을 주문했다. 굳이 하지 않아도 되는 주문이지만 혹시라도 성공적이었던 초연이 발목을 잡을까 하는 걱정이 있었다. 무대장치가 세팅되자 쓸데없는 걱정을 했다 싶었다. 조명 빛깔이 참 예뻤고 무대 바닥에 흙을 까는 아이디어는 지금 생각해도 참신했다. 흙은 거리와 피아프의 방, 피아프가 노래하는 무대를 자연스럽게 이어주었다. 지방공연은 대구, 목포, 울산 세 곳에서 했는데 흙을 사용하지 못한 것은 내내 아쉬움으로 남는다. 흙을 깔고 치우는 데 시간도 많이 걸리고 극장 측에서 별로 좋아하지 않았다.

음악감독은 박수경이 맡았다. 가사도 애절하게 잘 쓰고 편곡도 잘했다. 라이브로 피아노와 아코디언 반주를 해줘서 최정원이 연기에 몰입하는 데 큰 역할을 했다.

세 번째 공연 계획은 아직 잡히지 않았다. 그때도 최정원이 할 수 있을까? 나는 그랬으면 좋겠다. 한 번쯤 더 해도 좋을 것 같다. 최정원도 같은 생각이다. 두 번을 했지만 또 하고 싶은 역할이라고 했다.

일이 본격적으로 진행될 즈음에 나를 포함한 신시의 식구들이 유혹에 빠진 일이 있었다. 〈피아프〉를 뮤지컬로 포장해서 홍보를 하자는 거였다. 사실 〈피아프〉에는 20곡의 노래가 나온다. 일본에서도 뮤지컬이라고 했다.

"최정원이 있기 때문에 뮤지컬로 하는 게 홍보하기에 더 좋아요."

"뮤지컬 스타 최정원이 연극을, 노래를 부르면서 연극을 한다는 게 더 신선하지 않을까요?"

모두 다 좀 더 많은 관객을 모으기 위한 노력들이지만 유혹에 빠져서 나온 이야기여서 합의점을 찾지 못하고 퍼져나가기만 했다. 그러다가 다시 원점으로 돌아와서야 결론이 났다.

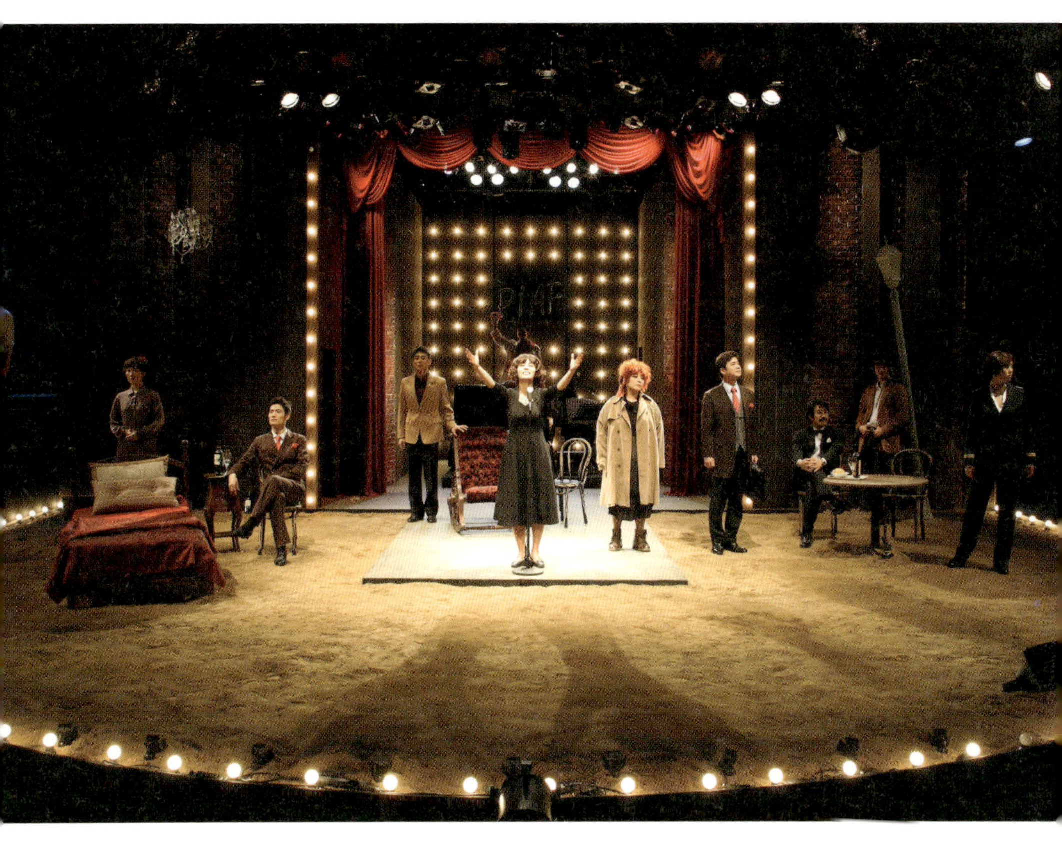

“우리가 런던에서 가져올 때 연극으로 가져왔잖아. 그래서 초연 때도 연극으로 했던 거고. 정직하게 연극으로 가자.”

뮤지컬이라고 했으면 물론 뮤지컬 팬들을 더 불러올 수 있었을 것이다. 그렇지만 홍보가 기획사의 중요한 역할이긴 해도 기본 형식이 연극인데 노래가 들어간다고 뮤지컬로 하기가 좀 민망했다. 이 ‘민망함’을 느끼기까지 많은 논쟁이 필요했지만 말이다.

Part 7

샘물 같은
작품들

계약 관계로 묶인 배우는 없지만 '우리 식구다'라고 생각하는
젊은 배우들이 많이 있다. 나는 그들을 아끼고 사랑한다. 진심이다.
그리고 그들이 오랫동안 살아남아 특별한 뮤지컬 배우가 되기를 원한다.
그러기 위해서 가장 좋은 방법은 연극을 하는 것,
연극의 맛을 알고 꾸준히 연극무대에 오르는 것이다.

여덟 번이나 미친 렌트, 또 새로운 시작

11년 전 여기저기서 파격적인 뮤지컬 한 편이 한국에 온다는 소식이 화제가 되었다. 〈렌트〉였다. 내가 이 작품을 올릴 거라고 하자 대다수가 의아한 반응을 보였다. 한국 관객이 도저히 받아들일 수 없는 에이즈, 마약, 동성연애 등의 내용이라며 절대로 성공할 수 없을 거라고 했다. 그런데 그 뒤로도 나는 여덟 번이나 더 공연을 올렸다.

나는 여전히 〈렌트〉에 미쳐 있다. 이제 〈렌트〉에 출연하고 싶어 미친 배우들도 많아졌다. 이 작품의 배역은 모두 20대다. 그러니까 뮤지컬 배우라면 서른 살이 되기 전에 꼭 해보고 싶은 작품이 〈렌트〉다. 2007년에 공연을 할 때는 대한민국 최고의 배우가 〈렌트〉에 출연하고 싶다는 뜻을 전해왔다. 조승우다. 나로서는 뜻밖이었다. 조승우처럼 유명 기성배우가 이 작품에 나오는 건 드문 일이다. 당시 공연은 대학로에 있는 400석 규모의 소극장에서 하기로 되어 있었다. 대스타가 소극장 공연을 하고 싶어하는 것도 그렇고, 디테일한 부분이 노출되어서 연습량이 많은 작품인데도, 조승우는 지금 하지 않으면 나이 때문에 영영 못할 거라며 소극장이기에 더더욱 욕심을 냈다고 했다. 자신의 이름을 걸고 소극장 공연에 도전한 용기와 자신감에 박수를 보낸다. 그가 출연한 〈렌트〉는 티켓 오픈 20분 만에 매진되었다.

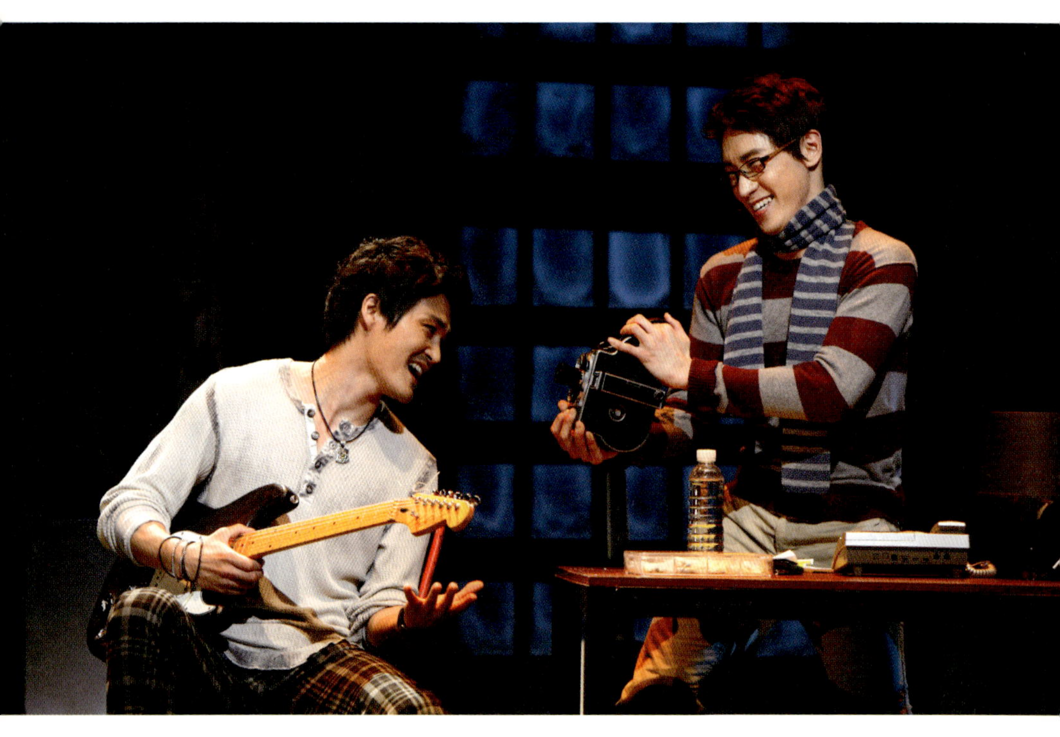

나는 여전히 〈렌트〉에 미쳐 있다.
이제 〈렌트〉에 출연하고 싶어 미친 배우들도 많아졌다.

〈렌트〉는 배역의 나이 때문에 20대로 구성해야 해서 대부분 신인들이다. 그래서 신인들에게는 등용문이 되었고, 뮤지컬계에는 새로운 인물을 공급하는 샘물 같은 작품이 되었다. 정선아, 김수용, 김호영, 김보경, 고명석, 김영주, 김선영, 문종원, 황현정, 이건명, 성기윤, 이계창, 이동근 등이 〈렌트〉의 샘물들이다. 건강하게 잘 자라주어서 참 고맙다.

2011년 충무아트홀에서 여덟 번째 공연을 하기 1년 전인 2010년에 〈렌트〉와 관련된 두 가지 일을 했다. 대대적인 짐정리를 했는데 그때 스태프들이 물었다.

"〈렌트〉 어떻게 할까요?"

"폐기해."

풀이하면 이렇다. 스태프들은 〈렌트〉의 의상, 소도구, 무대장치 등을 버릴 건지 보관할 건지 물어본 거였고, 내 대답은 버리라는 거였다. 나는 새롭게 만들 때가 되었다고 생각했다. '혹시나' 하는 마음에 보관해두면 또 사용하게 되고 새롭게 만들겠다는 계획은 물 건너간다. 스태프들과도 의논을 하고 결정한 일이지만, 다시 제작하자면 비용이 많이 드니까 재차 확인해본 것이다.

박칼린에게 숙제를 내준 게 두 번째 일이다.

"번역부터 다시 해봐. 완전히 새롭게 만들어봐. 놓치고 왔던 것을 다시

〈렌트〉는 신인들에게는 등용문이 되었고,
뮤지컬계에는 새로운 인물을 공급하는
샘물 같은 작품이 되었다.

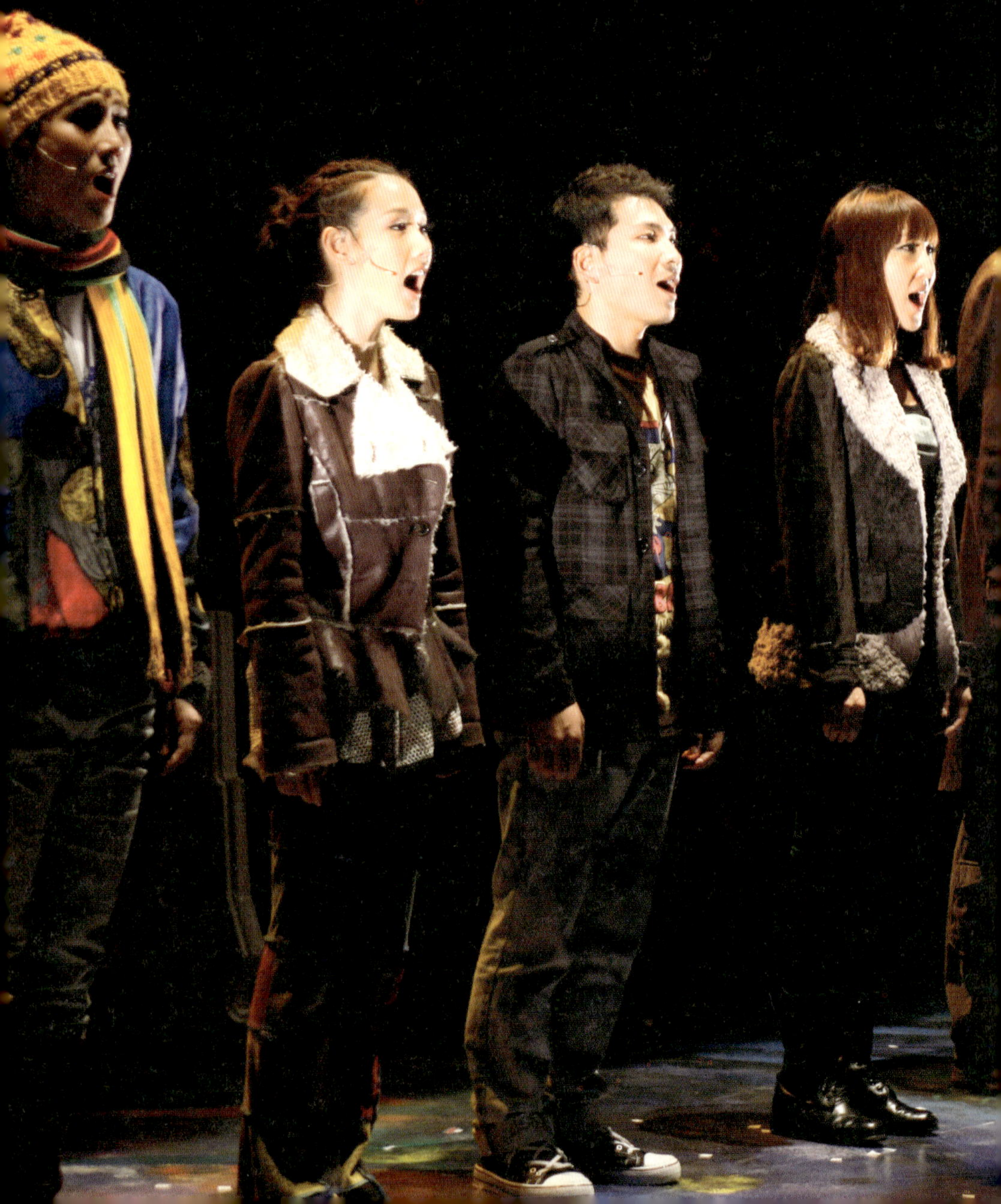

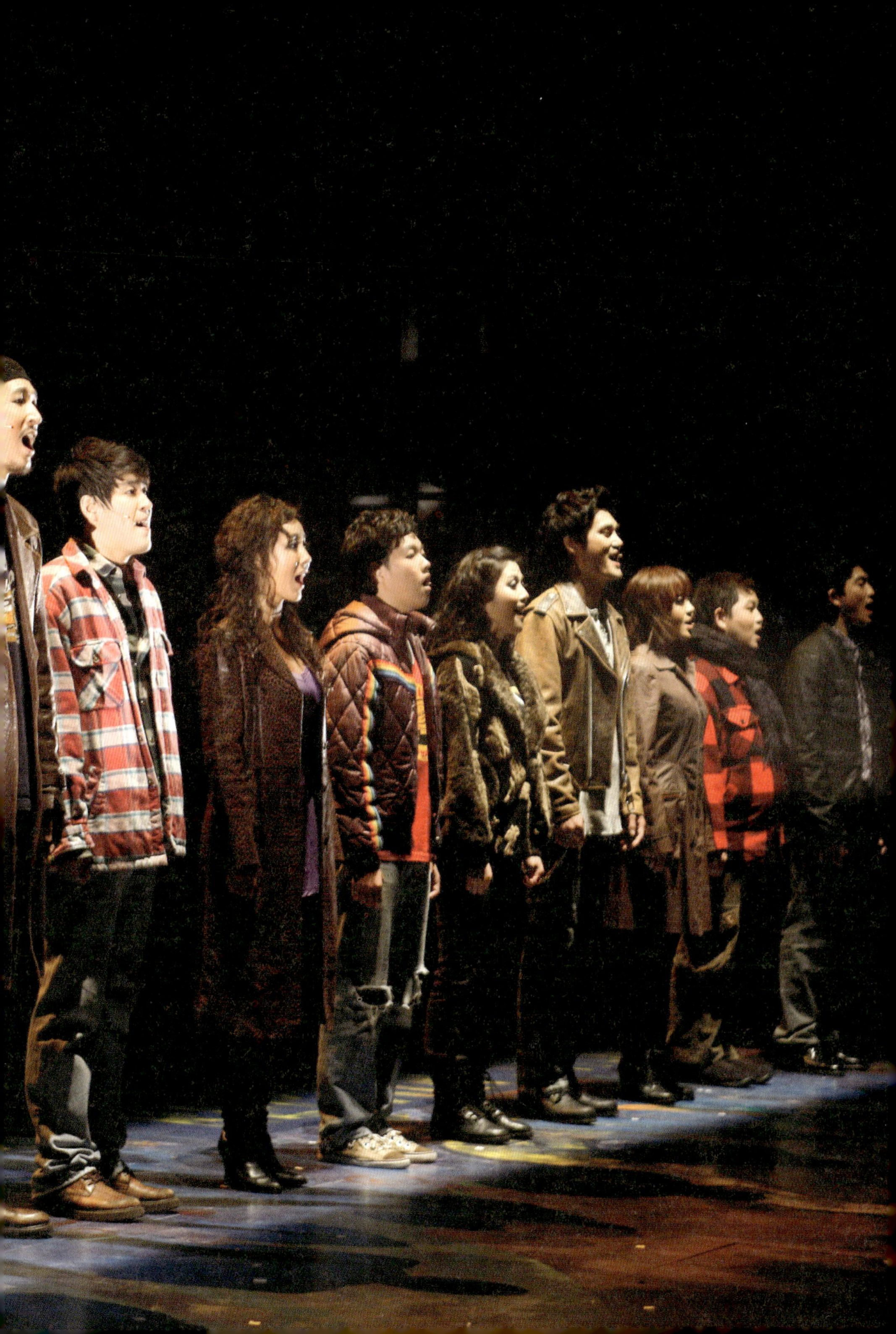

찾는 것도 중요한 것 같아.”

박칼린은 내가 이렇게만 말해도 무슨 뜻인지 다 알아듣는다. 원작은 선정적이고 노골적이며 외설적이다. 거친 언어들도 많다. 그전까지는 그걸 어느 정도 순화를 했는데 이제는 우리 관객들도 그 정도는 받아들이고 공감할 수 있는 시대가 되었다고 보았다. 그러니까 번역부터 다시 하는 게 순서에 맞다. 단순한 숙제를 내주었으니 한 가지쯤은 덧붙여도 된다.

“대신 무대장치 다 버렸으니까 장치 디자인부터 다시 해야 해.”

이렇게 해서 〈렌트〉가 박칼린의 네 번째 연출작으로 결정되었다. 박칼린도 이 작품에 애정이 많았던지라 ‘정말, 진짜 잘 만들 자신 있다’며 의욕적으로 달려들었다. 그러라고 시킨 거지만 번역부터 가사까지 직접 다시 쓰는 수고를 해주었다. 배우도 모두 박칼린이 원하는 사람으로 뽑았다. 그럴 사람도 아니지만 혹시라도 내 영향을 받을까봐 오디션장에도 한 번 슬쩍 갔다가 얼른 나왔다. 그러니까 캐스팅 비화를 알고 싶으면 박칼린에게 따로 물어보아야 한다. 다만 원캐스팅으로 가지 못한 게 아쉽다. 이건 박칼린 잘못이 아니다. 누차 말했듯, 젊은 배우들일수록 원캐스팅을 두려워한다. 연습할 때 몇 번 들러서 봤더니 열심히 깨부수고 있는 게 보였다. 박칼린만의 색깔이 있는, 새로운 〈렌트〉가 오고 있었다. 완성되었을 때 어떤 〈렌트〉일지 몹시 기대하면서 공연 날짜를 기다렸다.

공연 오픈은 일요일이었다.

1막을 보면서 생각했다. '무대 디자인이 압권이다!' 지금까지 〈렌트〉에서 볼 수 없었던 새로움 그 자체였다. 과거에는 뉴욕 공연과 비슷하다는 인상을 받았는데 이번에는 의상까지 완전히 달라졌다.

2막을 보면서 생각했다. '새로운 렌트를 만들기 위해 정말 애썼구나!'

그렇다고 완벽했는가 하면 그렇지는 않았다. 눈에 걸리는 몇 장면이 있었다. 첫 번째는 영상이었다. 영화처럼 배경에 영상을 쏘는 장면이 몇 군데 있었다. 전체적으로 영상을 쓴 건 좋은데, 세 장면에서는 배우가 묻히는 부작용이 있었다. 그리고 장치 이동이 많은데 한두 장면만 줄여도 연극적이고 동적일 것 같았다. 또 미미가 'Out Tonight'을 부르는 장면에서 백코러스를 등장시키는 것은 오히려 극 진행을 방해했다. 박칼린은 욕심이 많고 아이디어가 많은 사람이다. 지난번 공연과 차별성을 두어야겠다는 욕심에 오히려 몇 장면들이 덜컹거렸다.

공연이 끝나고 내 생각일 뿐임을 전제로 조심스럽게 이런 의견을 말했는데, 박칼린의 한 마디에 나는 입을 다물었다.

"다 정리했어요. 지금 얘기한 것들이 우리 모두가 공통적으로 생각하는 문제점들이네요. 대표님도 스태프들하고 똑같이 생각해서 놀랐어요."

'역시 생각하는 건 모두가 비슷하구나, 이게 10년 세월 동안 같이 작업

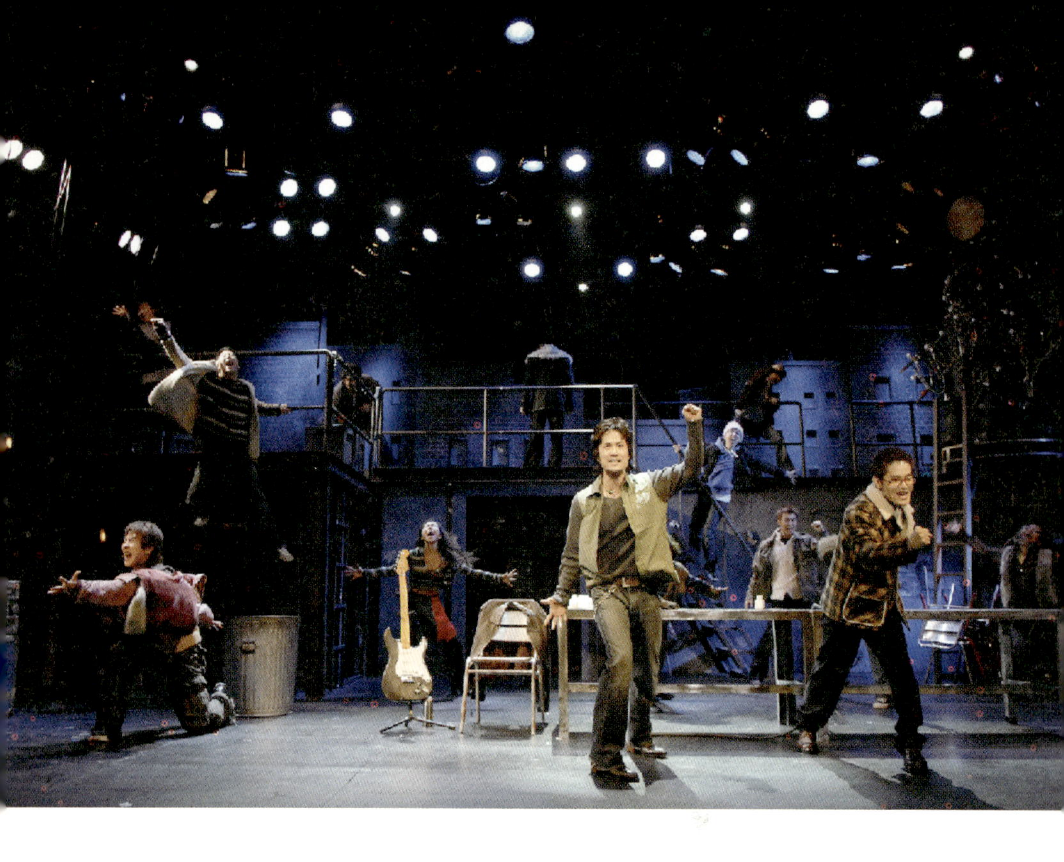

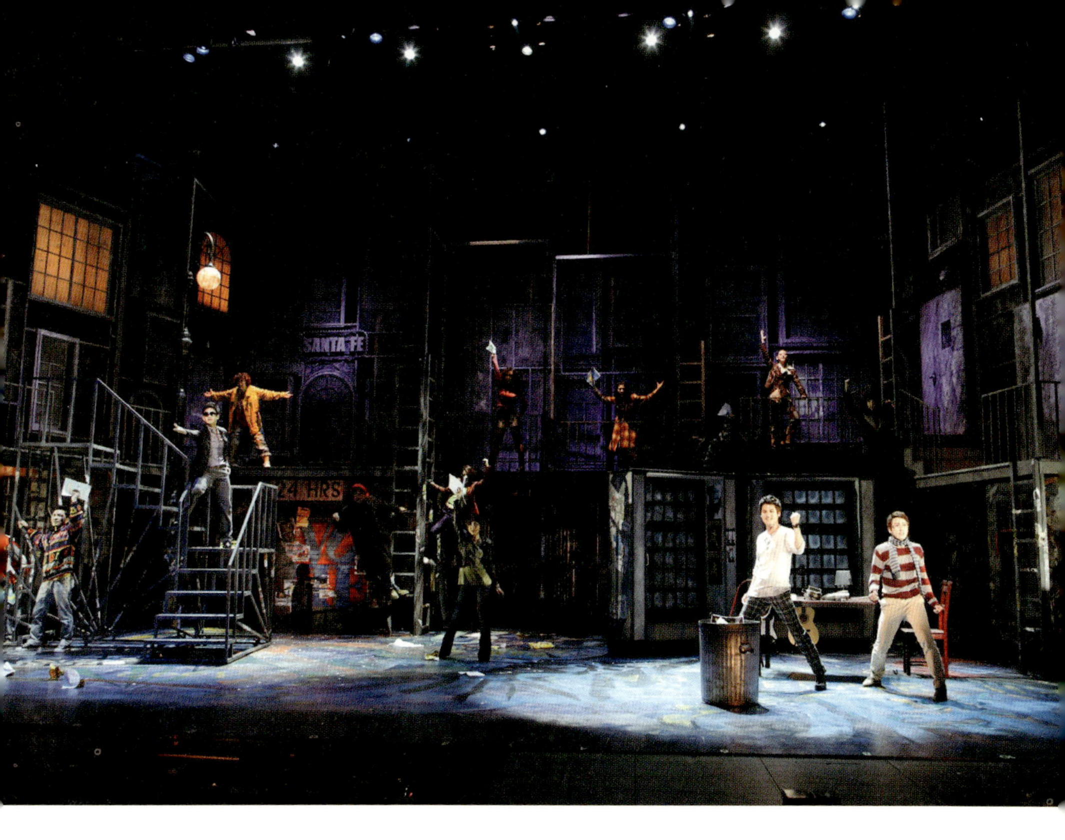

2007년 공연과 2011년 공연 모습.
새로운 공연은 지금까지 〈렌트〉에서 볼 수 없었던 새로움 그 자체였다.

해온 증거구나.'

공연 리뷰 중에는 '너무 선정적이고 노골적이라 낯 뜨거워졌다'는 의견이 있었다. 아마도 그동안 〈렌트〉를 봐온 관객이 아닐까 싶다. 나는 새로운 〈렌트〉라는 시각으로 봐달라고 말씀드리고 싶다. 맹세컨대, 모두 원작에 있는 장면과 대사들이다. 단 한 장면, 한 마디 대사도 상업성을 위해 덧붙이지 않았다. 내가 연출이 아니어도 이 정도는 안다. 그래도 원작만큼 노골적이지는 않다.

나는 원작에 더 가깝게, 더 노골적이고, 더 거친 언어를 써야 한다고 생각한다. 이건 작품 때문이다. 언제 죽을지 모르는 에이즈 환자들, 집세를 못 내 쫓겨나게 생긴 젊은이들, 마약중독자, 동성애자 등 〈렌트〉에 나오는 인물들이 처한 상황은 암울하기 그지없다. 거기서 20대의 피 끓는 청춘들이 사랑과 꿈을 노래한다. 이런 상황에서 곱고 예쁜 말이 나오는 게 오히려 비현실적이다.

개막 공연을 본 뒤에 몇 번을 더 보았다. 보면서 내내 나 자신을 칭찬했다. '이전에 썼던 걸 폐기하길 잘했어. 1년 전에 박칼린한테 숙제 내주기를 참 잘했어.' 모든 리바이벌 공연은 원작의 내용을 훼손하지 않는 범위에서 새롭게 태어나고 싶어한다.

예측 불능 셰익스피어 코미디, 베로나의 두 신사

연극 제작을 시작하면서부터 셰익스피어 작품을 해보고 싶었다. 셰익스피어가 죽은 지 400년이 다 되어가는데도 그의 작품은 여전히 '성황리'에 무대에 올려지고 있다. 때로는 원작 그대로, 때로는 〈칼로막베스〉처럼 변주되면서 400년 뒤의 먼 나라 사람들까지 웃기고 울린다. 그의 작품 중 '아무거나'가 어디 있겠느냐마는 셰익스피스 작품 중 아무거나 하고 싶지는 않았다. 4대 비극이나 〈사랑의 헛수고〉, 〈베니스의 상인〉처럼 자주 볼 수 있는 작품이 아니라 우리 관객들이 접하지 못한 것을 하고 싶었다. 그래야 신시에서 셰익스피어를 하는 의미가 있다.

나는 최경화 팀장에게 신시의 스타일에 맞으면서도 본고장인 런던의 연출가를 불러서 할 만한 셰익스피어를 찾아보라고 했다. 국제팀에서 오래 일해온 최경화 팀장은 국제적 수사망을 펼쳐서 내가 원하는 작품을 찾아냈다. 공교롭게도 찾고 보니 우리도 잘 아는 인물이 깊숙이 연루되어 있었다. 글렌 윌포드라는 영국 연출가다. 신시에서 했던 뮤지컬 〈블러드 브라더스〉와 손숙 선생이 출연한 연극 〈셜리 발렌타인〉의 연출을 맡기도 했던 글렌은 영국뿐 아니라 일본, 미국, 러시아, 독일, 그리스 등 전 세계에서 활동하고 있다. 배우 출신 연출가로 지금도 배우 활동을 하고 있는 원기 왕성한 '할머니'다.

최경화 팀장이 발견한 작품은 글렌이 각색하고 그의 친구가 작곡을 맡아 일본에서 연출한 〈베로나의 두 신사〉였다. 일본에서는 뮤지컬처럼 만들었는데 2007년 초연 당시 아이돌 스타가 출연해 전회 매진이라는 기록을 세웠다고 한다. 이 작품은 셰익스피어가 처음으로 세상에 발표한 희곡으로 알려져 있다. 초기작품이라 씬 연결이 어색하고 구조적 허술함이 있지만 장면장면의 상황 설정은 기발하다. 〈로미오와 줄리엣〉, 〈한여름밤의 꿈〉 등 이후에 나온 걸작들의 모티브라고 생각되는 장면들도 많다.

현대인들이 보기에 줄거리 자체는 전혀 새로울 게 없다. 친구의 애인을 사랑하게 된 남자가 여자를 차지하기 위해 친구를 배신하고 온갖 비열한 일들을 서슴지 않는다는 전형적인 삼각관계를 다룬다. 이대로만 보면 참 질척거리고 뻔한 내용일 것 같은데, 셰익스피어는 이걸 예측 불가능한 코미디로 풀어냈다. 배우들이 짐짓 심각한 표정을 지어도, 아니 심각한 표정을 지을수록 관객들은 배꼽을 잡는다.

애초 연극 작품을 찾은 건데 글렌에게 이메일을 보내 대본과 음악을 받아보니 음악극으로 가는 게 더 재미있을 것 같았다. 당장 글렌과 일정을 조율하고 작업을 진행했다. 연극이었으면 연극 전문배우들 위주로 캐스팅을 했을 텐데 이 작품은 음악극이다. 한 곡을 하더라도 제대로 해야 하기 때문에 뮤지컬 배우를 캐스팅해야 한다. 젊은이들의 사랑 놀음을 담은 코미디 연극이어서 배역들도 다 젊어야 한다. 이런 조건들이 생기면서 부가적인 목표가 생겼다.

'이번 작품을 우리 배우들의 수련 기회로 삼자.'

사실 계약 관계로 묶인 배우는 없지만 '우리 식구다'라고 생각하는 젊은 배우들이 많이 있다. 나는 그들을 아끼고 사랑한다. 진심이다. 그리고 그들이 오랫동안 살아남아 특별한 뮤지컬 배우가 되기를 바란다. 여러 가지 방법이 있겠지만, 현재까지 내가 아는 가장 좋은 방법은 연극을 하는 것, 연극의 맛을 알고 꾸준히 연극무대에 오르는 것이다. 〈베로나의 두 신사〉는 음악극이긴 해도 연기가 차지하는 비중이 훨씬 큰 작품이다. 셰익스피어의 번득이는 말잔치, 상대 배우의 말꼬리를 잡고 치고받는 속사포 대사, 본토 연출가의 연기지도 등 배우고 느낄 게 참 많은 기회라고 생각했다.

오디션 없이 내가 아끼고 좋아하는 배우들로 뽑았다. '아끼고 좋아하는 배우'의 기준은 평소 성실하고 열정을 바치는 배우다. 사실 나는 이런 배우들을 편애한다. 김호영, 이율, 김아선, 최유하, 성기윤, 이동근, 오석원, 김남호, 방정식 등이 편애를 받는 배우들이다. 그리고 이경미 배우가 출연했다. 뭐니 뭐니 해도 가장 특별한 배우는 뮤지컬 〈금발이 너무해〉에 출연했고 광고까지 찍은 '분'이다. 이름은 땡칠이, 란스의 애견이다.

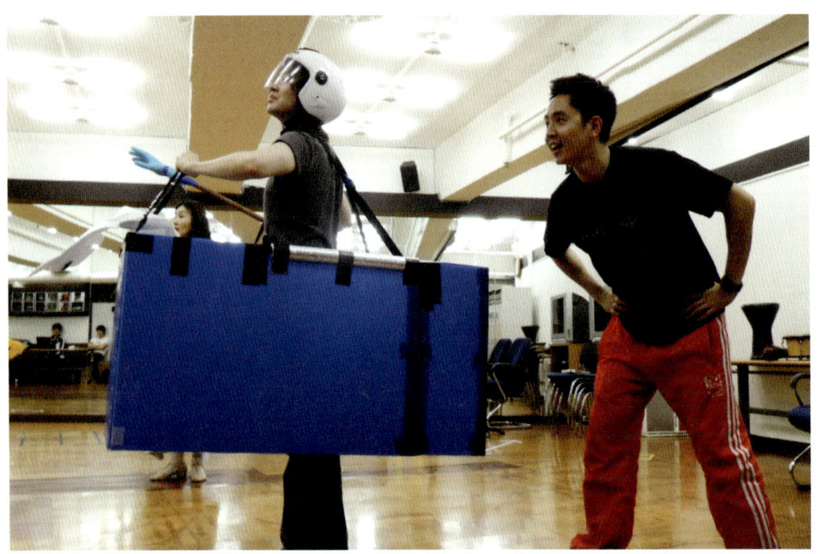

오디션 없이 내가 아끼고 좋아하는 배우들로 뽑았다.

사실 나는 성실하고 열정을 바치는 배우들을 편애한다.

배우들은 뮤지컬만 하다가 속도감 있는 대사를 주고받아야 하는 연기
를 해서 그런지 색다른 경험을 즐기는 듯했다. 또 코미디라서 그런지 몰라
도 내내 웃으면서 연습했다. 코미디 연극의 진수를 느끼지 않았을까, 기대
하고 있다.

나는 늘 무대장치에 돈을 아끼지 말라고 한다. '그 작품에 맞는 무대를
보여줘야 한다', '사실주의 연극이라면 정말 실제처럼 해야 한다'고 말한다.
〈베로나의 두 신사〉 때도 그랬다. 자료 수집을 하면서 보니 일본 공연의 무
대 디자인이 마음에 들었다. 작품에 걸맞은 언덕과 숲을 만들어놨는데, 참
예뻤다. 우리나라에 비해 일본에는 무대 디자이너가 많다. 우리는 몇몇 능
력 있는 사람들이 다작을 하지만 일본은 그렇지 않다. 그들 특유의 장인 정
신이 있기 때문인지 굉장히 디테일하다. 글렌도 같은 의견이라 디자인만
로열티를 주고 사왔다.

이쯤에서 글렌 이야기를 한 번 더 하지 않을 수 없다. 런던에 있는 글렌
의 집에서 같이 밥도 먹고 했는데 나이를 한 번도 물어보지 않아서 정확한
나이는 모르지만 아마 60대 후반 정도 되었을 것이다. 외할머니처럼 상대를
편하게 해주고 배우들과 즐겁게 작업하는 연출가다. 연습장에 들어오면 늘
맨발이다. 부드러운 열정을 뿜어내는 분, 술도 잘 드시고 담배도 하루에 두
갑 정도 태우신다. 연습하고 있는 걸 보면 속으로 이런 말이 절로 나온다.

자료 수집을 하면서 보니 일본 공연의
무대 디자인이 마음에 들었다.
작품에 걸맞은 언덕과 숲을
만들어놨는데, 참 예뻤다.

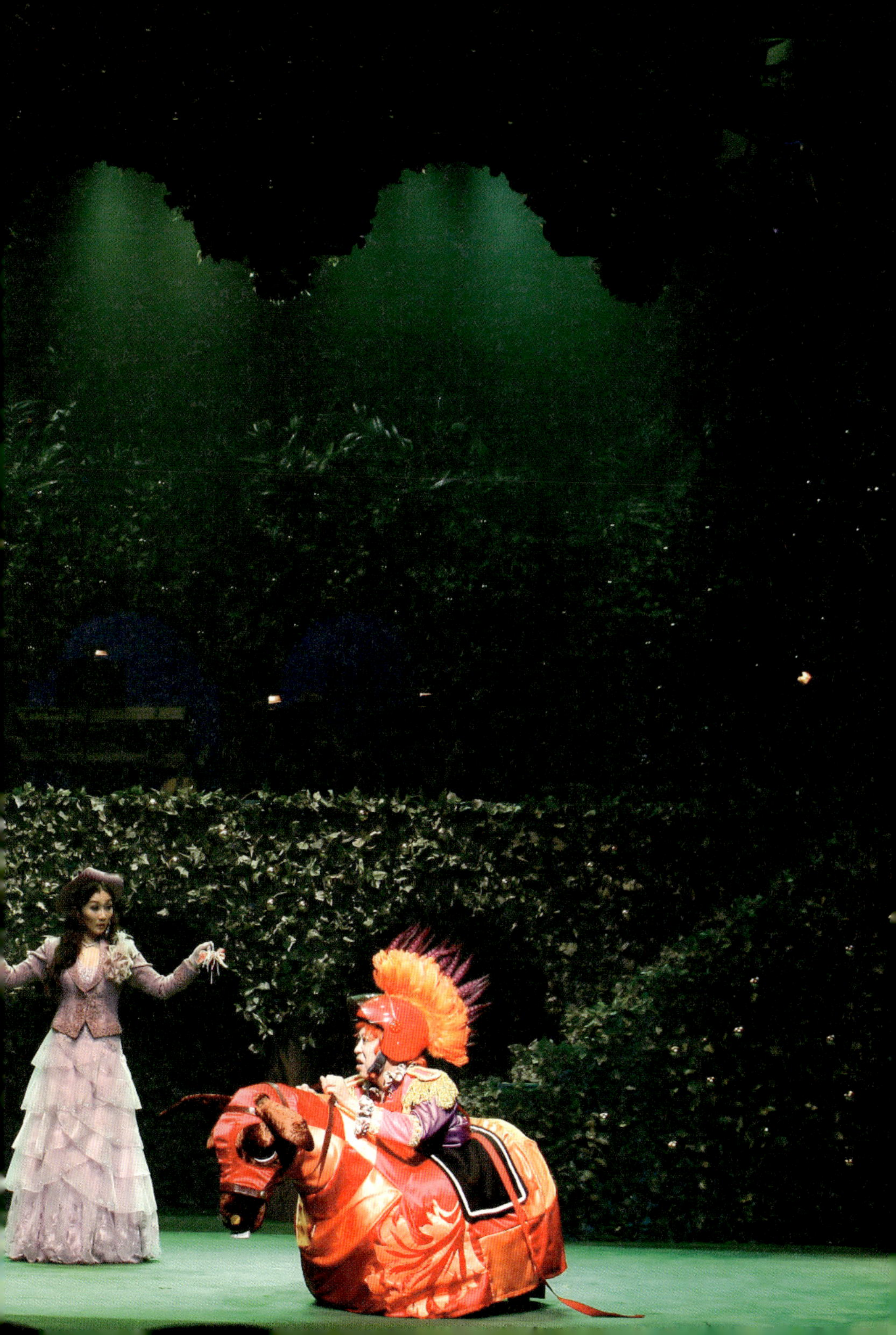

'참, 저 할머니, 열정도 좋다!'

셰익스피어 작품은 그렇다. 보면 명작인데 보기 전까지는 큰 호기심이 생기지 않는 것이 일반 관객의 입장이다. 이 공연도 그랬다. 초기에는 관객이 많지 않았다. 하지만 오는 관객들마다 배꼽이 빠져서 돌아가고 빠진 배꼽을 주위에 보여줬는지 중반 이후로 관객이 몰리기 시작했다. 특히 방학을 맞아 극장을 찾은 청소년들이 그렇게 좋아했다.

이 공연으로 많은 수익을 남길 생각은 없었다. 관객들에게 새로운 셰익스피어를 보여주는 것, 우리 배우들을 훈련시키는 것, 목표는 이 두 가지였고 둘 다 만족스럽게 달성했다.

"대표님, 우리 베로나 또 안 해요?"

지금도 배우들이 묻는다. 코미디 연극의 진수를 느낀 것 같아 기분이 좋다. 400년 전 먼 나라에 살았던 천재 덕분이다. 그러고 보니 우리가 사는 세상에는 코미디 같은 일들이 넘치는데, 실상 우리 연극계에는 코미디 작품이 많지 않다. 참 희한한 일이다.

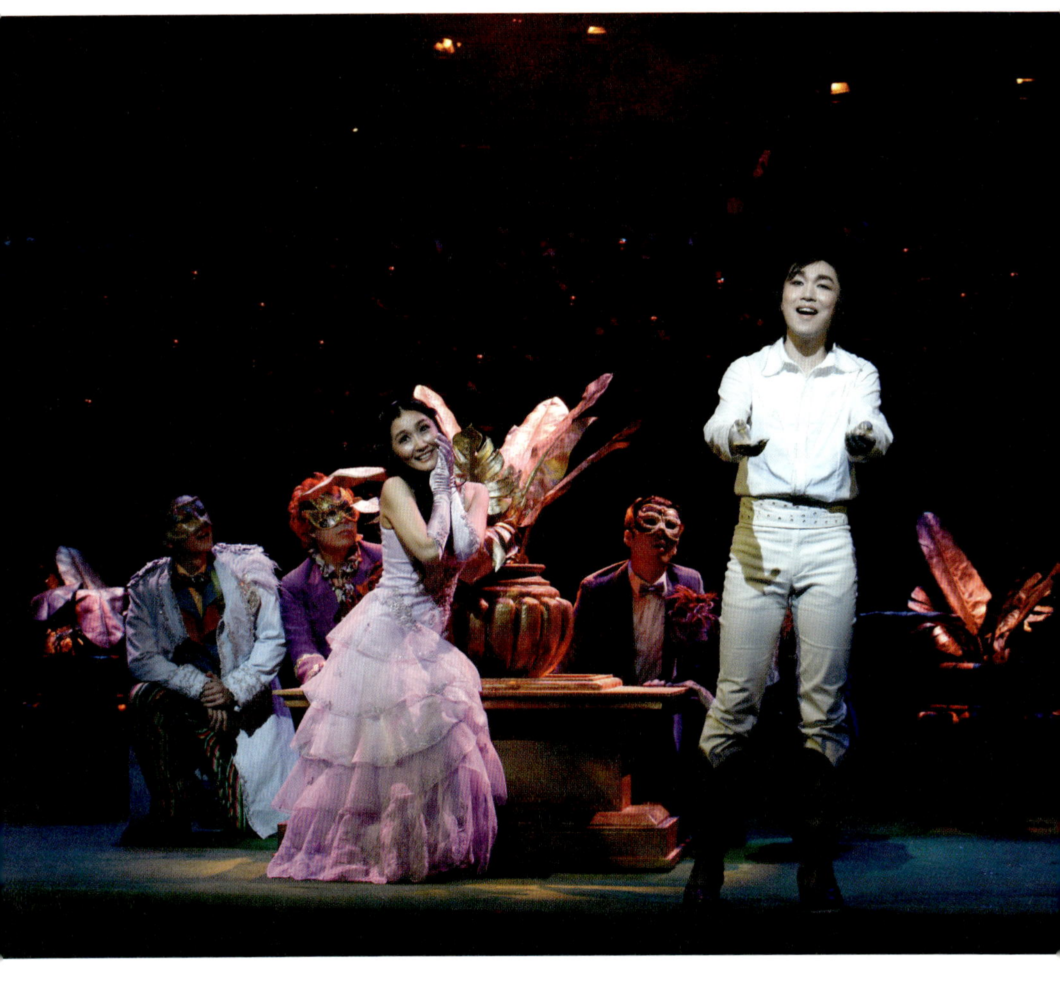

앙상블을 만들어내는 사람들

신시컴퍼니는 뮤지컬이나 연극을 만드는 공연기획사들의 연구대상이다. 왜 일까?

언젠가 누군가 물었다. 신시의 성공비결이 무엇이냐고. 글쎄, 갑작스런 질문에 답하기가 어려웠다. 나도 앞만 보고 '냅다' 달려왔지 뒤를 돌아볼 겨를이 없었다. 오랜 시간이 지난 이제야 그 질문에 답을 채워본다.

첫 번째 연구목록은 신시 식구들의 근속연수다. 공연예술계는 이직률이 굉장히 높다. 업무가 1년 단위로 돌아가는 게 아니라 작품 단위로 돌아가서, 한 작품이 끝나면 다른 기획사로 옮기고 또 한 작품이 끝나면 다른 기획사로 옮기는 일이 허다하다.

이쯤 되고 보면 프로젝트 단위로 모였다가 흩어지는 프리랜서라고 해도 큰 무리가 없을 지경이다. 그런데 최은경 부대표는 20년째 신시에서 일하고 있고, 이훈 팀장, 정소애 실장은 18년째 일하고 있다. 공연예술계에서 보면 이들의 근속연수는 불가사의에 가깝지만 신시만 놓고 보면 좀 더 일찍 회사에 들어온 사람들일 뿐이다. 전체 직원 30명 중 절반 정도가 10년 이상 신시 식구로 일하고 있기 때문이다.

월급을 많이 줘서 그런가라는 질문이 가능하다. 회사 사정이 안 좋아도 매년 초에 10퍼센트 정도는 올려주려고 했고, 오래 일한 사람들이 많으니까 다른 회사에 비해 월급이 많은 건 맞다. 그래도 근속연수를 설명할 수 있을 만큼은 아니다.

두 번째 연구목록은 신시 식구들의 열정이다. 우리 식구들은 '공연계의 공수부대'라고 불린다. 직원 한 사람 한 사람이 회사 일이 아니라 자기 일이라는 자부심을 갖고 일한다. 다른 기획사가 우리와 비슷한 시기에 큰 작품을 놓고 경쟁할 때 두려움을 느끼는 건 물불 안 가리는 우리 식구들의 열정을 알기 때문이다.

가끔 외부에서 일을 보고 밤 11시, 12시가 다 되어서 사무실에 들를 때가 있다. 오늘 안으로 보아야 하는 서류를 두고 갔거나 내일까지 넘겨야 하는 원고를 쓰기 위해서다. 그러면 그 시간까지 남아서 일하는 식구들이 있다.

늘 그런 건 아니고 공연이 임박했을 때 그렇다는 것이다. 일을 참 독하게 시킨다고 오해할 수 있는데 자발적 야근이다. 내가 억지로 남아 있게 하고 '기안 만들어서 내일 아침까지 내 책상에 갖다 놔!'라는 식으로 일을 시켰다면 장기근속은 설명되지 않는다.

나는 신시 식구들에게 '출퇴근시간 신경 쓰지 말고 살라'고 종종 말한다.

"예술을 하는 사람들이 괴짜 근성도 있고 배짱도 있고 깡다구도 있어야지. 술 많이 먹어서 일어나기 힘들면 좀 더 자고 천천히 나와도 돼. 아프거나 할 일 없으면 하루 쉬어도 돼. 즐거운 마음으로, 뭔가 자기가 원하는 걸 성취하기 위해서 회사에 나오는 거지, 억지로 와가지고 무슨 일을 하겠어. 자유로운 영혼을 가질 때 창의적인 생각이 떠오르는 거야."

우리는 무대에 서지도 않고, 연출을 하지도 않고, 대본을 쓰지도 않고, 조명도, 음악도 하지 않는다. 그래도 우리는 예술을 하는 사람들이다. 예술을 하는 사람에게는 관객의 마음을 끌어들이는 감성적 아이디어가 핵심 능력이다. 마지못해 일을 하는 사람이 기발한 감성적 아이디어를 낼 수 있을 리 만무하다.

스스로 계획을 세우고 좌절도 해가면서 일을 할 때 책임감도 생기고, 일을 성공적으로 해냈을 때 성취감, 쾌감을 느낀다. 실패했을 때의 반응도 다르다. 누가 시켜서 했다면 개선의 여지가 별로 없다. 그저 시킨 사람 탓만 하면 된다. 하지만 본인 스스로 세운 전략에 따라 했을 때는 반성하고 개선할 수 있다.

그래서 신시에는 전체회의가 별로 없다. 팀장들과는 의논을 많이 하지만, 전체 직원을 모아놓고 일장연설을 하지 않는다. 1년에 두세 번이 고작이고 올해는 한 번밖에 하지 않았다. 전체회식을 할 때도 '고생했다. 더 분발하자' 정도로 짧게 하고 그 다음에는 재미있게 논다.

우리가 하는 일은 서비스업이다. 공연이 끝나고 집에 가면 12시가 되기 일쑤다. 안 그래도 피곤하고 바쁜데, 대표라는 사람이 자꾸 회의하자고 하면 더 회의감이 들 것이다. 말하지 않아도 알아서 하는 것을, 아니 오히려 말하면 더 못하는 것을 굳이 이야기할 필요가 있을까?

물론 신시도 처음부터 그랬던 것은 아니다. 그리고 나 역시 처음부터 이런 생각을 가졌던 것은 아니다. 언제부터였는지는 잘 모르겠다. 아마 마흔 살 안팎이었던 것 같은데, 나는 신시를 떠날 준비를 하고 있었다.

내가 몇 살이 되면 떠나겠다는 계획이 있는 것은 아니다. 하지만 언제가 되든 떠나야 하는 시간은 반드시 온다. 그리고 그때는 내가 30대 후반부터 지금까지 열정을 다해 나를 위해, 그리고 신시를 위해 일했던 것처럼 남아 있는 사람이 그렇게 해주어야 한다. 그래야 신시가 '추억 속의 컴퍼니'가 되지 않는다.

시행착오도 많았다. 내가 일일이 지시했으면 일어나지 않았을 실수도 있었다. 회사에서 직원의 실수는 곧 금전적 손실로 이어진다. 그래도 참았다. 쉽지 않은 인내의 시간이었다. 믿음을 위한 시간도 필요했고, 시행착오

이후 신시 식구들과 끈기 있는 대화의 시간도 필요했다.

그 시간을 견딘 결과가 오늘의 신시다. 이게 나만의 공인가 하면 절대로 그렇지 않다. 내가 인내한 만큼 우리 식구들도 인내해주었다. 돌아보면 시행착오를 통해 얻은 배움은 참 뿌듯하지만 그 시간의 한가운데에 있을 때는 정말 고통스럽다.

누군가 손쉬운 방법을 알려주었으면 좋겠고, 누군가 내 책임을 덜어줄 만한 조언 혹은 지혜를 주었으면 좋겠다고 생각할 것이다. 내가 일일이 지시하고 싶은 마음을 참을 때 우리 식구들은 무겁고도 무거운 책임감을 짊어지고 견뎠던 것이다.

신시의 조직력은 해를 거듭할수록 좋아지고 있지만 눈에 띄게 좋아진 때가 있었다. 〈댄싱 섀도우〉로 막대한 손실을 입었을 때였다. 항간에는 신시가 곧 문을 닫을 거라는 소문이 떠돌았다. 어떻게 해서든 월급은 주었지만 위기에 봉착했던 것만은 사실이다. 이때 신시를 떠난 사람들도 있다.

내 판단으로는, 그들은 아직 신시 정신으로 무장되지 않았던, 아직 신시 식구가 덜 되어 있던 사람들일 뿐이다. 그때 회사를 떠났던 사람들은 지금쯤 후회하고 있지 않을까? 우리 식구들은 어떻게 해서든 이 어려움을 극복해야 한다는 마음으로 똘똘 뭉쳤다. 그 과정에서 생긴 조직력을 나는 '악착같은 앙상블'이라고 부른다. 우리 식구들은 가장 어려울 때 생존하기 위해 가장 치열한 전투력을 갖추었다. 신시 식구들이 노력한 결과, 인터뷰할 때마다 떠들었던 첫 번째 꿈이 실현되었다. 창작공간이 생긴 것이다. 정우 스님의 배려와 자비로 23년간 살았던 구룡사를 떠나게 되었다. 정우 스님의 제안으로 구룡사 바로 옆 건물에 새로운 둥지를 틀었다. 비록 작은 공간이 지만 예술가들이 사는 집처럼 색다르게 리모델링을 하고 입주를 마쳤다. 옥 상을 카페처럼 꾸며 식구들이 언제든 머리를 식히고 쉴 수 있는 놀이터가 될 수 있게 했다. 신시에서 오래 함께했던 식구들이 더 신기해하고 좋아한 다. 모든 식구들이 신바람 나서 일하는 모습이 느껴진다. 이제 다음 목표는 두세 작품을 동시에 연습할 수 있는 리허설 스튜디오와 쇼케이스를 동시에 할 수 있는 제2의 창작공간을 갖는 것이 꿈이다. 두 번째 꿈이 이루어지는 날부터 나는 신시에 대한 책임감을 내려놓을 수 있을 것이다.

2, 3년 정도만 지나면 내가 있을 때보다 더 잘 운영될 수 있다는 확신을 갖고 있다. 그렇다고 내가 어디 도망가는 건 아니지만 새로운 인물이 신시 를 이끌어나가는 것이 신시를 위해서도 좋은 일이다.

우리는 2010년에 특출한 작품이 나올 때까지 기존의 작품 외에 더 이상 라이선스 뮤지컬을 하지 않겠노라고, 창작뮤지컬과 연극에 전념하겠다고 선언했다. 그리고 우리는 국내 기획사 중에서 가장 많은 연극을 올리는 곳 이 되었다. 처음에는 우리 식구들 사이에서도 불만이 있었다. 가랑비에 옷

젖는다고 연극 한 편에 3,000만 원씩 손실을 입는다고 하면 열 편이면 3억이다. 좀 더 여유가 생기고 난 뒤에 하면 되지, 왜 연극에 집착하는지 이해하지 못하는 식구들도 있었다.

그런데 2년 동안 '과연 연극도 신시가 만들면 다르구나'라는 말을 들으면서, 직접 연극을 무대에 올리면서, 내가 왜 연극에 집착하는지 이유를 알게 되었다. 시간이 조금 더 필요하겠지만 왜 공연예술을 하는지, 말로 설명할 수 없는 이유를 알게 될 거라고 생각한다.

아직은 수익을 내는 연극보다 손실을 보는 작품이 더 많다. 우리는 좀 더 실패할 것이고 좀 더 어려워질지도 모른다. 그러나 이것은 반드시 거쳐야 할 과정이다. 연극에 실패하면서 연극으로 돈을 버는 시스템을 구축해나가고 있다.

〈댄싱 섀도우〉 이후 악착같은 앙상블이 만들어졌듯이, 가장 어려운 환경에서도 다시 일어서는 튼튼한 맷집을 길러나가고 있는 중이다. 신시 식구들은 매년 조를 짜서 런던이나 뉴욕을 다녀온다. 우리보다 공연 역사가 오래된 곳에서는 어떻게 작품을 만드는지, 어떤 작품을 올리는지 보고 온다. 우리의 위치가 지금 어디인지 스스로 판단하고 자성할 수 있는 계기를 만들어주기 위해 시작한 일이다. 우리는 연극에서도 계약 문화를 정착해가고 있고 오디션을 통해 배우를 뽑는 붐도 일으켜볼 계획이다.

내 욕심만큼 챙겨주지 못해서 늘 미안하다. 때로 서운한 마음이 생길 때도 있겠지만 늘 내 식구라는 마음을 잊지 않는다는 것을 알아주었으면 좋겠다. 우리 식구들을 대하는 내 마음은 지난 겨울 보낸 문자와도 같다.

"눈 온다. 운전 조심해라."

나는 우리 식구들이 항상 고맙고 늘 대견하다. 신시컴퍼니는 이들의 열정과 의리, 그리고 관객들의 사랑으로 살아가고 작품도 만든다. 그게 전부이고, 그게 우리의 희망이다.

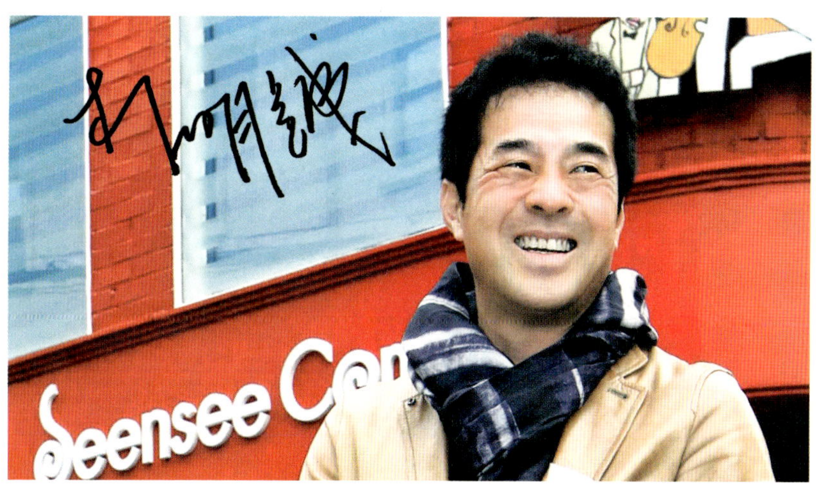

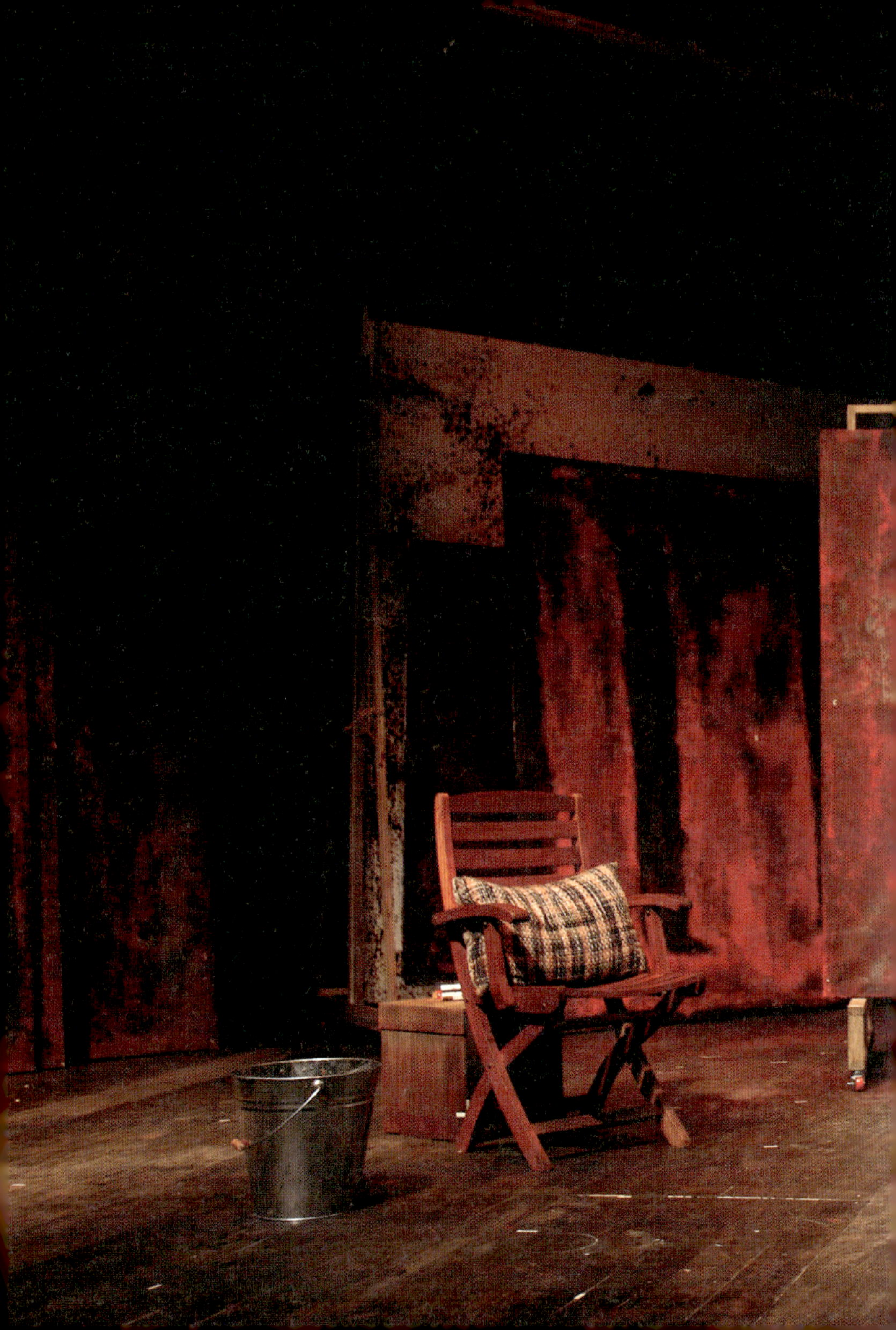

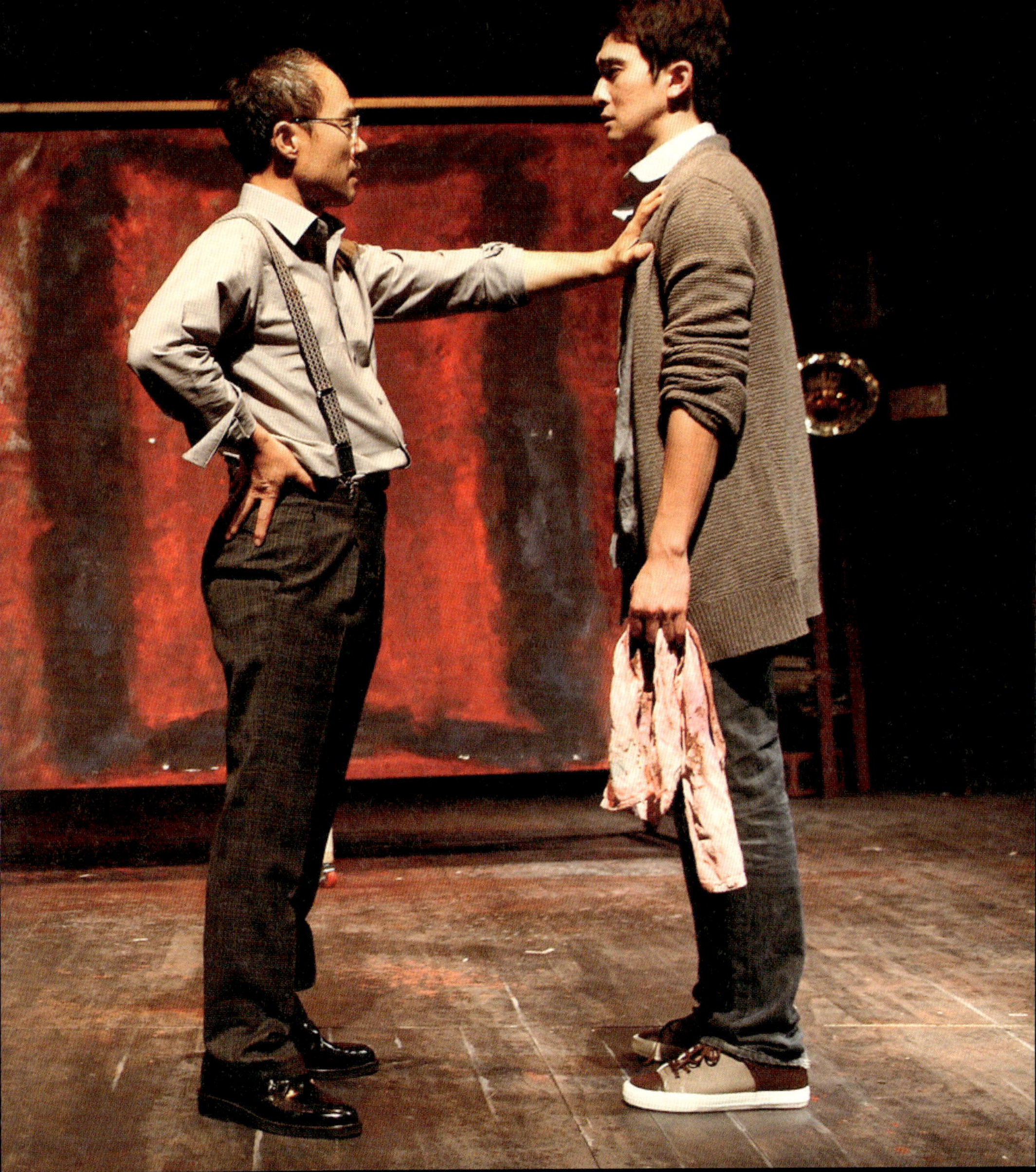

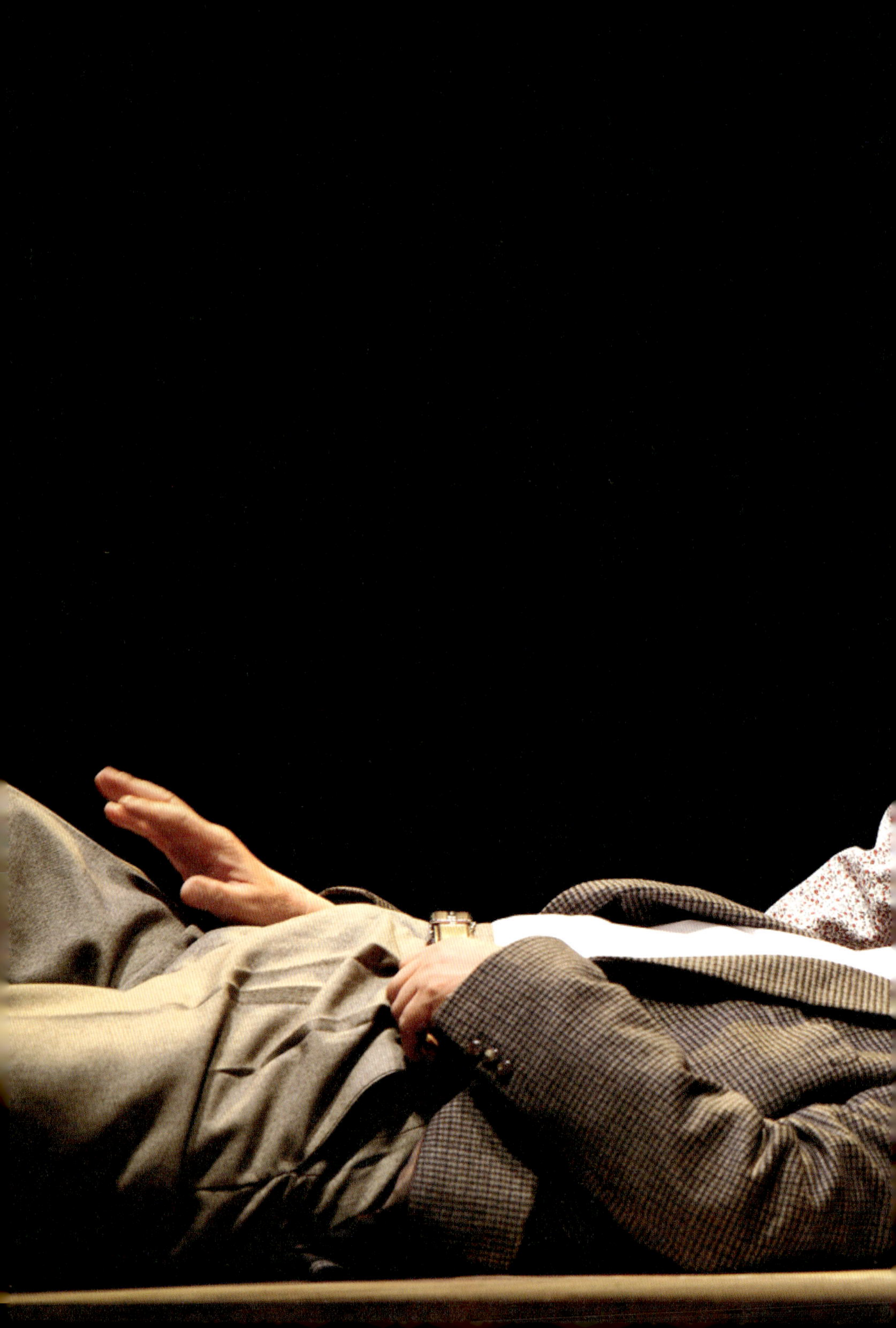

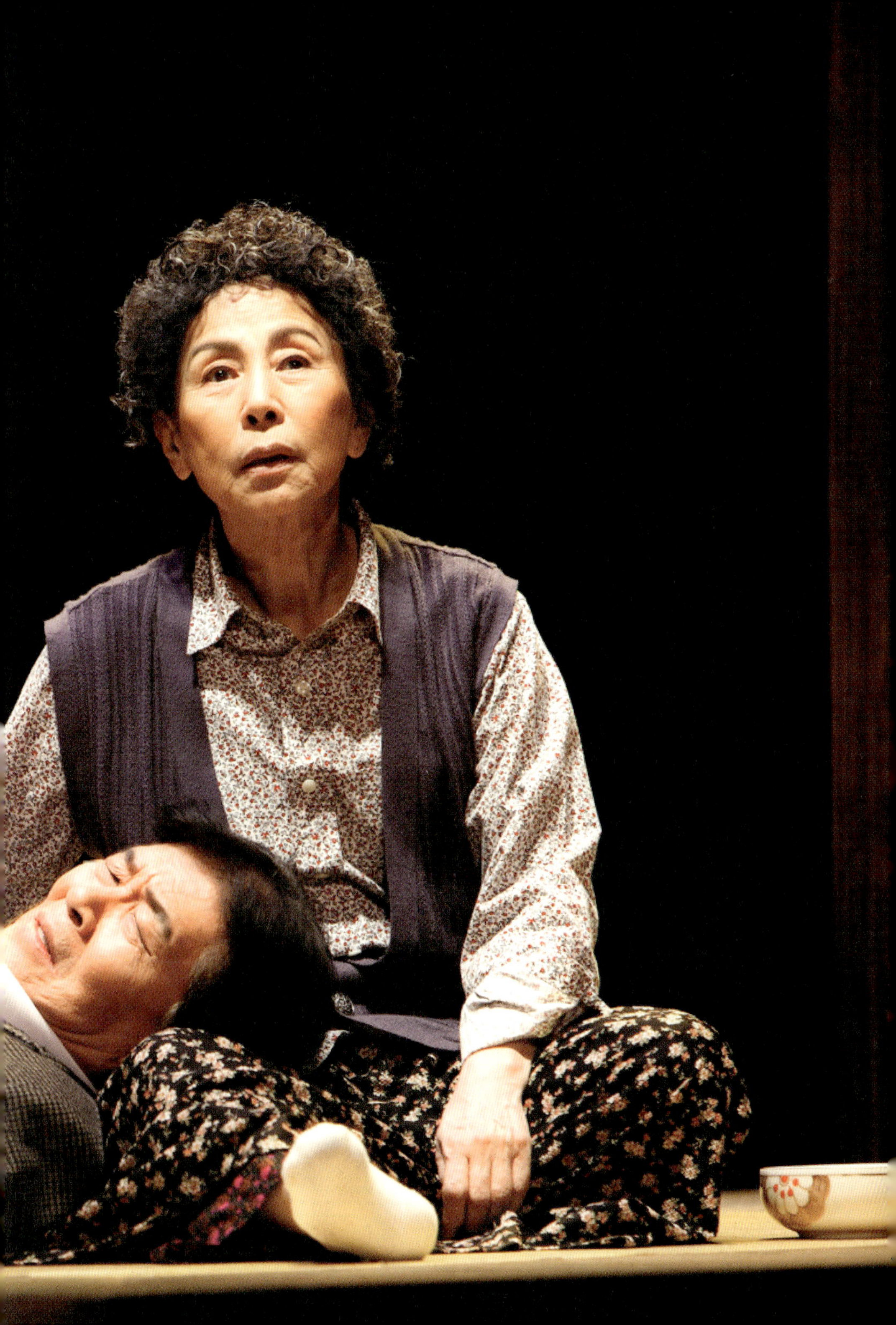

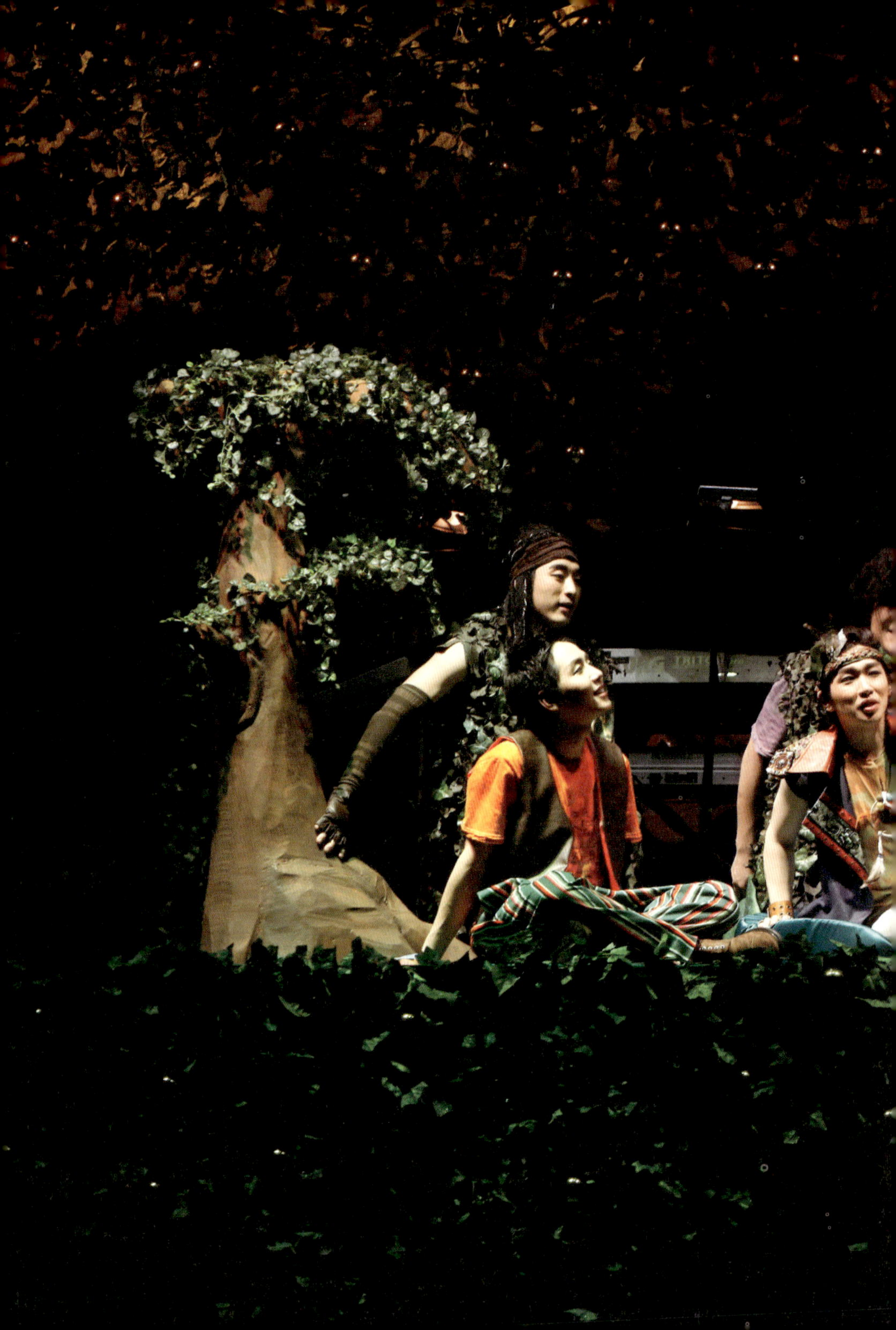

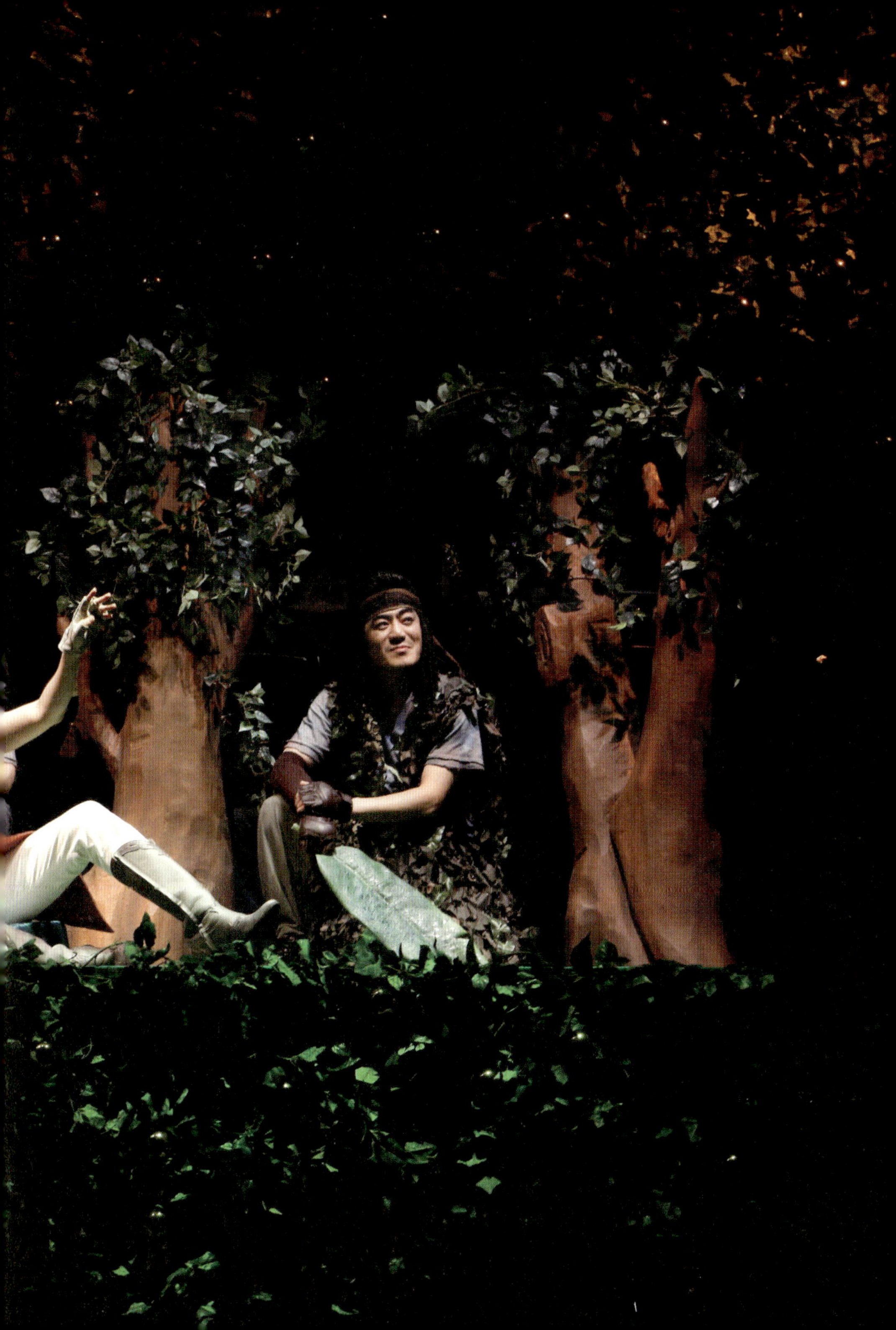

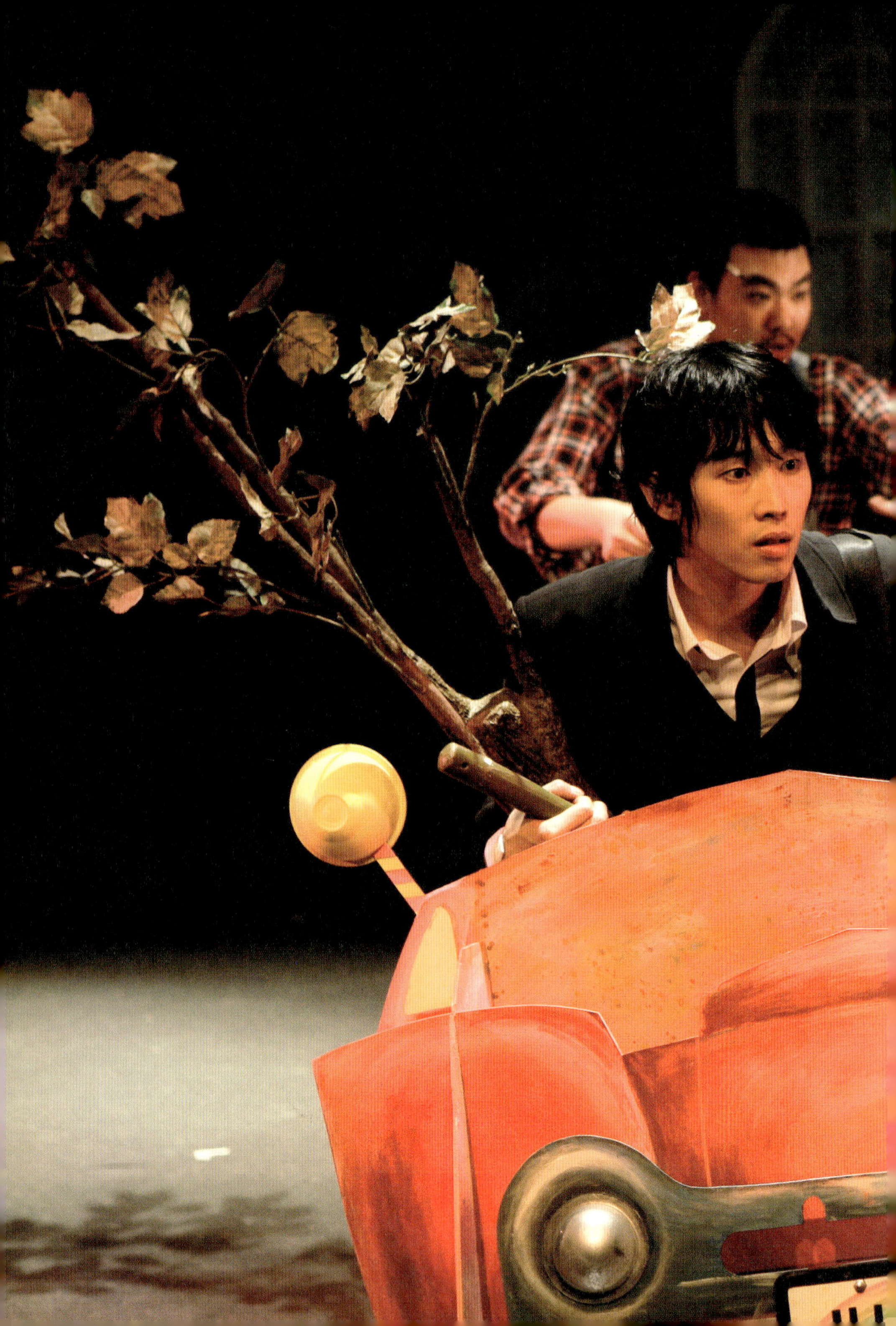

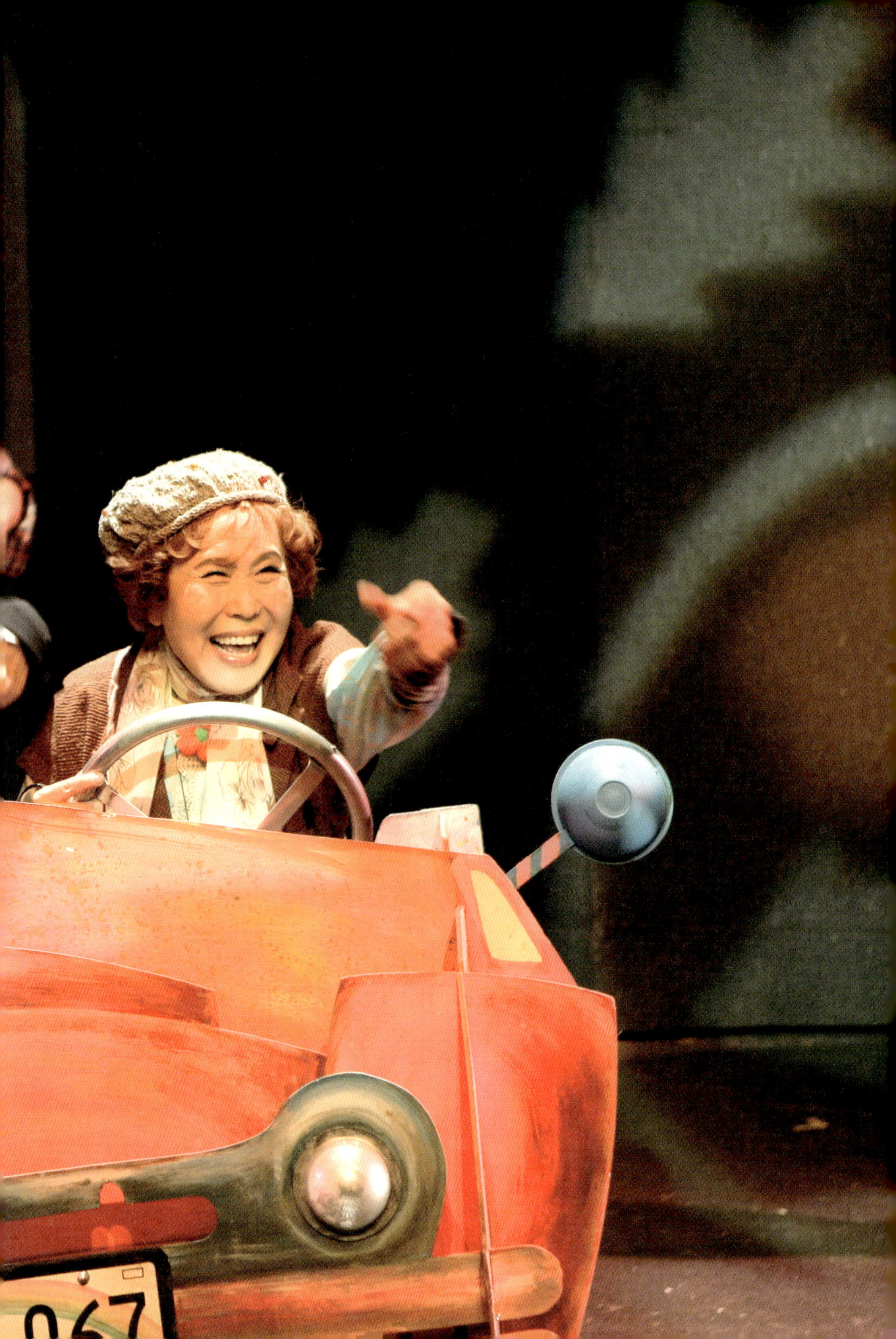

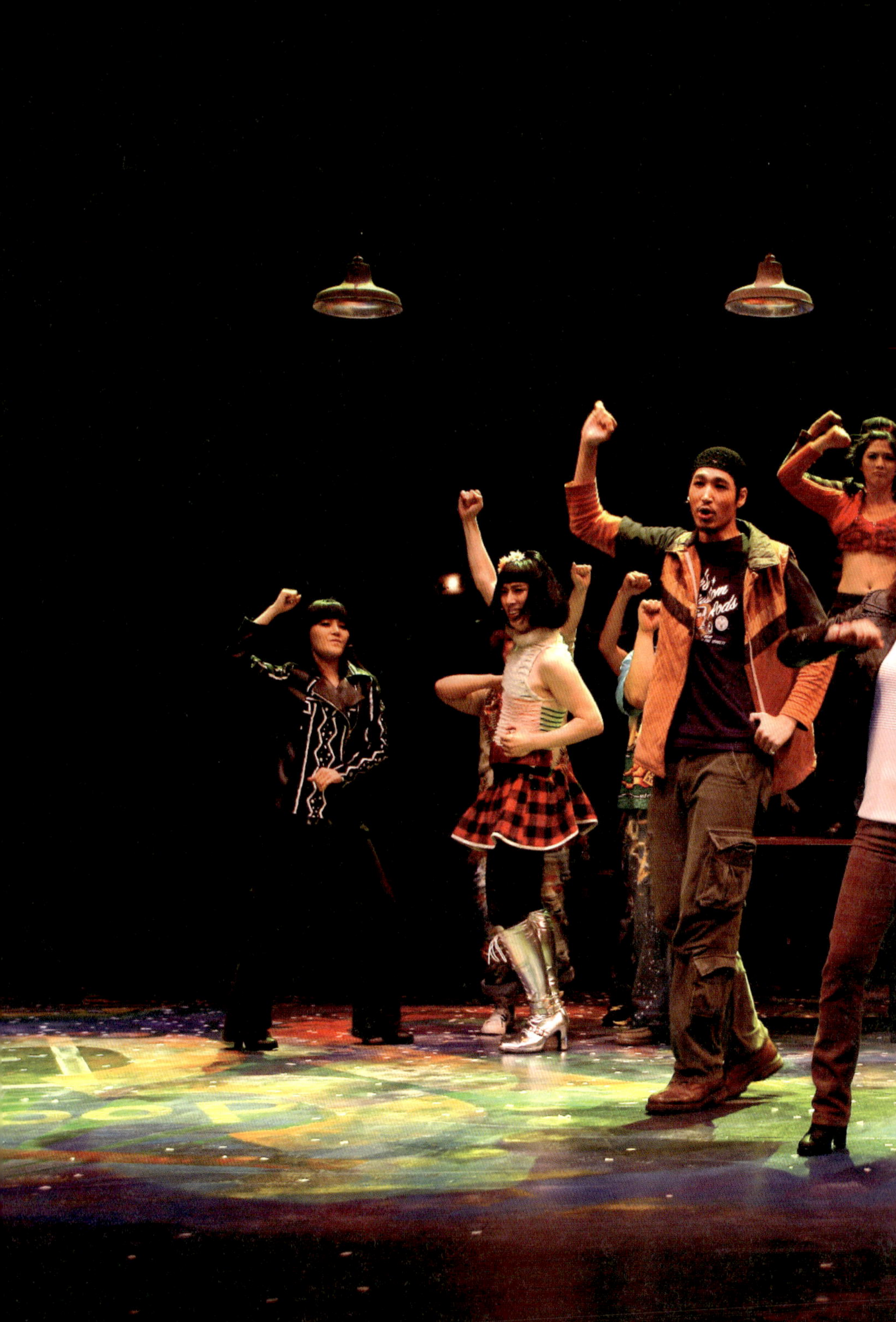

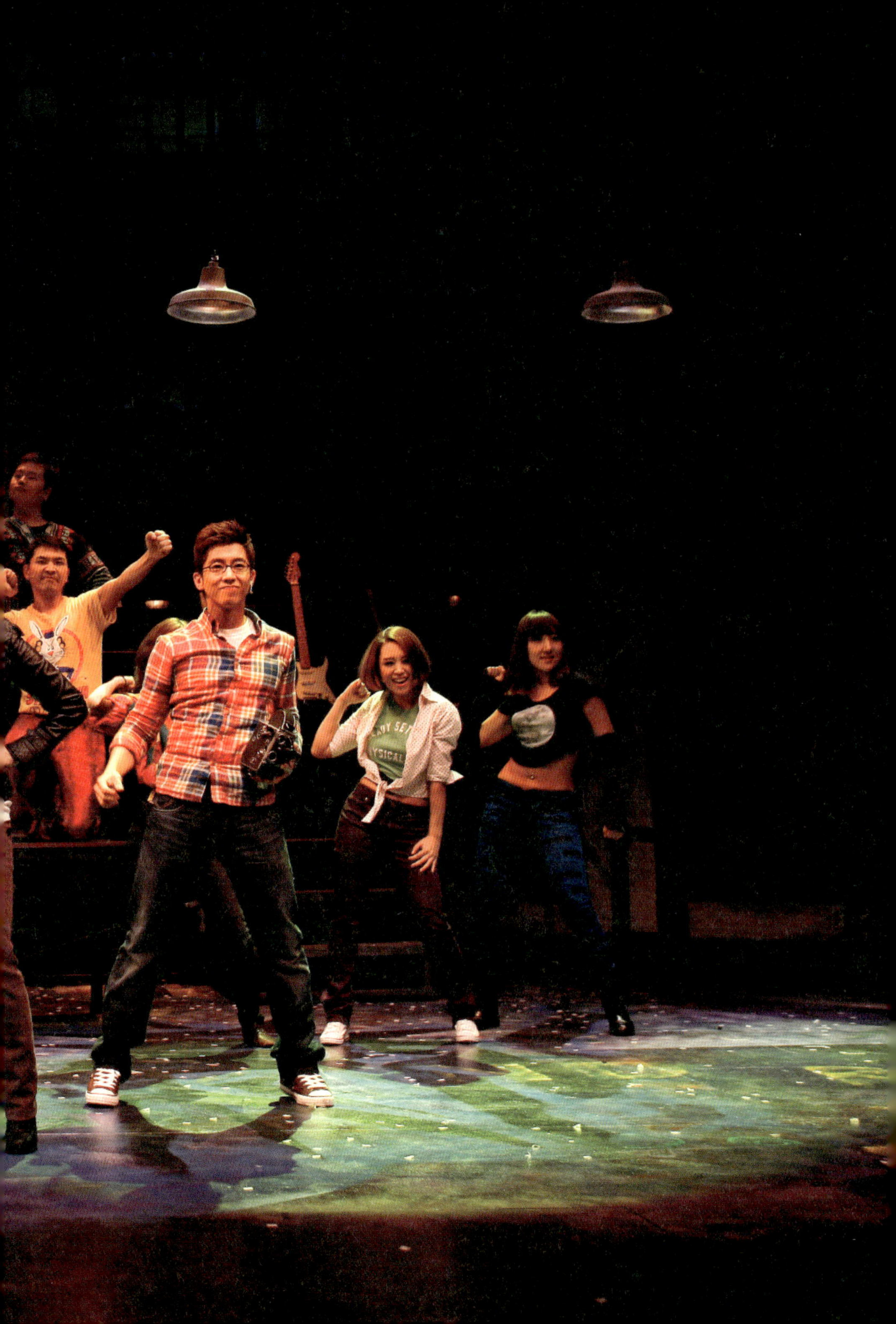

세상에 없는 무대를 만들다

© 박명성 2012

1판 1쇄　2012년 6월 11일
1판 4쇄　2014년 9월 19일

지은이　박명성
펴낸이　김정순
책임편집　오세은
디자인　김수진
마케팅　김보미 임정진 전선경
사진제공　최옥수 왕태균 박종근 국민일보 경향신문

펴낸곳　(주)북하우스 퍼블리셔스
출판등록　1997년 9월 23일 (제406-2003-055호)
주소　121-840 서울시 마포구 양화로 12길 24(서교동 395-4) 선진빌딩 6층
전자우편　editor@bookhouse.co.kr
홈페이지　www.bookhouse.co.kr
전화　02-3144-3123
팩스　02-3144-3121

ISBN　978-89-5605-595-4(03810)

이 도서의 국립중앙도서관 출판시도서목록(CIP)은 e-CIP 홈페이지(http://www.nl.go.kr/ecip)에서
이용하실 수 있습니다. (CIP 제어번호 : CIP2012002348)